判處勇者刑 2

懲罰勇者9004隊
刑務紀録

ロケット商會
插畫 めふぃすと

CONTENTS

王國審判紀錄　鐸達・魯茲拉斯

鐸達・魯茲拉斯出現在法庭時，引起了一陣騷動。

可以看到並排坐在薄幕後方的聽罪官與審判委員明顯露出困惑的模樣。

鐸達心裡想著「隨你們處置吧」。這裡正是在眾人面前證明自己有多麼愚蠢的地點。

（不過……還是很在意啊。）

鐸達幾乎是在下意識中撫摸著失去的左臂癒合處。再也不存在的手肘下方——現在依然覺得疼痛。

理由正是因為旁邊那頭龍。具有翅膀，宛如巨大蜥蜴般的生物。四隻腳上有強力的爪子，身上覆蓋著漂亮鮮綠色鱗片的龍。趴下後雖然跟馬差不多，但只要用後腳撐起身體的話，高度大概就有自己身高的三倍吧。

相信「綠龍性格比紅龍溫馴」的傳言就是自己的失敗之處。鐸達這才知道，這個世界上根本沒有什麼溫馴的龍。

（真的搞砸了。）

他後悔了。

不是對犯下的罪，而是對不俐落的手腳還有動機，就是為了那種事情而竊盜才會失敗。當然也不是沒有思考過，自己為什麼會變成這樣。

最後想出來的……

「幾乎沒有自制力」。

就是這樣的結果。他的人生就是因為毫無自制力而泡湯了。

問題是鐸達具備可以說是奇蹟的竊盜技能。沒有任何人能夠抓到鐸達。正確來說，過去曾被抓到三次，但是至今為止——即使被抓還是都能逃脫。

但第四次就被送到王城的監牢裡，結果就再也變不出把戲了。

「被告——鐸達．魯茲拉斯。」

聽罪官以嚴肅的聲音這麼說道。

「你有超過一千件的犯罪告發。」

鐸達心裡想著「才這樣嗎」。自己偷竊的件數遠比這個還多。

「但在這裡被問罪的只有一件。也就是從犯下多起竊盜而被監禁的監獄脫逃——」

聽罪官說到這裡就先停頓了一下。

「從龍房裡偷出那頭龍的罪。」

這樣的發言完全出乎鐸達的意料。

（……他說什麼？）

太奇怪了吧。有點不太對，最重要的部分消失了。

鐸達從被綁著的椅子上，以不自由的姿勢歪起脖子。

確實有龍存在——也就是作為證物的龍，但另一個重要的存在卻消失了。那是鐸達試著想偷出的真正「證物」。龍不過是作為逃走的手段而偷走——那個人到哪去了？

「被告鐸達・魯茲拉斯，快回答你究竟是如何突破王城的監牢。」

「這個嘛——」

其實很簡單。因為被關進牢裡時，他早就有鑰匙了。

至於為什麼會想偷王城監獄的鑰匙呢——也不是什麼大不了的原因。只是因為想偷，所以就偷了。對於鐸達來說，還有比這個更重要的事情。

「等等……在這之前，請……請稍等一下。」

鐸達感覺自己的聲音變沙啞了。

「那個孩子呢？」

「你在說什麼。」

「那個孩子不算我犯的罪嗎？」

鐸達盡可能發出最大的聲音。

那才能算是自己犯的罪，自己唯一失敗的偷竊。失敗的不是手段或者結果而是動機。所謂的偷竊，應該是出自更無聊的理由而且隨手為之。

所以才會失敗。

「就是王太子殿下啊！」

可以知道鐸達的聲音讓審問委員產生一陣騷動。這也讓他產生了一些無謂的滿足感。

「那個人對我表示『請救救我！』，我說真的。王太子被關在那座城裡——」

「被告鐸達‧魯茲拉斯，保持肅靜。只要回答我的問題。」

聽罪官充滿威嚴的聲音把鐸達的話蓋了過去。

「另外也別說謊話。根本不存在王太子殿下跟你說那種話的事實。他想離開王城也並非事實。」

「怎麼可能。」

說那是什麼傻話。

鐸達準備逃離王城的那個時候確實遇見了王太子。

他是這個聯合王國的第一王子。就鐸達來看，他是頂多十歲的少年，有著一雙顯得非常膽怯的眼睛。鐸達這個時候感覺首次看到比自己還要膽小的人。

當時他說「我是逃到這裡來的」，而且還對鐸達說「請救救我」。他確實是走投無路了。他是真的感到害怕，也是真的想要逃走。就是因為束手無策——才會拜託鐸達這個來歷不明的逃獄犯。

想要救他就是失敗的原因。

（算是我的弱點吧。）

雖然經常被誤解，但鐸達相信自己也是有良心的人。

只不過，發揮的對象極為有限——也就是比自己還要弱小的人。如果是那樣的對象，就可以出手幫忙。反而不會想幫助、安慰比自己強的對象。

問題是，這個世界上鐸達認為比自己還要弱小的對象相當少。而那個時候的王太子，就勉強剛好符合這個條件。

結果這樣的動機並不單純。是出自於自身弱點的行動。

（但是——）

鐸達心裡這麼想。

無法接受聽罪官說那只是謊言。王太子確實在尋求協助。不是自己也沒關係，得有人去幫助他。

一瞬間覺得自己真的很傻。提出這樣的主張又有什麼用呢？

因為毫無意義所以還是乖乖閉嘴吧，理性這麼告訴自己。但鐸達總是無法讓自己的理性獲得勝利。這個時候也完全敗北了。

「是……是真的。」

鐸達以沙啞的聲音如此斷言。

「王太子大人說了王室很奇怪。他過著像是遭人監禁的生活。」

鐸達試著從椅子上站起來，但沒能成功。這才想起自己被綁住了。

「陛下早就變了，宰相一定也——」

「保持肅靜，鐸達．魯茲拉斯。」

「等等，所以說王室真的有點奇怪！」

「保持肅靜。」

「因……因……因為，王太子大人竟然跟我這樣的傢伙求救哦！你能相信嗎？根本像在說謊吧？像……像我這種微不足道的逃獄犯——」

話只能說到這裡。嘴巴被衛兵從後面用口球塞起來了。

「那……那麼，不用我來也沒關係！誰都可以，請救救王太子大人吧。這……這樣實在太奇怪了！」

結果變成不知所云的發言。審問委員雖然出現一陣騷動，但聽罪官開始搖起手邊的搖鈴後，騷動就沉靜了下來。

「看來是無法再審問下去了。」

沒有人對這句話做出回答。

也就代表，這個法庭的一切都是事先就決定好了。

「被告將被判處死刑。不過——」

不知道為什麼，聽罪官開始含糊其辭。

片。

因為有薄幕所以看不見表情，不過可以感覺到困惑的氣息。他似乎重新看了一兩遍手邊的紙

「聽罪官。」

某個審判委員發出聲音。那是一道沉穩，而且清晰到不可思議的聲音。

「我認為依他的罪過，判處死刑本是應該。不論如何斟酌，都無法加以減刑。」

「……沒錯。但是……這個被告的話，應該判處更重的刑罰。」

「是哪位做出的裁定？」

「這是由中央貴族聯合所做的提案，也獲得國王用印裁可。」

完全搞不懂是怎麼回事。

雖然搞不懂，不過可以預測到自己將遭受比死刑更加嚴重的刑罰。這時只有強烈的「搞砸了」的感覺。有點類似疼痛感。

如果再給自己一次機會，一定會連王太子都偷走。必須更加放鬆，以輕鬆的心態來面對。不然將會承受不住。

（可惡。沒錯，我就是感到後悔。）

這不是為了救王太子，是為了拯救自己而必須做的事情。

不論發生什麼事——即使王太子不願意，或者變成屍體，也要把他盜出並從王城裡帶出來。

「——鐸達·魯茲拉斯。由於試圖偷走屬於王家財產的龍，加上其他一千多件竊盜案，以及

侮辱王室的諸多謊言。死刑都無法消弭你的罪過。」

就這樣，聽罪官做出宣告。

「你將被判處勇者刑。」

刑罰：港灣都市幽湖休假偽裝 1

必須花上整整兩天，在謬利特要塞受的傷才得以痊癒。

我也因此而能夠把時間用在看書上。已經很久沒能這樣了。

這時我再次覺得阿魯特亞德．柯梅提的詩很棒。明明是在喝醉的狀態下吟詩，用詞遣字卻極為纖細，有時候又會顯露出豪邁的一面。而且能夠熟練地使用古王國時代的措辭與文字遊戲。

當然療養中也不是一直都很安靜。

泰奧莉塔有兩次左右拿著「吉古」遊戲盤來到我身邊。然後散發出非常想要我陪她玩的氣息，察覺到我連起身的體力都沒有後……

「沒辦法了，還在想……」

她像是很失望般搖了搖頭。

「吾之騎士一定很無聊，而且想跟我玩，才特地把它帶過來的。」

「那可真是抱歉。」

「快點養好身體吧。」

只傳達了這個令人感謝的命令，白天的時候她大致上就都待在我身邊看書了。

或許是在模仿我的行為——不知道她能否理解似乎是從軍隊娛樂室借來的詩集內容。經常看著看著就打起瞌睡了。

因為護衛上的需要，泰奧莉塔好像是住在我療養的醫院裡。如此一來，我們勇者部隊也就有幾個傢伙必須住到這間醫院來才行。

特地在我醒著時露面的是鐸達與渣布，還有就是從西部戰線被叫回來的傑斯。

傑斯．帕奇拉庫特。

是一名龍騎兵。正如字面上的意思，騎乘飛龍戰鬥就是他的工作，聯合王國應該也有三百名左右的龍騎兵所組成的獨立部隊。龍就是擁有翅膀的巨大蜥蜴般生物。能從嘴裡吐出火焰，抵禦外敵時勇猛地戰鬥。有人說牠們的智力跟馬差不多，也有人說在馬之上。

因此軍隊就把從小養大的龍當成騎乘動物。其實在很久之前，就有像這樣把除了馬之外的動物用在戰鬥上的想法了，比方說大象、駱駝還有雞蛇等，有過各式各樣的嘗試。

而龍可以說是其究極型態。

「賽羅，聽說你解決了一些魔王現象啊。」

傑斯一進入房間，就板著一張臉對我這麼說道。他是一名穿著厚重防寒服，脖子上鮮藍色圍巾相當醒目的男性。原本正在看書的泰奧莉塔則露出茫然的表情。

「噢……妳是首次見到他嗎？這傢伙是傑斯。」

我對泰奧莉塔說明來者的身分。

「之前提過了吧，他是這支部隊的龍騎兵。」

雖然是身材跟鐸達差不多的矮個子，不過卻散發著異常的壓迫感。這傢伙的壓迫感應該跟龍、牧草與香草所發出的獨特氣味有關。那是一種光是靠近就能聞到的味道。

「別太得意忘形了。」

傑斯完全無視我的介紹，直接繼續這麼說道。

「聽說你收拾了三隻魔王現象，不過庫本吉森林的時候有八成是鐸達先生的功勞，然後澤汪・卡恩坑道則是諾魯卡由跟達也幹的吧。」

關於鐸達這件事，我有許多想反駁的地方，但還是把話吞了回去。因為就算否定也只是徒增麻煩。於是我便持續保持沉默。

「至於『伊布力斯』那個傢伙──嗯，那可以算是你的擊墜數。我承認的就只有那隻。」

傑斯豎起大拇指指著自己，微笑著說：

「我幹掉了兩隻喲。」

實際上，這是很了不起的戰果。甚至可以說是豐功偉業。

「真的假的？」

我首先質疑了傑斯炫耀的內容。我跟傑斯之間有莫名的面子之爭，所以一直都是這樣。

「萊諾那個傢伙都沒做事嗎？」

「那傢伙又無視命令，要被關在懲罰房好一陣子。」

「懲罰勇者進懲罰房嗎？」

老實說，這是不太能實行的處置。

懲罰勇者是在戰場上戰鬥，不斷重複痛苦與死亡的刑罰。關進懲罰房的話，就跟在安全的環境享受休假沒有兩樣。說起來，被脖子上聖印束縛行動的勇者，要無視命令其實頗為困難。

「嗯，因為那個傢伙有點奇怪。」

我只能說出這樣的理由。因為實在想不到其他原因。

「那麼，你一個人解決掉兩隻，立下了大功嗎？傑斯，之後要是知道你在吹牛，我可饒不了你哦。」

「你自己去確認吧。」

傑斯用鼻子輕哼了一聲。

「是我贏了，賽羅。你也沒什麼了不起的嘛。」

「等……等一下！」

那是一道有點焦慮的聲音。泰奧莉塔站了起來，擋在我跟傑斯之間。維持著傲慢的態度，挺直身體從正面接受傑斯銳利的目光。

「賽羅是我的騎士。我不允許你貶低他！」

「原來如此，妳就是『女神』嗎？」

傑斯像是完全不在意一樣，只是一瞬間瞄了一眼泰奧莉塔，隨即就又把視線移回我身上。

「聽說是鐸達先生撿來的？你這傢伙好像也因此得到許多幫助吧。能被這種小鬼保護真是太好了呢。」

「這……這是什麼狂妄的態度……！從來沒有如此缺乏敬意的感覺。賽羅，真的可以饒恕這種人嗎！」

「算了吧，泰奧莉塔。生這傢伙的氣也沒有用。」

我拍了拍激憤的泰奧莉塔肩膀，讓她坐了下來。因為她正要為相當無謂的事情生氣。怎麼說對方都是那個傑斯。

「這位『女神』大人……不是撿來，而是鐸達從聖騎士團偷來的。」

「都差不多吧。」

「哪裡差不多，這是嚴重的犯罪哦。」

「哈！誰理人類的規則啊。」

這樣的發言正代表著傑斯這個男人的本質。這傢伙被判處勇者刑的罪狀是「販毒」以及「叛亂」。

第一件罪狀「販毒」其實相當容易理解。

據說他過去曾栽培能促進龍健康的植物，結果那種植物含有對人類來說是毒品的成分。

至於第二件罪狀「叛亂」——說起來也很簡單。

聽說他要求解放龍，於是反抗軍隊。一般人這麼做的話就只是瘋狂的舉動，大概不到一天就會被逮捕。等軍隊出動，一切就結束了。

但是還有兩個問題。

第一個，是這傢伙本身是大貴族。因此引發了難以置信的嚴重狀況。

第二個，是這傢伙具備異常受到龍喜愛的體質。傑斯一進入龍房就會造成巨大的騷動。

這麼說的話傑斯可能會生氣，不過他尤其受到母龍莫名其妙的歡迎。因此叛亂的規模不斷擴大，甚至留下第二王都直接受到傑斯率領的飛龍攻擊這樣的紀錄。

這是足以留名歷史的叛亂，就算加上「傑斯之亂」這樣的名詞也不奇怪。

「總之打賭是我贏了。」

傑斯對我伸出一隻手來。

「擊墜數獲得壓倒性勝利了吧。好了，快點拿來吧。我也很忙……搞得太晚的話妮莉又要鬧彆扭了。」

妮莉是傑斯駕馭的龍。牠是一隻鱗片發出寶石般藍色光輝的藍色飛龍，根據傑斯表示「她的眼角有陰影，是我喜歡的類型」。另外也說了「倔強的個性也很棒」。

雖然不是很懂傑斯喜歡哪種類型的龍，不過打賭就是打賭。對於自己輸了這件事沒有異議

——於是把一疊軍票交給對方。

「也幫我跟妮莉打聲招呼。」

這麼說的話，傑斯的心情也會變得不錯。

他揚起嘴角露出笑容並離開房間。泰奧莉塔似乎露出不高興的表情，但是不用去管她。對方是傑斯的話，我不會感到很火大——那傢伙雖然絲毫不理會人類的事情，但不會說些無聊的謊言。

問題是另外一個人。

也就是當我身體恢復時來到病房的貝涅提姆。這個蠢貨，似乎認為我仍然負傷而無法動彈。看到我離開床鋪正在做柔軟體操時就僵在現場。

「請等一下，賽羅。」

這是那傢伙開口說的第一句話。

「在倚賴暴力之前還是先冷靜下來。請好好聽我把話說完，可以嗎？」

「我不要。」

我中斷柔軟體操，伸手抓住貝涅提姆的胸口。

有許多話想跟這個傢伙說清楚。也就是對我說謊這件事。在謬利特要塞，竟然找來我說不需要的瑪斯提波魯特家援軍。

「別開玩笑了……雖然很想這麼說。」

即使很不想承認，不過貝涅提姆所做的決定相當正確。那個時候，如果沒有瑪斯提波魯特家的兩千名援軍，正門應該會更早遭到突破。而礦工們也會出現許多犧牲者吧。

還有在開始那場戰役之前的事也一樣。

如果沒有貝涅提姆的胡亂交涉，條件就不可能放寬到這種地步吧。我甚至無法離開要塞。雖然是一旦開始戰鬥就派不上任何用場，只會讓人感到不愉快的男人，不過這傢伙的價值正是存在於戰鬥之前。

所以……

「只揍兩拳就饒了你。」

我迅速站起來，分別給貝涅提姆的腹部以及下顎一拳。

貝涅提姆誇張地在地上滾動，刻意表現出相當疼痛的演技，讓當真的泰奧莉塔露出極為擔心的表情。

「賽羅，不能做出如此暴力的行為！怎麼可以如此對待身為同伴的勇者——」

「沒關係啦。這傢伙還有事情瞞著我。」

我再次抓住貝涅提姆的胸口，把他的身體抬起來。

「你是覺得我還沒辦法動才會來的吧？」

「沒……沒這回事哦。」

貝涅提姆說了連我都看得出來的謊。

「沒有什麼事情瞞著你了。那個，我接到在賽羅回來前希望能跟你面會的委託……我也很努力地裝傻，試著要把事情帶過去，但也差不多要到極限……」

真的做了這樣的努力嗎，老實說完全無法相信。我抓住貝涅提姆胸口的手開始用力。身體已經恢復得差不多了。

「面會的對象是芙雷希吧。芙雷希・瑪斯提波魯特。」

「嗯。哎呀……大概……就是那樣。對方說務必要跟你見上一面。在見到面之前絕不回去，還說再過一天要是沒見到你就要把我殺了。」

「這樣啊。反正是被殺也不會死的體質，那真是太剛好了。」

「請等一下……芙雷希是？」

泰奧莉塔以感到不可思議的表情看著我，拉著我的袖子。

「什麼人？」

「我的前未婚妻。」

我的話讓泰奧莉塔露出只能用奇妙來形容的表情。

她瞪大右眼，瞇起了左眼，露出疑念與驚愕參雜在一起般的模樣。結果就再問了我一次。

「你說什麼？未……未……未婚……未婚妻？吾之騎士訂了婚約？」

「已經是過去的事了。現在並非如此。」

那是想起來會令人憂鬱的事情。

我身為被魔王現象消滅的佛魯巴茲家殘存者，受到瑪斯提波魯特家的養育。為了留下家名——只能跟芙雷希・瑪斯提波魯特訂下婚約。她那毫無表情的冰冷眼神浮現在我腦海裡。

大概也能想像得到她一開始會跟我說些什麼了。

「太丟臉了，賽羅。」

這就是芙雷希．瑪斯提波魯特開口說的第一句話。

這句話雖然完全在我預料之中，但預測實在太過準確，甚至讓我稍微笑了出來。但我這樣的態度似乎讓她更為惱火。

「現在是笑的時候嗎？」

芙雷希以完全看不出感情，而且十分冰冷的視線看著我。她有一雙南方夜鬼一族特有的無底深淵般黑眼睛。

「完全看不到進步的跡象。不對，甚至可以說退化了吧？以前大概是蒼蠅程度，現在不過是毛蟲等級。太慘了。」

芙雷希．瑪斯提波魯特這名女性，擁有完全符合南方夜鬼一族的外表。身材高挑、四肢修長，同時具備光滑的褐色皮膚。把暗灰色——一般稱為「鋼鐵色」的長髮綁起來。

街頭巷尾傳說這種「鋼鐵色」頭髮底下藏著夜鬼們的角，不過那完全是謊言。他們根本沒有什麼角。

芙雷希他們這支被稱為「夜鬼」的民族是以南方峽谷為支配區域。因為地形上的特性而形成了幾個小部族，與自然鬥爭的技術相當發達。尤其是聖印技術方面，更是有許多可以跟他們學習的地方。

而這樣的過程中，排斥外人的傾向也變得更加強烈。進入峽谷者將無法活著回去——或者奪走身體的一部分作為警告才讓人離開。聽說因為不斷重複這樣的事情，不知不覺間就成為被稱為「夜鬼」的民族了。

「……你在做什麼？」

芙雷希指著對面的沙發。

「快點坐下來。這樣看起來好像我在斥責你一樣。思考的速度變慢了？還是只有動作變慢？不論是哪一種，看來都必須幫你思考改善的方法才行了。」

這裡是設置在軍營裡的來賓用房間。擺設了相當高級的家具，尤其是沙發更是特別豪華。

「……什麼叫看起來像被斥責。」

由於讓她單方面說下去將會沒完沒了，我就先對這個部分做出反駁。

「實際上我就是在挨罵啊。看來我還是站著聽比較好吧。」

「我不是在罵你。」

芙雷希就跟平常一樣，以不知是認真還是開玩笑的撲克臉這麼說道。

「我的意思是，你身為瑪斯提波魯特家的女婿，不要做一些丟臉的事情。如果辦不到的話，希望至少能表現出願意進步的努力。單方面斥責夫君什麼的，聽起來好像我是什麼悍妻一樣，別再這麼說了。」

「這樣還不叫斥責嗎？」

「完全不一樣。這是希望丈夫能夠進步的忠告。」

「我們對事情的看法不太一樣。」

「……這樣啊。原來如此。」

芙雷希像在思考什麼般沉默了幾秒鐘。

「那麼就配合夫婿的文化吧。」

芙雷希竟然輕易就改變了意見。

「我就改變看法。賽羅，我全面贊成你的意見並且跟你道歉。」

她用單手比劃出謝罪的聖印。過程一直是一臉認真，就是這樣才讓人不知如何回應。

「我沒有讓你感到不愉快的意思，是我的不對。」

「……那麼，順便拜託妳別再用蒼蠅或者毛蟲來形容別人了。」

「難道說在一般民間，那也算是侮辱的表現？雖然覺得很容易懂，不過你覺得討厭嗎？那我會努力改過。」

「應該說，妳的忠告基本上聽起來都跟痛罵一樣。關於這一點——」

說到這裡我才發覺。我現在要舉出來的改善方案，在一般人的觀念裡聽起來也很像是痛罵。

一想到這裡就覺得很累，於是就放棄了。

「……沒什麼。」

「是嗎？那就好。」

芙雷希在面不改色的情況下點了點頭。

極度缺乏表情變化——許多夜鬼的人民都是這樣。聽說改變表情在禮儀上屬於失禮，上流階級都被教導必須壓抑這樣的行為。

另外，夜鬼族的人民基本上都是使用痛罵別人般的用詞遣字。這似乎也是夜鬼的文化——看來他們之間存在所謂「忠言必須逆耳才容易記住」的謎樣共同脈絡。結果就是用詞遣字自然變得相當尖銳。

我有好幾年都在那裡生活，所以具有一定程度的理解，但外界的人稱呼他們為「夜鬼」，可能也是受到這部分要素的推波助瀾。

「……所以，賽羅。快點坐下。」

芙雷希再次催促我。

「站著很難講話。」

我拍了拍愣住的泰奧莉塔肩膀，接著在對面的沙發上坐下來。

泰奧莉塔希望一起參加這場「面會」，老實說我有點意外。我確信絕對不會發生什麼愉快的事情，於是試著說服她，也做出了說明。但她主張無論如何都要參加的話，其實我也根本沒有拒絕的權限。

也因此而形成了我、泰奧莉塔以及芙雷希這種令人無法冷靜下來的組合進行「面會」的狀態。不過可能還是比只有我跟芙雷希兩個人面對面要好多了。

「……原來如此。」

芙雷希凝視著泰奧莉塔並且點了點頭。

「這就是那位『女神』大人嗎？」

「是啊。別瞪著人家看，會害怕啊。」

「太……太沒禮貌了，吾之騎士。」

泰奧莉塔揚起眉毛來抗議。

「我才不害怕呢。我可是『女神』哦！」

「是啊。說起來我根本沒有瞪著她。」

嘴裡雖然這麼說，但芙雷希還是沒有把視線從泰奧莉塔身上移開。結果這次輪到泰奧莉塔開口了。她像是要證明自己沒有害怕般揚聲表示：

「妳叫芙雷希．瑪斯提波魯特吧。」

「嗯，是的。『女神』大人。」

即使面對泰奧莉塔，芙雷希的表情還是沒有有任何改變。依然像是戴著面具一樣，面無表情地接受著泰奧莉塔的視線。也不知道是不是抱持著像是敬意的感情。

泰奧莉塔一瞬間支支吾吾起來，不過立刻就端正姿勢問道：

「妳跟吾之騎士賽羅是什麼關係？」

「我剛才不是說過了嗎？」

覺得麻煩的我插嘴這麼表示。

「是前未婚妻哦。」

「沒有前這個字。」

「即使是現在，交換的誓言也沒有廢棄。它依然有效，賽羅。」

「別胡說八道了。」

芙雷希立刻加以否定。

我露出苦笑。

「我是勇者哦，事到如今哪有可能結婚。」

勇者沒有這種權利，不過這也是理所當然。因為血統斷絕也是勇者刑之一。說起來法律上根本不被當成人類，所以根本不用討論什麼結婚的問題。

「沒錯！叫什麼芙雷希的，這個人是勇者同時也是吾之騎士。」

泰奧莉塔傲慢地挺起胸膛。

「竭盡心力來使用我、稱讚我就是他生涯的工作。」

雖然是首次聽見這樣的工作內容，不過泰奧莉塔倒是充滿自信且堅決地這麼說道。

「雖然對妳很抱歉，但是他無法結婚！」

「……賽羅，你又被奇妙的對手喜歡上了。讓我想起你受到父親的長耳犰狳喜愛那件事。」

「噢。」

長耳犰狳是生長在南方峽谷的古怪動物，芙雷希的父親曾經撿到過一隻。結果那傢伙不知道為什麼很喜歡我，甚至偷偷鑽進我的床鋪。

「芙雷希妳還特別跟牠保持距離呢。」

「那是隻危險的生物。想抱牠起來就被抓傷了。」

「因為妳的抱法不對。從頭上出手的話牠當然會害怕，何況妳眼神又這麼恐怖。」

「真是遺憾，只有你沒資格批評我的眼神。你還記得吧，從西方來的商人——」

「等……等一下！」

泰奧莉塔突然發出聲音。她攤開雙手，試著擋住我的視界。

「聊回憶太卑鄙了！讓我加入對話，而且把『女神』比喻成那種動物實在是大不敬！」

「太蠻橫了吧。跟久違的未婚夫見面，聊聊過去的事情也不行？」

「『未婚夫』這個部分我可不承認！聖騎士哪能有什麼婚約。」

「也有跟『女神』簽訂契約仍然娶妻的聖騎士。」

芙雷希舉出極端的例子來反駁。確實是有這樣的例子存在。

「而我身為曾經跟你交換過誓約的女子，跟你結婚就是我的宿命。根據的是『夜鬼』人民的法律。這也是我們一族承認的事情。」

「真的假的？」

「當然是真的，因為是我說服他們的。」

「那真的是說服嗎？」

「是說服沒錯。有丈夫會懷疑妻子所說的話嗎？好好反省一下。真是比院子裡的烏龜還要駑鈍。讓我先幫忙擬定矯正這種性格的計畫吧。」

「就說妳不是我的妻子了……」

「將來會是。」

芙雷希強硬地這麼主張。

「聽好了，我正想盡辦法讓你獲得恩赦，千萬別做出什麼多餘的行動來扯我的後腿。得花點時間才能整合夜鬼之民的輿論，請你乖一點。」

（實在太亂來了。）

我心裡這麼想。

是我被判處勇者刑之後，才真正理解她是這種性格的人。

我的確是由瑪斯提波魯特家養育長大，但是跟芙雷希之間並沒有經常見面。夜鬼之民的男性家人與女性家人通常住在不同的宅邸。在這之前，我只是覺得她是個每次見面都會對我做出辛辣發言的少女。

老實說，跟她見面會讓人感到憂鬱。花了不少時間，才知道那是夜鬼之民做出「忠告」時的一種型態。

只不過——不論如何，都只能廢棄婚約了。王國審判已經如此決定，最重要的是不能給芙雷希的父親造成困擾。他甚至願意領養因為魔王現象而失去家人、領地的我，像他那樣的大善人已經很少了。可以理解他為什麼會成為率領整個夜鬼部族的領袖。

我不希望引起無謂的騷動而危及他的地位，對於芙雷希本身也是如此。說起來她根本不應該對謬利特要塞提供增援。派出多達兩千的兵力，這在政治上也是相當危險的舉動。

即使如此，芙雷希在婚約方面如此強硬，也是因為這是夜鬼之民風俗的一部分吧。只是，我不希望她繼續逞強了。

「芙雷希，話先說在前面，我呢……」

「噢，忘記說了。我會駐留在這個城市一陣子。大部分部隊將會回領地，不過還是需要人手。偶爾會來跟你面會，所以不用覺得寂寞。畢竟——」

芙雷希像是不準備聽我說些什麼般堅定地說完剩下的發言，然後突然壓低聲音。那對我來說也是無法忽視的內容。

「我們都必須追蹤魔王現象。」

「什麼？」

完全出乎意料的發言，讓我幾乎是在下意識中如此反問。

「那是什麼意思？」

「就是字面上的意思。別提出毫無意義的問題，注意不要浪費我的時間。我身為夜鬼的領主之一，本要負起對應魔王現象的責任。」

夜鬼之民在聯合王國內部是被當成「少數民族」來看待，在法律上擁有受到保護的領地。而且也被賦予貴族的席次。

那也就代表著必須盡自己最大的努力來保護自己的領地。

「從一個月前左右開始，我們就在與魔王現象對峙。但是──幾天之前，那個魔王現象與異形的軍隊就消失了。」

「什麼叫做消失了？」

「又在問毫無意義的問題，別讓我一直提出忠告。」

細心地提醒我要注意後，芙雷希就把視線移到泰奧莉塔身上。可以知道泰奧莉塔的身體整個僵住了。

「就是字面代表的意思。在這個幽湖市附近對峙的時候，突然間就消失無蹤。魔王現象第五十九號，斯普利坎……那個傢伙恐怕是……」

芙雷希臉上難得閃過了厭惡感。

「化身成人類了。」

確實有那樣的傢伙存在。

那在魔王裡面也是相當罕見的能力。基本上魔王幾乎沒有化成人形的理由。因為變化成人類那樣的「脆弱」生物，就等於是捨棄戰術上的優勢。

不過還是有例外。

那樣的魔王現象擁有高度的智慧，理解混在人類當中是最好的藏身之處。像這種時候，民間可以說一定會發生重大災害。

「也可能已經混入這座城市。你要小心，因為對方可是消滅了我們領地的一個城市。」

「……消滅了一個城市？受到那麼嚴重的損害嗎？」

「嗯。所有居民不是被殺，就是變成異形了。斯普利坎殺了一個居民變化成他的模樣，等到發現時已經太遲了。為了鎮壓而造成更多死傷——而且還被逃走。一定要把牠找出來並且加以討伐才行。」

芙雷希的發言讓我知道令人憂鬱的麻煩事又增加了。真希望哪個人偶爾帶來一些開朗一點的話題。

「……賽羅。」

「嗯。聽起來很嚴重，是棘手的魔王現象。」

聽見泰奧莉塔彷彿強行將不安壓抑下來的呼喚，我努力以輕鬆的口氣做出回應。

「不過呢，現在這座城市有我們在。」

我一邊這麼說，一邊連自己都忍不住要笑出來。雖然不知道所有成員的人格都有重大缺陷的勇者待在這裡是不是能讓人感到安心，不過我還是先這麼說了。

就一件一件解決吧。

首先從渣布開始。有事情得跟那個傢伙問個清楚才行。

「——那麼面會就到此結束。」

芙雷希把視線移往入口的方向。

「站在那裡豎起耳朵的是誰？我受到什麼懷疑了嗎？」

「……沒有，不是什麼懷疑。」

從入口處傳來基維亞的聲音。

「是……是規定……要與勇者刑受刑人面會的話，監督者必須……確認是否有可疑之處。」

從剛才就出現在那裡的氣息就是她嗎？明明命令部下在那裡監視就可以了，真是個一板一眼的傢伙。

「這樣啊。」

芙雷希面無表情地點了點頭並站了起來，以冰冷的眼神瞪著基維亞。

「那麼，我先告辭了。妳下次要想個好一點的藉口。」

刑罰：港灣都市幽湖休假偽裝 3

港灣都市幽湖是建築在巨大科力歐灣東部的城市。

藉由與港灣西部的貿易而發展成貿易的要衝。

整座城市充滿了活力。除了第一、第二王都之外，應該可以算是最為發達的都市之一了吧。

守護海洋的要塞——意思是珊瑚之塔的「圖伊．吉阿」像紅色長槍般聳立著的港口漂浮著好幾艘巨大聖印船，商人的貨車不分晝夜地出入其中。

這個城市並非任何貴族的領地。屬於由聯合行政室直接管理的城市，這也代表它就是如此重要的場所。

在提到幽湖市的觀光名勝時，特別有名的應該是東西向貫穿城市的主街道吧。它被稱為「鹽與鋼之路」，從很久以前的舊王國時代，就有許多人與物經過這條道路。即使到了現在依然沒有改變。

泰奧莉塔首先想到那裡參觀。

「我絕對要去。」

她甚至這麼說道。

「我從貝涅提姆還有鐸達那裡聽說了。那裡排滿販賣西方和北方珍奇商品的攤販，每天都像大酒保祭典一樣，不論什麼料理都能吃到飽！」

「能吃到飽的只有鐸達，而且那是犯罪。」

我感到很傻眼。

「絕對不能隨便拿附近的東西哦。」

這次的工作不能讓泰奧莉塔當個黃花大閨女，只把她安置在兵營裡面。引出想殺害泰奧莉塔的勢力，並把該勢力連根拔起。這就是來自喀魯吐伊魯的指示。

基維亞雖然沒有明說，但這就是所謂的「誘餌」。甘冒這種危險的理由有二。

首先是像這樣的襲擊計畫，通常是進攻方占壓倒性的優勢。因為可以決定什麼時候要在哪裡發動攻勢。但是藉由使用誘餌，就能把這個機會抓回我方手中。

再來是不可能永遠維持最高層級的警戒態勢。不論是人力資源方面還是精神方面皆是如此。而且在這之前，我們想要積極地掌握敵人的全貌，反過來成為進攻方。

——這就是喀魯吐伊魯所提出的作戰理論，感覺有一半是隨口胡謅。從這裡也能看出泰奧莉塔的微妙立場。

（不過真是太好了。）

我心裡這麼想。高層仍不清楚殺掉魔王的方法。

關於泰奧莉塔產生的「聖劍」，貝涅提姆說出了相當可疑的藉口。尤其是關於擊敗魔王現象伊布力斯的方法。

「那隻魔王好像有一個很小的『核心』，而泰奧莉塔大人召喚出聖劍後，就藉由其物量成功地破壞了那個核心。」

——這就是他的藉口。

雖然是像小孩子所想出來的情節，但實際上從他人的眼光來看，也只有這樣的說明比較合理了。

對於來自喀魯吐伊魯的使者來說，任務就是帶回能像上層說明的材料，既然不知道「聖劍」的存在，也只能先把這個說法帶回去了。貝涅提姆最擅長臨時提供像這種能夠滿足對方義務與目的的材料。

所以關於泰奧莉塔，上層應該認為——她是可以期待在軍事上做出更有效利用的存在，但除此之外就沒有什麼特別的。雖然對於喀魯吐伊魯很有意見，嗯……不過就狀況來說其實還不錯。

然後這次對於我們來說還有另一個優勢，就是能夠獲得第十三聖騎士團的協助。雖然騎士們因為得跟懲罰勇者合作而露出微妙的表情，但基維亞極為一板一眼，甚至還制定了護衛體制的布陣以及排班表。

尤其是基維亞本人，當我跟泰奧莉塔外出時……

「我一定要跟你們同行。」

對於工作的忠誠心甚至讓她如此斷言。

「緊要關頭我可以成為『女神』的盾牌或者劍刃，包在我身上。」

「……那個，我有賽羅在了，應該沒問題才對。」

泰奧莉塔不知為何像是很不滿般，原本打算拒絕這個提議。

「有吾之騎士跟勇者們在的話，護衛應該就萬無一失了吧？」

「不，『女神』泰奧莉塔。為了萬無一失，我也在旁擔任護衛吧。」

「……至少以在遠方守護的形式可以嗎？」

「不行，『女神』泰奧莉塔。為了防備奇襲，就由我跟賽羅來守住左右兩邊。請放心。」

這樣的對話讓我不得不插嘴。

因為預測到這樣下去只會永無止盡地爭論。只不過我也沒有對基維亞的動向提出拒絕或者異議的權利。能做的單純就只有戰術上的建議而已。

「要到街上的話，基維亞，妳的衣服……」

我從頭到腳打量了一遍基維亞身上的服裝。現在這傢伙身上是經常穿著的，把軍服改造成比較容易活動後的服裝。

「怎……怎麼了，你在看哪裡啊？」

這傢伙遮住胸部附近，不過我在意的根本不是這裡。

「至少要換成符合任務主旨的打扮。戴著護手和胸甲的話，一看就知道正在進行作戰吧。話說在前面，軍隊的制服也不行哦。」

「嗯？啊，啊啊～……」

令人驚訝的是，基維亞這才像是首次注意到這件事般發出低吟聲。我心裡只想著「還『啊啊～』哩」。

「……我當然知道。這是多餘的建議。」

也就是說，基維亞與聖騎士團會跟著我們。這倒是不錯。

問題是我們這邊——懲罰勇者部隊的人員選拔。

貝涅提姆不可能勝任這種像是護衛的工作。那個男人不是會扯後腿，就是緊急的時候可能會把護衛對象當成擋箭牌。

鐸達則是不能在不戴手銬的情況下讓他走在街上，諾魯卡由又不適合戰鬥，反而會造成自己也應該受到護衛的誤解吧。達也也是別讓他上街比較好。因為要是在市區發生戰鬥的話，他不會考慮到是否會傷害到他人。

剩下來的就只有傑斯——於是我還是試著去了一趟那傢伙居住的龍房。

想不到那個傢伙竟然把貝涅提姆拖出來幫忙照顧龍群。駕馭飛龍的龍騎兵，大部分都聚集在第一、第二王都。不過這個幽湖市也有大約六頭飛龍與六名龍騎士駐紮。

把妮莉加進去的話就有七頭龍——看起來是相當壯觀的景象。

「這裡的環境太糟糕了，老實說就跟狗屎一樣。」

貝涅提姆支撐著巨大木材，傑斯則忙著釘上釘子測量龍的身高。

「哪能讓我的妮莉住到這種地方。那些蠢貨。可以的話很想重建整個龍房，至少要讓牠們能伸展尾巴與翅膀。」

「……那個，傑斯啊。」

貝涅提姆以快要死亡般的表情，一邊抱著木材一邊氣喘吁吁地說著。

「我差不多撐不下去了，而且也幫不上什麼忙，何況還有指揮官的工作……我可以回房間去了嗎？」

「詐欺犯給我閉嘴。你又能做什麼指揮官的工作了？」

「那當然是交給喀魯吐伊魯的報告，或者出席無謂的作戰會議等等——」

「之後再做就可以了。喂，這支部隊最強的戰力是誰？」

「……傑斯跟妮莉小姐。」

「那就讓她保持在萬全狀態。」

接著傑斯就撫摸著妮莉的下顎。

「再等一下哦，妮莉。馬上就幫妳蓋一個上等的床鋪。」

傑斯的話讓妮莉——漂亮的青龍稍微用喉嚨發出聲音來回答他。湛藍色鱗片像水面般起伏著。或許是從該處感覺到某種意志了吧，傑斯微笑著表示：

「嗯？不是啦……之前那只是在測量其他女孩子的身高，沒有連翅膀底下都看啦……真的沒有看。」

我心裡想著「看來得花不少時間」。那是我無法理解的世界，而且完全沒有辦法讓正在照顧龍的傑斯離開。於是我立刻就放棄了。

到這裡就是昨天發生的事情——因此，這次陪伴泰奧莉塔外出的就是我跟基維亞。

然後還有另外一個人。

「——哎呀，那些傢伙真的很過分！」

也就是渣布。這傢伙從離開兵營就一直說個不停。

「根本是胡搞瞎搞。每個月都要獻上一次活祭品，就連被養育成人的我都有『啊啊～這根本是邪惡祕密社團吧～』的感覺。還會舉行把抓來的小孩子獻給『女神』的儀式，真的很邪惡！你知道『聖餐儀式』嗎？那真的是——」

「你這傢伙……」

由於泰奧莉塔的臉色開始蒼白，基維亞便以低沉的聲音吼著。

「說了這麼多話都不覺得累嗎？」

「咦？噢，包在我身上啦！我可以從早到晚一直說話！因為我受過這樣的特殊訓練。」

渣布拚命動著舌頭——那三寸不爛之舌已經明顯讓泰奧莉塔與基維亞退避三舍了。在從兵營來到大路的短暫時間裡，虧他能夠讓人感到如此不耐煩。

不過說實在的，我也只能帶這個傢伙出來了。

渣布、我、泰奧莉塔以及基維亞就走在白天的「鹽與鋼之路」上。這是沒辦法的事。實際上，關於這件任務，渣布確實是最合適的人才。

「啊！話說回來，老大。你想聽關於我組織的事情吧？不是邪惡又殘虐的儀式，而是戰力之類的！」

渣布的話題終於來到似乎能幫得上忙的部分。前言實在太長了。

「我所待的極惡暗殺教團——啊，名字是『古焉．莫沙』。你知道它的由來嗎？聽說舊王國的語言是『斷罪之光』的意思喲。」

我聽過這個名字。那是伴隨魔王現象出現而開始嶄露頭角的集團。

原本是被稱為「正統派」的神殿派閥之一。他們的想法被官方認定為異端加以否定之後，就潛伏到地下並且更加激進，最後成為獨立的過激教團。

那些傢伙認為應該保持守護這個世界秩序的「女神」的純粹性——從這樣的想法為起點，開始執著於不能把這樣的「女神」運用在戰鬥上。之前從基維亞那裡聽說過，這些傢伙最近甚至開始出現「『女神』不會有所增減」這種意義不明的主張，還提出了不承認泰奧莉塔存在的聲明。

那些傢伙把從以前就將「女神」運用在戰鬥上的神殿相關人員與軍人當成「受錯誤教義引導的惡徒」，同時開始犯下暗殺行為。

古焉．莫沙正是這樣的集團。

「我是那裡的超級菁英喲！各種實技都成績超群，年紀輕輕就成為未來備受矚目的神童！我可是最年輕且最強的暗殺者喲！」

渣布滔滔不絕地說著，用手肘戳了我一下。

「很厲害吧？」

「可能是很厲害啦……」

我回想起渣布的過去。這也是聽過好幾次的橋段了。

「但你的成功率是零吧？總是殺害跟目標無關的傢伙對吧。」

「是呀。我善良的心算是美中不足之處吧——哎呀，又想起那些地獄般的日子了！像是只帶一柄小刀就被丟到荒野之類的，真的很恐怖。在那裡襲擊過來的猛獸以及完全不認識的同期傢伙們！哎呀，你也知道，為了不讓我們互相產生感情，所以我們是被禁止私語還有個人交流的！」

渣布不知道為什麼很驕傲地拍著胸膛說：

「變得這麼愛說話應該也是當時的反動吧！這樣的過去真的很悲慘吧？我正想改編這樣的過去來製作成連環畫劇呢。老大，想不想入股呀？」

到了這個地步，我也失去回答的力氣了。

我回頭看向基維亞。

「……雖然不想帶這個傢伙來，但沒有其他選擇了。所以別掙扎了。」

「真是個誇張的傢伙……」

對於基維亞來說，她似乎也是首次看到像渣布這樣的人。

「這個男人為什麼能持續說這麼多話？到底是經過什麼樣的訓練才能辦到這種事？」

「我也不是很清楚，不過他的肺活量好像超乎常人。可能就是因為這樣吧。」

「這傢伙的能力真讓人困擾。」

基維亞像是覺得頭痛一樣用手貼住額頭。

「……如此顯眼的話，會不會讓襲擊者收手呢？好不容易才偽裝成普通的外出來到這裡，這樣根本毫無意義吧……？」

「嗯。」

我再次看向基維亞的服裝。樸素的襯衫、長褲，腰帶上掛著短劍。加上灰色斗篷。我心裡想著「原來如此」。

「話說回來，很適合妳哦。」

「咦……」

基維亞瞪大眼睛，接著乾咳了幾聲。

「毫……毫無新意的稱讚方式。這種程度我一點都不覺得開心。你應該再思考一下用詞遣字。我沒有特別打扮，只是——」

「以男裝來說啦。看起來像武藝高強的保鏢。以『女神』泰奧莉塔的護衛來說算很自然。」

以基維亞的體型來說，胸部的部分太過於強調其存在感，不過用斗篷成功掩蓋起來了。不從正面看的話應該無法立刻分辨出來才對。

讓襲擊者過度保持警戒也很頭痛，但也不能過於刻意表現出鬆懈的模樣。「女神」外出時由精心挑選過的三名優秀保鏢來守護。只要讓對方如此認為就可以了。

「這樣的話，或許能順利把人釣出來。確實很不錯。」

「……我只想說一件事。這並非男裝！」

基維亞看起來很不高興。證據就是，她以冷酷的命令口吻對我宣告：

「賽羅。現在立刻讓渣布閉嘴。這都是為了盡量提升任務的成功率。」

「知道了。」

嘴裡雖然這麼說，不過我認為這次的任務應該會順利成功，渣布煩人的程度與基維亞的打扮都不會有任何影響。

因為可以感覺到某種氣息。從剛才開始就一直能感覺到視線——除了被注視外，也遭到跟蹤了。看來渣布也跟我有同樣的意見。

那傢伙回過頭來看著我，露出某種佯裝不知的開朗笑容並且閉起一隻眼睛。

刑罰：港灣都市幽湖休假偽裝 4

從西部越過科力歐灣後來到這裡的，大多是相當稀奇的物品。

原本是陸路受到山脈阻擋，因此發展出獨特文化的地方。

當聯合王國成立，五個王族合為而一時，西部是最晚參加的第五個國家。說起來西部原本不是君王制，似乎是採用某種族長選舉制，而且也沒有國名。曾經有過「翁恩・達歐蘭」這樣的地域總稱。

聽說統率諸族的代表，是以「翁恩」這樣的職稱來稱呼自己並且治理人民。該處有獨特的香木、工藝品、紡織品以及陶器等各種名產，每一種都相當吸引目光，尤其受到女性以及兒童的歡迎。

而「女神」泰奧莉塔似乎也不例外。

「快看哪，賽羅。」

「女神」泰奧莉塔不停拉著我的袖子。

「我還是第一次看見那種布料。看起來好像在閃閃發亮呢。你看，那種紅色——很稀有吧，賽羅！對吧！」

她用難以壓抑興奮的模樣抬頭看著我。

很感動的是，她似乎想對我展示各種珍奇的物品。

「不覺得很適合我嗎？你看，那個手環也是。好鮮豔……還是鳥的形狀。看，就是那個！」

「那是翡翠。而且還是硬玉，那可是高級品哦……布料也是西部的名產。」

那些都是貴族去參加晚宴時穿戴在身上的東西。以前在陪同賽涅露娃參加王族的慶祝宴會時知道它的價值後曾經感到驚愕不已。這件事情我到現在都還記得。

「光是那匹布，價錢就足以買下一間房子。要縫製成服裝的話，應該可以建設要塞了。我可不想把鐸達帶到這裡來。」

「我沒有問它的價格。鐸達的事情現在也不構成問題。」

泰奧莉塔似乎對我的解說感到不滿。

「邊看著邊期待，然後邊想像邊享受。如果是吾之騎士就要理解這一點。」

「泰奧莉塔大人，雖然您這麼說，但這個傢伙應該辦不到吧。」

基維亞仍然是一臉不高興的表情，眼神也不跟我相對。應該說，感覺從未看過這傢伙心情好的時候。

「他是缺乏想像力的人。當然沒辦法理解這些物品的美。」

「原來如此，說得也是。」

泰奧莉塔以看著沒教養的小孩般的眼神看著我。

「那麼基維亞，妳告訴我吧。有許多那種布料和飾品的商店在哪裡？」

「交給我吧。這邊附近的名店的話，我都很熟……等一下，賽羅。你那是什麼眼神……」

「沒有……」

被基維亞一瞪之下，我急忙搖了搖頭。

「沒什麼。」

「這個城市就在第十三聖騎士團的屯駐地附近，我也經常到這裡來。」

「我剛才什麼都沒說。」

「因此才熟到能夠帶路。我可是比你熟多了。真要說的話，今天的服裝也是考慮到任務的性質，才刻意減少過度的裝飾。」

「我什麼都沒說……」

「就算是這樣，也絕對不是男裝。」

基維亞以充滿暴力的眼神瞪著我，然後像為了不離開泰奧莉塔身邊一樣加快步行的速度。

「賽羅，你好好警戒背後。應該發現了吧？」

在離開時對我這麼呢喃道。看來基維亞也察覺到氣息了。事到如今，我也只能從後面追上她們兩個人。

「老大，真是難為你啦。」

渣布以極度漫不經心的口氣這麼對我搭話。這傢伙直到剛才都一直跟旁邊攤販的商人說話。

根據剛才隱約聽見的內容，感覺渣布好像是在說最近抓到的老鼠背上有一個很像人臉的痣，然後要老闆「因為很稀奇所以付費來參觀，順便請我吃飯」。不覺得很愚蠢嗎？

「不過看來不會白跑一趟真是太好了。已經聚集過來嘍。」

「這樣啊。」

我跟基維亞的工作是在戰場上戰鬥，在街上擔任護衛或者暗殺並非我們的專門。即使能朦朧地感覺到敵意或者像是氣息的東西，還是不清楚具體來說究竟是什麼，或者對方會使用什麼樣的手段。

「渣布，你要是得在這裡解決『女神』的話會怎麼做？」

因此我便決定詢問專家的意見。

「是在四下無人的巷弄伏擊，還是能夠狙擊目標？」

「這兩個選擇嗎？我的話，兩個都不選。」

渣布一邊把不知道從哪裡買來的烤雞肉串塞進嘴裡，一邊口齒不清地說著話。

「教團手下也不是有幾百個暗殺者。一次能投入的最多也只有五六個人……大概啦。」

「這樣的話，就不會選四下無人的巷弄了。」

「是啊。目標是『女神』喲。絕對會有十個人以上在某處保護著她，越沒有人的地方，在人數方面就越不利吧。感覺就無法靠近。」

實際上，這條大路附近確實配置了第十三聖騎士團的兵力。以訂立計畫的基維亞的性格來看，至少也有二十個人吧。

「無法靠近的話，不是只剩下狙擊了嗎？」

「老大，不能用奇蹟的超級天才渣布的基準來思考啦。當然如果是我的話是有可能辦得到，但不會在這裡實行吧。」

渣布抬頭看向上方。天空雖然很晴朗，但是日光被攤販之間掛著的五顏六色布條以及突出的屋頂遮住了。

「真的不想失敗的話，我想會用更加確實的方法。」

「也就是躲在人群中動手嗎？」

「是啊。就像隨機殺人魔那樣。」

行人確實很多——基維亞雖然注意著不讓人靠近泰奧莉塔，但還是有其極限。當我想著還是再靠近一點去保護她時，泰奧莉塔就回過頭來。

「賽羅！」

看來是賣金屬製品的攤販。泰奧莉塔在排著鍋子、鐵板、刀子等商品的店攤位前對我揮手。

「這個的話，你應該就能判斷得出好壞了吧。」

泰奧莉塔傲慢地指著排在攤位前的小刀。

「選一把吧。當成紀念今天的禮物。」

「紀念什麼？」

我稍微笑了出來，不過泰奧莉塔看起來很認真。

「『女神』泰奧莉塔祝福市井大街的紀念。」

「是可以啦。」

我看向攤位前面的小刀。雖然全都是精心鍛造的刀子，但以用途來說，最多也只能拿來當成切水果用的小刀。

「刀子太危險了吧。」

「我會跟賽羅學習使用方法。那是你的特技吧。別管那麼多了，快選吧。」

既然對方都這麼說，那也沒辦法了。我開始看起並排在該處的小刀，評價起鋼的品質。

西部產的鋼品質相當精良。因為是由獨特的製法所打造，刀刃上會浮現波浪般的紋路。這種製法稱為西紋鍛造，甚至也有專門收集的貴族。

我拿起其中一把，用軍票買下來後送給她。在用一丁點蓋了印記的紙張來交換小刀後，接著挑選適合泰奧莉塔的皮繩來代替劍帶。使用帶有光澤染料的鹿皮製皮帶應該不錯吧。我正準備捻起一條時手就停了下來。

「基維亞。」

我把剛買的小刀從刀鞘裡抽出，舉到眼睛的刀度。

「看得見嗎？」

「嗯。」

為了作為商品而打造成跟鏡面一樣的刀刃上確實映照出東西，也就是從背後靠近的人影。大約有兩個人略為強硬地穿過人群。打扮就像是正在購物的市民。

但是手被長袖子蓋住而看不見。

「那麼——要由誰來擔任泰奧莉塔的護衛？」

「你負責，賽羅。別離開她身邊。」

「什麼？」

基維亞點頭，泰奧莉塔則是歪起頭。渣布不知為何像是很輕鬆般把剩下的雞肉從竹籤上咬下來。

「泰奧莉塔，危及的時候拿來當成盾牌使用。」

讓她握住用繩子纏起的小刀握柄後，我就盡可能自然地動了起來。抱住困惑的泰奧莉塔肩膀把她往後推。

這個時候，基維亞已經拔劍了。那是一把大概有手肘到指尖那麼長的細長短劍。屬於用來突刺的劍。

「放下武器。」

只丟出一句警告。

基維亞的劍一閃而過，兩名可疑人士其中之一的肩膀就在眨眼之間遭到貫穿。一把小刀從他手上掉落。血開始往下滴。即使如此，那個傢伙還是毫不放棄，像是要朝著泰奧莉塔撲去，結果這次換成腳被貫穿。而且是兩腳幾乎同時中招。

可疑人士隨著鳥一般的悲鳴癱倒在地。

「我警告過你了。」

基維亞的劍技可以說極為卓越。至少在劍技方面是比隨便完成訓練的我要厲害。她甚至還能從容地把劍對準癱軟的男性喉頭。

「哎呀。抱歉，老大。」

渣布發出像是覺得尷尬的聲音。

這傢伙也接著解決了另一名可疑人士。是貨真價實地喪失了生命。到剛才都還叼在渣布嘴裡的竹籤，已經整根刺進了對方的喉嚨裡。而且左眼也被戳瞎了。

「那個……我剛才說最多也只有五六個人……」

渣布窺看著我的臉色，他的臉上露出遭受重大失敗般的表情。

「是騙人的吧。」

「沒有啦，是那個……我不知道現在的教團已經變得如此龐大了。請不要制裁我啦。」

「我才不會哩。現在根本沒空。」

我從人群的深處看見不斷往這裡靠近的可疑人士。

強行從人群裡衝出來的怎麼數也有十個人。配置的聖騎士解決了幾個人？數量實在太多了。

應該投入了將近五十名的人力吧。

而且因為剛才的攻防，騷動已經逐漸在人群中擴散開來——看見死亡的可疑人士後，某人發出了悲鳴。有人倒下，有人則開始跑了起來。攤販的商品滾落，讓情況變得更加混亂。這不是好現象。

基維亞把劍插進可疑人士的身體，然後一邊拔劍一邊怒吼：

「要從這裡移動了！改變計畫，使用第二條路徑！」

「了解。」

我也踢起另一名可疑人物的肚子並且做出回應。由於有起動飛翔聖印，我想應該破壞了那個傢伙的內臟。而且身體有點浮起來了，然後才滾落到地面。

「不愧是老大。」

真要說的話，渣布這時是用感到害怕般的聲音來稱讚我。

「下手毫不留情！是在幹掉前先轟成絞肉的類型嗎……真恐怖……」

「我沒殺人也沒把他轟成絞肉。我可跟你不一樣。」

這時泰奧莉塔仍帶著困惑表情，我丟下這句話同時抓住抓住她的手。感覺有點冰冷。她以壓抑不安的僵硬表情抬頭看著我。

「吾之騎士，已經開始了嗎？我的假日呢……？」

「抱歉，要變更預定了。我們稍微到其他的路上散個步吧。」

我在心中祈禱著預定不要再有什麼變更了。但是，我也很清楚至今為止這樣的願望從來沒有實現過。

總而言之，現在的地點實在不佳。平民太多了。

再加上場面極度混亂，讓人難以行動。我無法放開泰奧莉塔的手。

「基維亞。」

我把酒桶踢倒，讓試著靠近的——像是暗殺者般的對手整個人跌倒。

「快想想辦法，這樣施展不開手腳。」

不知道她是否聽見我的請求。

「——我們是聖騎士，市民立刻離開！我們要封鎖這條路！」

基維亞朝著頭上舉起短杖。其前端隨著巨響發出亮光。

這也是雷杖，而且是力量用在發出巨大聲響上的類型。不是在幾乎緊貼的距離就無法發揮威力，屬於都市警備隊用來威嚇用的道具。由於也能用在號令部隊上，因此司令官的話，有人經常會把它帶在身邊。

「朝我們靠近者一律視為具有敵意！」

基維亞如此宣布，而且實際採取這樣的行為。一名男性從推擠的人群中踩著踉蹌的腳步往這裡過來，基維亞的劍立刻貫穿他的右臂。

「嗚……」

男人露出痛苦的表情。原本似乎拿著小刀，沒拿穩掉落到地面發出清脆的金屬聲並且反彈起來。但他還是沒有停下腳步。

「意思是『別再靠近了』。你聽不見嗎？」

基維亞也沒有停手。那傢伙即使失去小刀，還是想要飛撲過來，基維亞的劍往他腳邊一閃後讓他跌倒。

了不起的技術。雖然也類似短槍術，不過那是北方劍術的流派。側身到讓人覺得有些極端的地步，以突刺與反擊為主體。這是跟我學習的，揮舞刀刃來砍劈般的南方劍術最大的不同之處。

「啊……等一下等一下，基維亞小姐。這時候是不是該請市民們幫忙？」

這時多嘴的是渣布。

這傢伙也用手掌大的刀刃撕裂了像是暗殺者般人物的喉嚨。應該是剛才隨手從攤販那裡拿來的吧。

「把諸位市民拿來當盾牌比較好喲。啊，可以的話就用小孩子！」

「什……什麼……？你這傢伙，那是什麼意思！」

「讓泰奧莉塔小妞揹著當盾牌的孩子，然後移動到安全的地方吧。雖然覺得不會，但還是怕賭一把的狙擊！」

雖然渣布是很嚴肅地說著，但口氣實在太輕薄且開朗了。這原本就是會讓基維亞大動肝火的提案，這樣的口氣更是火上加油。

基維亞銳利的目光就像要噴出火來。

「你在說什麼，這個人渣！哪能做出這種事啊！」

「咦咦！」

渣布像是感到意外般看向我。

「為什麼！妳不想保護泰奧莉塔小妞嗎？剛剛明明看起來感情很好……等等，賽羅老大也說點話啊！這個人好冷淡哦！」

「我才不說。你快想些不危及周圍的方法。」

我拉著明顯露出膽怯表情的泰奧莉塔的手，以脫離這條人潮眾多的大路為目標。

「別想拿毫無關係的人來當盾牌，笨蛋。」

「真的假的？」

渣布以臉色蒼白的表情低聲說道。

「不對，這個人是說真的？絕對有問題，一點都不正常……」

渣布一邊這麼低吟，一邊又讓一個衝過來的傢伙跌倒並且粉碎其頭顱。

這傢伙的體術不知道究竟是什麼，總之是很獨特的技術。才剛看見他抓住對手身體的某個部分，對方就失去平衡然後被幹掉了。

（渣布說的話其實也有道理。如果只考慮自己跟同伴的安全……）

我遮住泰奧莉塔的眼睛不讓她看見那樣的光景，在極短暫的時間內思考著。在部隊裡面會禁止渣布使用這種人渣戰術的，大概只有我、諾魯卡由和萊諾了吧。

「賽羅！又來了！」

泰奧莉塔提醒我要注意。

我們奔跑的方向前方，從巷弄的縫隙出現一個男人。他擋住去路，明顯是以我們為目標。如果不是單手拿著一把劍的話，其身分或許還有檢討的餘地。

（不過——）

基維亞手下的聖騎士團到底在做什麼？大路的各處都出現騷動。是還有其他襲擊者，所以正在應付他們嗎？可惡。

「賽羅，對上人類……我的能力——」

泰奧莉塔呢喃的聲音裡可以聽出無法完全掩飾的不安，而且這樣的不安還不是因為自己的生命受到威脅。握住她的手的我相當清楚。

「可能派不上用場。我無法攻擊。」

「別在意。人類對手就交給我們。」

我抱住泰奧莉塔。觸碰到頭髮的指尖感覺到些許火花。嘴裡說別在意的我，內心的憤怒應該確實傳遞給泰奧莉塔了吧。

這個狗屁教團的暗殺者們，只會給人惹麻煩。

這就是我的憤怒。

「泰奧莉塔。抓好了，別放開我的手。」

「──好的。」

泰奧莉塔確實地點了點頭。

「全交給你了。」

能聽見這句話就夠了。

「渣布！靠過來的嘍囉就交給你了！」

「啊，嘍囉果然由我負責嗎？」

「當然是你了。」

丟下這句話後，我就朝地面踢去並且起動飛翔印。飛越堵住巷弄的男人頭頂，往牆壁一踢後──再次跳躍。毫不回頭地落地接著奔跑。

猛衝過來的男性暗殺者絕對會感到困惑。要追我嗎？但這樣就會對渣布與基維亞露出背部。在他猶豫期間應該就會分出勝負了。基維亞或者渣布應該會解決掉他吧。我不去確認這一點。

說起來，這是原本就分配好的工作。

機動力高，溝通迅速的我負責抱著泰奧莉塔逃走，粗暴的工作就交由基維亞與渣布負責。這次能這麼輕鬆真是太棒了。

總之，我就這樣順利地衝進巷弄裡。這是基維亞事先預想到的避難路線之一。當大路發生意料之外的事故時使用的臨時路線。我也大概把地圖都記在腦裡了。

前進的方向是城市裡被稱為「索多力克貝殼」的一角。

該區塊被錯綜複雜的巷弄包圍，可以說是這個幽湖市的背側。老實說治安相當差，即使白天行人也不多。地圖正確的話，穿越這條巷弄就有一處開闊的地點。而聖騎士團應該控制該區域附近了。

在那裡的話，人數上的差異應該就能發揮功效才對。正式組成隊伍來戰鬥的話，基本上暗殺者不會是軍隊的對手。雖然還是有例外，不過暗殺者通常是這樣。

但是在巷弄裡轉了兩次彎後，我就不得不停下腳步。

（這下糟了。）

即使來到這個地方也還是看不見聖騎士團的影子。可以感覺到像是背部發癢，也像是焦躁感般的空氣。根據時間跟地點，我會盡可能不去無視這樣的直覺。

「——賽羅，你也覺得奇怪嗎？」

停下腳步期間基維亞與渣布追了上來。兩個人的腳步都相當輕快，也沒有氣喘吁吁的模樣。

「看來連這條路線都變困難了。」

這時基維亞終於理解到事情的嚴重性。她以斗篷擦拭染血的劍並且繃起臉來。

「看不到我聖騎士團的人手。我早已經命令步兵在這個區塊散開了。只能認為他們發生了什麼事。」

「這樣啊……那應該是遭到排除了吧？」

事到如今不知道渣布為什麼還在意弄髒了，只見他拍著到處沾著沙子的衣服。

「我殺了一下才知道，這些傢伙都不是真正的教團暗殺者。沒有曾經受過訓練的感覺。」

「是太弱了嗎？」

我的問題讓渣布露出輕浮的笑容並且點了點頭。

「嗯，我想應該沒有像我這麼強的傢伙，但實在太不像樣了。不過武器確實是教團的喲。」

渣布舉起不知道什麼時候撿到的小刀給我看。

可以看到刀刃上刻著三角形的楔型紋章。

「這個紋章是屬於古焉．莫沙教團的喲。也就是他們所謂的『真實大聖印』。跟神殿承認的圓形加上直線不同吧？」

「那麼，真要說的話，這場騷動……」

這種事情根本不需要另外花時間思考。我直接說出另一個可能性。

「是打算裝成教團的手下才會這麼做嗎？以黑社會的暗殺教團來說，數量確實太多了。太誇張了。到底是哪裡來的？」

「說不定是支持魔王現象的那派人馬。」

基維亞似乎很謹慎地選擇了用詞遣字，露出拘謹表情的側臉沒有什麼變化。只不過，可以聽出她的聲音裡面帶著苦澀的聲響。

「共生派嗎？剛好我最近也開始覺得那些傢伙很礙眼了。」

「嗯。至少對那些傢伙來說，殺害『女神』是有益處的……原本認為軍部和聖騎士團裡應該不會有那樣的傢伙混進來。不過——」

基維亞用斗篷擦拭自己的劍，把劍刃上聖印的髒汙弄乾淨。

「現在還是先度過這個難關吧。」

她瞪著巷弄深處這麼表示。

原來如此，我也認為會從那邊攻過來。幾道腳步聲響起。緊接著……

響起渣布抽搐的聲音。

「嗚咿，那是什麼！」

三個穿著頭盔等全套護具——似乎是新刺客的傢伙出現了。而且雙手都還抱著手杖。

「那不是雷杖嗎！可以拿那個嗎！」

「當然不行。」

基維亞以撫然的表情如此斷言並且展開行動。

「可惡。雷杖竟然外流了，軍部的管理到底出了什麼問題！」

她氣急敗壞地抱怨著。

正如渣布所說的，那些傢伙拿著的是雷杖。這樣的武器是由軍隊獨占通路，一般來說不會在市面流通。除了持有資格受到嚴格管理之外，製造數原本就到限制。

就算是黑社會的人，應該也無法輕易入手才對。

「到底在搞什麼。」

我也一邊抱怨，一邊用背部保護泰奧莉塔。

刺客們的雷杖再次放出閃光——但瞄準的技術完全不行。三個人中的兩個人跟目標相差甚遠，剩下的一個已經由基維亞加以對應。

「尼斯克夫。」

基維亞這麼呢喃，同時將劍尖輕輕刺向地面。

那是起動聖印的發言。發出空氣振動般的「嗡嗡」聲後，出現某種像是淡淡藍色朦朧薄幕的物體。那是可以擋下雷杖射擊的盾牌。承受電擊後爆散出些許火花。

這是名為遮甲印尼斯克夫的常見聖印。持續時間雖然短，但是能對熱氣與物理衝擊產生強力的防禦障壁。

我趁著這段期間結束了攻擊。

由於這次只攜帶了兩把小刀，所以使用了其他東西。我把手伸進口袋抓住硬幣。那是聯合行政室所發行的新王國硬幣。跟由真正的金子與銀子製成的舊王國貨幣比起來，價值仍然不高。

把薩提．芬德聖印的力量浸透到硬幣裡，接著用指尖彈出。

只要輕輕地就可以了。彈出去的硬幣飛到刺客們的眼前，隨著閃光爆炸。由於沒辦法像小刀那樣刺中才起動，所以破壞力比不上從身體內側爆炸。

但已經可以將人類轟飛，輕易令其無法繼續戰鬥。而且是一次解決三個人。

「很好。附近沒有閒雜人等的話就能輕鬆獲勝。」

「嗯，等等——」

基維亞回過頭來，或許是想說幾句俏皮話吧。

但稍微放鬆的眼神立刻再次銳利地瞇了起來。

「渣布！你的頭上！」

「哦哇。」

渣布發出異常的驚訝聲，連我也有點嚇到了。

那傢伙是真正地從天而降。

全身漆黑的瘦削影子。對方正舉著右臂——手掌上有刀刃？不對。沒有握住任何東西。不過空著的手就這麼揮落。

渣布以動物性的反射迎擊對方。

也就是所謂身體根深蒂固的習慣嗎？輕鬆閃開空手揮出的一擊，將手上的小刀往上揮，瞄準對方的脖子。動作相當正確，沒有一絲滯礙。

但是被躲開了。

即使如此，渣布還是沒有露出動搖的模樣，反手握住刀子就準備往對方刺下。除此之外還同時加上掃腿以及抓住胸口的動作。流暢的身體動作以及藉此使出的犀利技巧。

剛想著「贏了」並且看著兩人交錯後，渣布就像蝗蟲一樣往後方跳去。

斷斷續續傳出「嘰、嘰」的堅硬聲響。

我的眼裡看見飛降而下的瘦削影子以左手擋下小刀，並且用手掌給了渣布的側腹部一擊。渣布應該也擋下了這記攻擊。但緊接著——

「等一下，不會吧……」

渣布臉上硬是擠出了笑容。

雖然仍是輕薄的表情，但可以看出因為痛苦而滲出斗大的汗滴。從他防禦側腹部的左手上滴下血來。血飛濺到地面並汩汩地流下。

「這傢伙搞什麼。」

渣布的左手受了重傷。連上臂都被挖爛了。

「應該有什麼機關哦，老大……超痛的……」

就像野獸用牙齒撕咬一樣，留下了幾個突刺的痕跡——究竟受到什麼樣的攻擊？連右手握住的刀子都折斷了。渣布就這樣跪到了地上。

漆黑的瘦削影子回頭看向這邊。果然用全黑的布遮住了臉龐。應該正以微微從底下露出的眼睛看著我跟泰奧莉塔。

那是像野獸一樣的眼睛。

我心裡想著「距離太近了」。

瘦削的黑衣暗殺者相當沉默寡言。

像是要找人握手一樣把右手伸到前面來。

那應該是那傢伙的準備動作吧。很罕見的體術姿勢。腰也沒有下沉，也沒有握拳。往後縮的左手擺在腰部的中段。距離僅有四步之遙，我的背後還有泰奧莉塔在。

（這下不妙了。）

迴避的空間都被封死了。還是立刻抱起泰奧莉塔，使用飛翔印拉開距離呢——為了辦到這一點，有一瞬間必須把背部朝向對方。

「賽羅，我……」

「別離開我身邊。別從身後探出頭來。」

我先這麼叮嚀泰奧莉塔。

「立刻把他解決掉。」

「……吾之騎士的話當然沒問題了。」

泰奧莉塔只用力抓了一下我後面的衣角。雖然有點辛苦，但這根本連危機都算不上。知不知道我們懲罰勇者部隊歷經多少生死關頭。

所以這只是小事一樁。我試著對蹲下的渣布搭話。

「渣布，你別多事哦。」

「沒有啦，說起來我根本動不了。真的不行了。」

渣布試著從肩膀的地方幫流血的左手止血。那是像被野獸狠狠咬了一口般的傷痕。看起來流了不少血，但就算是這樣，那個傢伙還是以流下斗大汗珠的臉龐輕薄地笑著說：

「手根本不能用了。」

「那真是難為你了。」

「倒是老大，你看到了嗎？剛才那傢伙的雙手——」

在渣布說完話之前，瘦削的刺客就動了起來。

正確來說，應該是只有體重稍微移動而已。我知道他這樣就能發動攻勢。在稱不上空檔的移動瞬間。

（不能只是採取守勢。）

尤其是面對暗殺者的時候。

結果我還是選擇了攻擊。從皮帶抽出小刀。直接一個動作投擲出去。拔刀直接投出的這個動作，我已經練習到感到厭倦了。從空中投擲小刀也不會錯失目標的我，在地上不可能會失手。

瞄準的是對方的眉間。我認為想要避開這記攻擊的動作會讓他的身體晃動，結果對方選擇迎擊。他以右手的護具彈開小刀。

這個瞬間，薩提・芬德聖印炸裂了。

雖說在至近距離下無法使用太強烈的爆炸，即使如此應該還是發出足以轟飛人類手臂的威力。但刺客還是穿越閃光與爆風往前衝了過來。

右手平安無事。沒有任何傷勢──為什麼？

刺客的指尖破風而至，一路伸到我的眼前。我全力後仰──黑髮且高挑的影子就擋住了我的視界。

「呼！」

可以聽見細微的呼氣聲。

是基維亞的劍。從側面刺進刺客的右手。尖銳的金屬聲。衝突的一瞬間，基維亞無法呼吸，刺客瞇起了眼睛。是在笑嗎？纖細的左手動了起來。目標是朝基維亞的腹部。

這個瞬間，我也看見了。基維亞試圖往前踏步。

「不要啊！」

基維亞準備使出下一記突刺時，我便用力拉住她的肩膀。

好不容易趕上了。兩個人一起丟臉地跌坐到地上，基維亞也以非難的眼神看著我，但我不在乎。總算是避開致命傷了。

「啪嘰」的聲音響起。

是漆黑刺客的手。正確來說是覆蓋在上面的深灰色護手。當他伸出右手時，那個奇妙的護手——該怎麼說呢，竟然看起來就像是分散開來一樣。

那個看起來像是護手的物體，似乎是繩子的集合體。或許是由鋼製成的繩子。

解開那個物體後，組合起來改變成層層疊在一起的形狀——如此一來，就形成了幾個像是利牙的銳角。剛好就像猛獸的下顎。

那個下顎像是要噬咬般在基維亞眼前合了起來。

「嗚。」

從基維亞雪白的喉嚨發出這樣的呻吟聲。她的脖子再往前一點的話，應該就被撕裂了吧。

渣布的左手會那樣傷痕累累，應該也是這個護手造成的吧。我的爆炸應該是把鋼繩組成小盾牌的形狀來加以防禦。看來那個護手擁有以相當快的速度柔軟地改變形狀的能力。

（絕對是某種印群。）

而且大概是仍未被軍隊採用的特製品。

從性質來看，是打擊印群之一嗎？應該也有提升身體能力的效果吧。知道是怎麼回事後其實就沒什麼大不了，不過在近身戰方面確實相當強大。要突破那個護手需要強力的爆炸。

不過，真的辦得到嗎？多大規模的爆炸才能成功？在這樣的巷弄裡，一個搞不好的話，連我方都會被倒塌的建築物波及。在有泰奧莉塔在的情況下，也只能嘗試最小限度的爆炸。

瘦削的刺客試圖追擊倒地的我們。當然不會讓他得逞——我一邊倒下一邊用左手丟出硬幣。

（這個蠢貨，吃我這招吧。）

目標在頭上。

比剛才更加強烈的爆炸與衝擊。刺客雖然立刻用護手擋了下來，但還是急忙躲開，以野獸在地面爬行般的姿勢落地。

不過對方並非毫髮無傷。黑色蒙面因為爆炸而剝落，露出底下消瘦女性的臉龐。從體格與動作大概就有這樣的感覺了。女性宛如野獸的眼睛依序看著我、基維亞以及泰奧莉塔。

那是再次估量目標的眼神。正在思考解決的順序嗎？

「……得救了。」

基維亞低聲說道。視線依然在敵人身上，而且繃著一張臉。

我注意到對她來說，這樣的態度是在表達感謝之意。這樣的話，應該還能戰鬥。

「還能打嗎，基維亞？累了的話直接躺下也沒關係哦。」

「你以為我是誰啊。」

基維亞繃起臉來，緩緩起身。

「少在那裡廢話。」

她側過身子，舉起劍來。接著前進——我則往後退了一步。形成我跟基維亞前後擋住泰奧莉塔的站位。這是必須採取的行動。

因為狀況持續惡化的緣故。

杖。

從背後又可以聽見幾道腳步聲——從巷弄的反方向出現新的六名刺客。其中有五人拿著雷杖。

（到底是怎麼回事？）

我對這些傢伙感到很厭煩。

是不是比想像中還要龐大一百倍的組織正在展開行動？

「……到此為止了，西基．巴烏。」

背後新出現的敵人傳出低沉穩重的聲音。我側身把視線移往該處。

「面對跟著『女神』的懲罰勇者，妳獲勝的機率只有千分之一。該撤退了。繼續毫無意義的戰鬥沒有任何好處。」

懶洋洋的聲音。身上穿著有些髒的黑衣——這邊明顯是男性。

新出現的敵人裡面，只有這個傢伙沒有拿雷杖。雖然極度駝背，但站直的話應該跟我差不多高。有著一張不怎麼健康的蒼白臉龐。從嘴裡說出來的言詞也帶著某種自言自語般的陰鬱聲響。

「聽到了嗎，西基．巴烏？妳說過自己是行家吧。是職業的殺手。這樣的話，應該能分辨撤退的時機才對。」

「你真是個徹頭徹尾的外行……」

被稱為西基．巴烏的女性露骨地繃起臉。

「別隨便叫別人的名字。被知道的話沒有任何好處。這是行家的常識，普佳姆。」

就像要回敬對方一樣，西基．巴烏也叫出男性的名字。普佳姆。這就是那個傢伙的名字嗎，或者是渾號呢？

面對女性的發言，普佳姆則是很有禮貌地微微低下頭來。

「原來如此，是這樣嗎？我了解了。我不清楚業界的常識。要請妳以前輩的身分，今後也多多給我指導──」

「請……請等一下哦，大哥。現在不是做這種事情的時候吧。」

由於普佳姆的話似乎會很長，拿著雷杖的其他刺客就打斷了他。或許是對這悠閒的對話感到焦躁吧。

「現在立刻撤退吧！不快一點的話，聖騎士團就──」

「抱歉。安靜吧。」

普佳姆的左手輕輕往背後一揮。

「我正在跟西基．巴烏講話。打斷應該是失禮的行為。」

簡直就像是賞巴掌的動作。我的視界就只能看到這樣。

光是這樣，搭話的男人下巴就不見了──不對，是被轟飛了嗎？雖然不知道他做了什麼，但男人發出殺豬般的叫聲當場跪了下來。一邊流著血一邊蹲在那裡。

可以知道泰奧莉塔瞪大眼睛並且屏住呼吸。我用手掌擋住了她的視線。

「哼！」

西基．巴烏瞥了一眼下巴被轟飛的男人，很不高興般用鼻子哼了一聲。

「虧你做得出來耶。不記得被叮嚀過別濫殺無辜嗎？」

「殺人？我沒有做那種事，那樣太殘忍了吧。」

「但是打碎下巴了。你這傢伙真是個瘋子——」

西基．巴烏像是在聊天般說著話，同時自然地把腳往前踩。我跟基維亞都直覺那是攻擊的前兆。

已經知道敵人的手法了。所以不會陪她打近身戰。

「基維亞。分工合作吧，新出現的傢伙看起來也不太妙。」

「嗯，護手的女人就交給我。」

基維亞像是要阻止西基．巴烏的前進般展開行動。她把劍尖插在地面，接著放出光芒。

「尼斯克夫！」

「嘖……」

藍白色朦朧障壁展開，西基．巴烏看見就咂了一下舌頭。揮出的拳頭以及將護手變形成利牙般的一擊被那面障壁擋住。傳出了堅硬的撞擊聲。

像基維亞這樣的練家子以聖印來專心防守的話，應該不會那麼簡單就被攻破。

我則趁這段期間解決新的敵人。我因此而拔出小刀。那原本是屬於古焉．莫沙教團暗殺者的武器，我確實加以回收後拿來使用。

「西基．巴烏想要戰鬥。我也要上了——別發射雷杖。打中背部的話會有點痛。」

普佳姆踩著摩擦地面般的腳步往前進。

「失禮了。」

普佳姆瞇起眼睛並且突然加速，速度比預想的還要快。往左跳後踢向牆壁來到上方。這傢伙也是採取能立體使用這條狹窄巷弄的戰鬥方式。

（直接跳到頭上嗎！）

我朝該處發射小刀。因為我認為在空中無法好好做出迴避動作的緣故。

但是我錯了。普佳姆——在我頭上扭動身體來加速。不清楚究竟是怎麼辦到的，只有那傢伙的右手一瞬間像是鞭子般彎曲的感覺。「咕噗」一聲，像是某種東西冒出泡泡的聲音。

（這傢伙到底是什麼人？）

用來迎擊而投出的小刀落空，在空中爆炸。

閃光、聲響以及衝擊。或許是這些現象讓對方嚇了一跳吧。否則的話，就不知道我為何能藉由臨時的後退來迴避攻擊了。雖然是狼狽地往後倒的形式，不過還是躲開致命的攻擊了。

又是那種冒泡般的聲音。

那道聲音刨開我原本所在的地方。在千鈞一髮之際才躲開。

地面以及牆壁，都出現像是被劍或者某種武器撕裂般的痕跡。他到底做了什麼，使用了什麼樣的武器？看起來不像拿著什麼東西，難道是跟西基．巴烏同樣的隱藏式武器嗎？

同時出現好幾個疑點。只不過，沒有慢慢思考的時間了。

「……爆炸。是聖印的力量吧。懲罰勇者——傳聞中的賽羅・佛魯巴茲嗎？」

不知道什麼時候，普佳姆已經跟我拉開距離。難以置信的速度。簡直跟野獸一樣。極度駝背的他往上看著我，眼睛裡帶著純粹到驚人的讚賞之意。

「沒想到會在這裡遇見你。這在我的假定裡面也算是最困難的事態之一。」

「你想說什麼？」

我慎重地撐起身體，同時試著對他搭話。

對方是個充滿謎團的對手。

到底是如何在空中做出那樣的軌道？在牆壁與地面留下爪子般傷痕的究竟是什麼？這傢伙沒有戴著跟西基・巴烏一樣的聖印兵器護手。外表看起來是極不健康的駝背男性。明明應該只是這樣，內心卻產生莫名的騷動。

「你叫普佳姆對吧。你剛才做了什麼？竟然使出難以置信的迴避方式。你是在馬戲團表演雜耍的嗎？」

「錯了。」

普佳姆不理會我的玩笑話。只有認真地以冷淡的眼睛發出深邃光芒。

「你才是展現了精湛的技術。尤其是投擲小刀的準確度實在太優秀了。我看你才比較適合馬戲團吧？」

「其實我待了三年左右。我是飛刀達人，另外也擅長表演空中飛人。」

我說出了愚蠢的玩笑話。但普佳姆沒有笑，只是點著頭說：

「這樣啊。難怪會有那樣的技術。」

認真的嗎？這傢伙竟然把我的玩笑當真了。

「在我認識的人裡面，你可以說是世界第一的高手了。我尊敬你。」

「普佳姆，太多話了。你這笨蛋。」

西基．巴烏低聲這麼斥責。

「別給對方多餘的情報。你這傢伙真的是外行人嗎？」

「原來如此。行家不會做這樣的說明。又學會一件事了。」

「……哦哦。這些傢伙真的很不妙。」

不知道什麼時候爬到我腳邊的渣布丟出這麼一句話。

「雖然駝背男也很恐怖，不過西基．巴烏……那個女人的話，我也曾經聽過這個名字。她是有名的冒險者。果然不是教團的暗殺者。」

「跟你不一樣。看起來殺人的成功率很高啊。」

「對吧。因為長相就很凶惡啊。關於這一點，我可是親切又人見人愛……嘿嘿……」

一邊回答我玩笑話的渣布，身體已經流了太多的血。連聲音都顯得無力了。

「泰奧莉塔小妞還是別亂動比較好喲。坐在這裡看戲吧。老大跟那邊的大姊姊都很強……大概沒問題……」

「住口。誰是大姊姊。」

繃起臉來的基維亞，目前仍然能從容地附和他的玩笑話。這真是太好了。焦急的人動作和思考都會變得僵硬。基維亞確實有年紀輕輕就擔任聖騎士團團長的實力。

不過，泰奧莉塔就沒辦法這麼輕鬆了。

「賽羅。」

泰奧莉塔再次抓住我背後的衣角。

「……需要幫忙嗎，吾之騎士？我的話……一定……」

蒼白的臉龐相當嚴肅，可以知道她正在堅定自己的意志。

「可以……拯救你們。讓劍……劍雨落下……」

「快住手。」

我按住泰奧莉塔的肩膀。

逞強的她正在發抖。動用所有的意志力，試圖抵抗恐懼還有最重要的——應該說像是自己內心本能的東西。我知道「女神」想要傷害人類時會有多麼痛苦。

（沒錯。怎麼可能忘記。）

我應該知道。仍然記得。我努力要想起那個時候的事情。

「快住手，泰奧莉塔。妳不用做那種事，那不是妳應該做的。」

「我的話可以拯救大家。應該可以……！」

藉由重複「拯救」這樣的說法來正當化自己的行為。

「快住手。」

我再次用力抓住泰奧莉塔的肩膀。

「別擔心。」

「但是……」

泰奧莉塔回握住我的手。

「……有點奇怪。那個男人……有種很奇怪的感覺……」

「等等！泰奧莉塔小妞、老大，過來了喲！」

泰奧莉塔試著要說些什麼。我也試著想聽她要說的話，結果渣布就像是要打斷這一切般發出銳利的呢喃聲。我點頭做出回應。心裡想著「讓人等這麼久」。

「趕上了。所以妳不必勉強，泰奧莉塔。」

「咦？」

「不是只有我們兩個人在戰鬥。」

我抬頭看向上方。一道巨大的黑影掠過空中。

「快趴下！」

我抓住泰奧莉塔的頭，當場讓她趴了下去。基維亞也馬上跟著這麼做。西基・巴烏也像是被彈開般往後方跳去。來不及的是剩下的其他人。

火焰像是從天迸發出來般落下。那是連骨頭都能燒掉的猛烈火焰。火焰將巷弄內部照耀成鮮紅色，一眨眼就充滿整個空間並且溢出。人類就這樣活生生地被燒灼。

那群刺客發出苦悶的聲音，宛如跳舞般踩著踉蹌的腳步滾落到地面。普佳姆也不例外。遭到火焰包圍、東倒西歪並且撞上牆壁。地獄就在極為唐突的狀態下出現了。基維亞也露出茫然的表情——我則是用手掌蓋住泰奧莉塔的眼睛。

因為慘劇仍未結束。一名渾身著火的刺客試圖要逃出該地。

結果頭部遭到槍尖粉碎。從空中投擲下來的短槍破壞了他的頭骨。

從頭上傳來冷淡的聲音。收起翅膀的藍色飛龍——妮莉，以及傑斯就這樣從天而降。渣布早已經找來這兩個傢伙了。

「哦哦。」

既然龍騎兵回到懲罰勇者部隊，那麼在戰場上就不會遭到孤立。

「竟然把我找來如此狹窄的地方。」

傑斯開口這麼表示。臉上帶著平常那種不高興的表情。

「我是拒絕了，不過你們要感謝妮莉。你們欠我一個人情。」

「知道啦。」

我只能投降了。這下子之後應該會被要求請客吧。渣布臉上露出僵硬的笑容。

「抱歉了，妮莉。」

「得救了，妮莉姊。」

我跟渣布的發言，讓妮莉用鼻子發出「咻——」的聲音。

不知道是回答。或者只是在笑。不論是哪一種，妮莉這時候還是伸長脖子，傑斯則撫摸著牠的喉嚨附近。

「啊，可以嗎？妮莉真是溫柔耶……當然是這樣了，重新度假。明天直接飛到海邊。」

雖然這麼說有點不近情理，但在燃燒的火焰中看見的傑斯與妮莉，特別像是一幅畫。

「——快找滅火隊來！」

基維亞急忙大叫並且站起身子。

「賽羅，緊急聯絡廳舍！必須防止延燒！」

——這就是使用傑斯時的問題。

這傢伙完全不考慮對於周邊的人類造成的損害。說起來，他根本不覺得需要考慮。不用聖印加上明確的限制的話，通常不會有什麼好事。

牽扯到龍的話，造成的損害就會比讓渣布盡情發揮還要嚴重許多。

（這又是我們會遭到責怪的情況了。）

我以憂鬱的心情回頭看去。

回過神來後——西基．巴烏的身影當然早就消失不見。也難怪她會逃走。

但問題是另一個人，也就是普佳姆。在燃燒著的刺客當中，只有這個傢伙沒有因為痛苦而發出悲鳴。即使被火紋身，還是以冷然的表情看著我。

「呼喚了飛龍來當援軍嗎？太厲害了，懲罰勇者。」

可以看到他一邊說話，皮膚還一邊冒出泡泡。看起來像是火焰焚燒著肌肉，然後又從邊緣開始治癒。

「原來如此。龍的火焰熱到難以承受，看來血不夠了。這真是上了一課……我就先……告辭了……」

我一瞬間猶豫著應該提出什麼問題。

「下次再見了。」

只留下這句話，普佳姆就跳了起來。只留下火屑就朝牆壁一踢往頭上跳去——跳到狹窄巷弄的建築物上。根本不只有野獸的等級。身體能力就跟怪物一樣。

傑斯也以難以置信的表情看著這一幕。

「逃走了嗎？那傢伙是怎麼回事，他可是被妮莉的火燒到了哦。」

「誰知道呢。不過——」

我話說到一半就不知道該說些什麼才好了。

普佳姆。真是個莫名其妙的傢伙。即使被火紋身也完全沒有死亡的跡象。那實在太不像人類了。

「泰奧莉塔。」

我對到現在依然緊握住我的手的「女神」搭話。

「妳剛才想說什麼？妳說那個駝背的男人怎麼個奇怪法？」

「我也不知道正確的答案。只不過……當我想著要攻擊時，不知道為什麼，就只有對那個男人的抵抗感……比較少……」

泰奧莉塔說著說著，聲音就越來越小。應該是連自己都不確定的關係吧。

「沒關係，妳說說看。用妳的直覺把內心的想法直接說出來。」

「……說不定，那個男人不是人類。」

原來如此，確實很有可能。

（這就表示，那傢伙就是斯普利坎嗎？）

化身為人類的魔王。芙雷希他們追蹤的個體。

雖然自稱普佳姆，反正是假名吧。沒有會特地報上真名的笨蛋。

那傢伙留下來的痕跡應該也不會有什麼提示吧。我為了確認這一點抬起頭，就看見到現在才趕過來的聖騎士團騎兵。他們裡面似乎有相當疲憊且受了傷的成員。

（看來那邊也遇見困難了。不過，為什麼呢？）

西基．巴烏與普佳姆，以及眾刺客。那些傢伙就那麼想殺掉泰奧莉塔嗎？為什麼會有如此大規模的集團展開行動？聖騎士團的警備輕易就遭到突破，唯一的可能就是事前的配置洩漏出去了。

（真是麻煩。）

我看著燃燒並且逐漸擴散開來的火焰。

（之後再想吧。）

關於這一天火災造成多少損害，還是貝涅提姆比較清楚。

只能說因為迅速的避難指示而沒有出現死傷者，已經算是不幸中的大幸了。

刑罰：港灣都市幽湖休假偽裝 原委

就結論來說，果然還是有奸細存在吧。否則的話事情不可能會變成這樣。

基維亞準備的警備網在各處遭到截斷。

一看地圖就馬上知道了。對方投入了集中的戰力，而且確切地截斷了合作，讓我們陷入孤立。配置的聖騎士團雖然多達百人，其中將近半數不是死亡就是負傷。

據說全都是受到完全出乎意料的猛烈攻擊。這樣的手法絕不普通。

雖然我方也擄獲許多俘虜，但幾乎都是跟小混混差不多的冒險者，除此之外的俘虜都服用隱藏的毒而喪生了。我不禁想著「傑斯能夠稍微手下留情就好了」。

——我們正在兵營的一角談論著這些事情。

這裡的我們……

也就是基維亞以及她麾下的聖騎士團幹部。而懲罰勇者9004隊就只有我一個人出席。這件事不太想讓泰奧莉塔聽見。原本像這樣的場合應該是由名義上的指揮官貝涅提姆代表我們參加才對。

只不過，貝涅提姆在軍事上的應答完全不值得期待。而且還得完成悔過書。以消去法來思考，就只能由我來參加了。

「……如此一來，這也就表示，基維亞團長……」

從地圖上抬起頭來，似乎很不滿般低聲這麼說著的是一名仍很年輕的男性。

他似乎是步兵隊的隊長。我記得名字是叫拉吉特。有著一張很適合軍服，甚至可以說五官相當深邃的臉龐。

「我們部隊內有奸細存在嗎？」

「也不一定是這樣。」

基維亞以冷靜，但有點過於不帶感情的聲音這麼回答。

「這次的警備編制不只有我們的部隊，我也跟喀魯吐伊魯聯絡了。同時也跟這個幽湖市行政廳的防衛部合作。」

兩者都是身為軍人應該採取的行動。真要雞蛋裡挑骨頭的話，大概就是其實也可以獨自發動攻勢，不過她的性格就是不允許她冒如此大的危險吧。我能夠理解，而且這也不是錯事。

「……嗯。就算是這樣，也跟內部有奸細差不了多少吧。」

雙手環抱胸前的騎兵部隊男性隊長搖了搖頭。

我記得他的名字應該是佐福雷庫。挺直背桿的他姿勢雖然相當標準，但用詞遣字相當隨便，是一個臉上帶著某種諷刺笑容的男人。

「不論是部隊內、高層還是友軍。無法信任同伴的話，根本無法好好地戰鬥。太困難了。」

刻意嘆了一口氣後，佐福雷庫就回頭看向桌子邊緣。

「我說的沒錯吧，西耶娜狙擊兵長。」

「……我同意。」

以經過壓抑的聲音做出回答的是一名嬌小的女性。

她似乎是狙擊兵的隊長，名字是西耶娜。從剛才就一直是一名舉止相當沉靜的女性。真希望她能把這樣的態度分一半給我們家的狙擊兵。

「我們的部隊耗損最為嚴重。配置的狙擊兵幾乎全滅了。」

「那麼，可以的話，必須要盡快調整對策。」

步兵隊長拉吉特以慎重的表情點了點頭。

「基維亞團長，我認為必須重新思考『女神』泰奧莉塔的護衛體制。只由包含我們在內的可信任的人來商量——」

「很難說呢。我認為那樣做沒什麼意義。」

我心裡一邊想著「還是別多嘴」，一邊還是開口插話這麼表示。

實在沒辦法。只要是關於泰奧莉塔的警備工作，就只能這麼辦——我對這麼想的自己感到有點討厭。

（……說不定我……）

心裡是想著……

這次一定可以保護「女神」。是不是想藉由這樣來取回自己的某種東西呢？可惡。明明泰奧莉塔絕對不是賽涅露娃的代替品。

即使如此，我還是繼續把話說下去。

「什麼可以信任的傢伙之類的，原本就很奇怪了。在這裡的人也應該受到懷疑。」

「……真沒禮貌。」

正如我的預測，拉吉特瞪了我一眼。

「那麼你也一樣吧，懲罰勇者……『弒殺女神』的罪人嫌疑最大。」

真敢說。

（完全無法反駁。）

我忍不住苦笑了起來，這時騎兵隊長佐福雷庫也同樣發出笑聲。

「不愧是步兵隊長！說的一點都沒錯。基維亞團長，可以讓這個懲罰勇者參加會議嗎？」

雖然像是在開玩笑，但這個佐福雷庫其實是話中帶刺。

「我當然覺得那些傢伙很可疑哦。怎麼說都是一開始從我們部隊偷走『女神』大人的傢伙。感覺所作所為根本是亂七八糟。」

真是如坐針氈。拉吉特與佐福雷庫同時做出辛辣的發言，剩下來的狙擊兵長西耶娜則是默默看著我。那是看不出意圖的眼神。或許這樣才符合狙擊兵的個性吧。

就算是這樣，我也不可能就此投降。

「至少需要內部偵查。經由喀魯吐伊魯跟第十二聖騎士團取得聯絡比較好。」

我知道那支部隊。

在聖騎士團裡是專門負責諜報的部隊。可以說是擁有極為特殊的目的。

只有他們未曾出現在大眾的面前。知道他們身分的人也極為有限。即使過去擔任過團長的我，也沒有遇過那群人。甚至還有其實那支部隊根本不存在的謠言出現。

但確實有負責該部門的一群人存在。他們是國家的諜報部隊。

「不清楚能不能信任對方的話就無法戰鬥。關於這一點，你們說的一點都沒錯。當然像我這種人就是最可疑的對象，不過現在是人人都有嫌疑的狀況。」

「……我清楚你們每個人的意見了。」

基維亞緩緩站了起來。

然後不是對作戰桌——而是坐在這間房間最深處一張桌子前面的人物搭話。

「伯父大人，您覺得呢？我們認為在重新檢討護衛計畫的同時，也應該跟喀魯吐伊魯報告這個狀況，請他們啟動內部偵查。」

「嗯……」

某道沉穩又沙啞的聲音響起。

該人物似乎是馬連．基維亞大司祭。他是基維亞的伯父，也是在神聖議會占有一席之地的人物。也就是說，幾乎是位於聖殿這個組織的最高層級。

剛邁入老年的瘦削男性，頭髮就像是要顯示其操心程度般以白色居多。只能說真不愧是基維亞的親戚，容貌極為嚴肅，而這個伯父大人的長相又會讓人連結到神經質的印象。

或許是受到眼神比基維亞嚴厲許多的影響。

「我剛剛才就任這個問題的負責人……」

正是如此。

馬連．基維亞剛剛才進入這件會議室。形式上是在幽湖市行政廳委託下，從第一王都派遣過來的防衛部顧問。為了掌握事態，以自身所有的權限來營運整個部門，好像從十天前左右就持續做出調整。

通常軍部與神殿在這方面的任務分工上都會有點曖昧。但只要與「女神」有關就會發生例外。可以說經常是藉由權力關係與政治作用來決定問題的負責人。

「──包含我自身在內，對方能不能相信都是很重要的問題。」

馬連．基維亞一邊這麼說，一邊忙碌地用手指敲著作戰桌。

「但是目前仍不知道能否讓第十二聖騎士團採取行動……因此警備計畫的修正就更加吃緊了。我想只能盡量以大量的人員來隨身保護『女神』的玉體了──」

接著就嘆了一口氣。那又細又長的嘆息，讓人感覺到極為深沉的疲憊。

「現在想起來，無法抓到有益的俘虜實在是太可惜了。審問的結果如何呢，芭特謝？」

我記得芭特謝是基維亞的名字。實在沒有這麼稱呼她的機會，我也完全忘記她的名字了。

「沒有什麼進展。」

基維亞挺直了背桿這麼回答。可以看出她非常緊張。

「抓到的活口幾乎都是冒險者。實際上那些傢伙的關係很脆弱──我想他們都沒有關於委託人的情報。」

「這樣啊。」

馬連．基維亞大司祭冷淡地點了點頭。

感覺這對伯父與姪女有點生疏。應該說太拘謹了。大概是因為芭特謝．基維亞的性格所致吧。不對，一定是這樣。

「真的很抱歉。如果能捕獲應該知道內情的那兩名暗殺者的話……」

這時基維亞恭敬地低下頭來。馬連大司祭的嘴角微微露出笑容。

「別在意。妳對自己的行為有太重的責任感。過度的後悔與緊張不會帶來好的結果哦。」

「我會謹記在心。」

「又太過一板一眼了。算了，這也是芭特謝．基維亞吧。」

馬連大司祭像是呢喃般呼出一口氣。那應該是他發笑的方式吧。或許跟他的姪女一樣，不知道什麼是開朗的笑法。

「結果我們能做的還是只有為下一次的襲擊做準備──」

「等等，大司祭大人。」

想著「明明可以不用管這種閒事」的我舉起手來這麼表示。

「還有其他可以做的事情。」

當我發出聲音時，馬連大司祭就看向我。與其說是瞪，我覺得應該算是感興趣的眼神。

「嗯——這下頭痛了。說起來我根本沒有要求你發言，懲罰勇者賽羅。雖說是『女神』的契約者，無視在這種場合的發言規則與順序的話，組織將會無法營運下去哦。」

「是沒錯。但我的意見絕對派得上用場。」

「賽羅！快住口，你這傢伙——」

基維亞急忙抓住我的手肘，但事到如今我也不可能閉嘴了。

「或許能從跟冒險者們斡旋委託的傢伙那裡問出情報。」

馬連大司祭沒有要我閉嘴，只是其銳利的眼睛瞇得更細了。

「……難道說你有什麼線索嗎？」

「有的。至少有一個應該優先調查的對象。」

我立刻這麼回答，接著對露出不安眼神的基維亞微笑了一下並且點點頭。然後又輕拍她抓住我手肘的手。意思是要她放心，不過看來並沒有傳遞出去。

「嗯嗯……」

基維亞瞪大眼睛，不知道為什麼把臉別開了去。看見這一幕的馬連大司祭，再次像呢喃般呼出一口氣。

「呼！好吧。允許你發言，你有什麼好的提案？」

「嗯，算有吧。不然怎麼會在像你這樣的偉人面前舉手呢。」

「雖然講話帶刺，不過是懂得打圓場的男人。芭特謝，妳可以作為參考。雖然不必如此隨便，多少還是有值得學習的地方。」

聽見伯父這麼說，基維亞就把嘴裡的話吞了回去。然後以「無法苟同」的表情保持沉默。

「那麼，懲罰勇者賽羅。應該調查的對象是？」

「——我覺得應該找這個城市直接面對冒險者的斡旋業者。」

「看來你對黑社會相當熟悉嘛。那個業者是什麼人？」

「不是個人。也就是——」

我說出了那個名詞。

「應該尋找冒險者公會。」

◆

還有另一件事必須加進這次的原委當中。

也就是會議結束之後，貝涅提姆等著我回去這件事。

「……沒什麼問題吧？」

那傢伙這麼對我問道。

醉倒在他腳邊的鐸達，在握著酒瓶的情況下發出鼾聲。

「什麼有沒有問題。」

「沒有啦，就是那個……」

不清楚他的意圖而反問之後，貝涅提姆就露出了尷尬的笑容。

「有沒有……被加上什麼新的懲罰之類的……」

「沒有。沒什麼故意找麻煩的狀況。那個大司祭大人也很一板一眼，跟他姪女很像。」

「……這樣啊。」

貝涅提姆把手貼在嘴角，像是把嘆息壓抑下來一樣。我完全不知道他想說什麼。

「那麼……參加那場會議的眾人又有什麼反應呢？」

「搞什麼啊。難道有什麼你在意的人嗎？你不會是想要染指那個女狙擊兵長吧？勸你不要。我想那會很辛苦，到時候我可幫不了你。」

「不是啦……」

貝涅提姆猶豫了一下，最後才搖了搖頭。

「沒什麼。」

「莫名其妙。」

越來越搞不懂他在想什麼了。

因此我也就不去管他，直接從睡著的鐸達手中搶走酒瓶。明天開始的工作——大概會用得上這個傢伙。

「有新的工作了，貝涅提姆。跟我討論一下人選吧。」

結果我們部隊裡面能夠討論這種事情的也只有貝涅提姆。即使是毫無意義的附和，以及不了解作戰主旨的發言，也能夠幫忙整理思緒。

「要邊喝酒邊開作戰會議嗎？嗯，我當然可以作陪啦。」

「反正你也沒事吧。相對地，你也可以找我商量事情。照剛才的樣子來看，你應該有什麼很無聊的煩惱吧。」

「不是啦。」

貝涅提姆露出不怎麼可靠的笑容。

「不是你想的那樣。真的不是你想的那樣。」

貝涅提姆是個讓人摸不著頭腦的傢伙。

或許這就是詐欺犯吧。

犯罪經歷證明　利迪歐・索多力克

利迪歐・索多力克在自己房間裡聽見了意料之外的事情經過。

只感到一陣啞然。還有焦躁。

對聖騎士團發動的襲擊成功了。投入了大部分弄來的雷杖。慎重地縮小包圍網，也截斷了護衛之間的合作。

然後最重要的是，派出了利迪歐・索多力克所能動用的冒險者裡面最為幹練的兩個人。雖然費用昂貴，但是技術高超。

（——沒想到兩個人都失敗了。）

他看向回歸的兩名冒險者——瘦削的黑衣女以及駝背的男性。

女人是「西基・巴烏」，男人則叫做「普佳姆」。應該都不是本名吧。至少女人的名字在古王國的言語裡好像是「防滑物」的意思。那是在北方使用的，安裝在鞋底的尖牙般器具。

普佳姆的話則是完全不知道由來。跟一臉不高興地雙手抱胸，往下看著利迪歐的西基・巴烏形成對比，普佳姆只是坐在角落的椅子上看書。

「那是龍騎兵。」

西基・巴烏以呢喃般的聲音這麼說道。平常這個女人幾乎不會發出聲音。總是極度安靜地行動、開口然後完成工作。

「而且完全不考慮給市街區帶來的影響。是意料之外的敵人。公會長——那樣根本無法完成工作。」

公會長正是利迪歐・索多力克的職位名稱。

公會是冒險者間的互助組織，利迪歐則是公會會長。這個幽湖是商業都市，裡面也存在無數的公會。即使在這麼多的公會裡，利迪歐的公會也是影響力相當大的公會之一。就只有商人公會與冒險者公會，擁有藉由私人兵力使用暴力這樣的王牌。

而冒險者公會當然在暴力方面比較專業。

（這種狀態繼續下去的話……）

利迪歐陷入憂鬱的情緒當中。

（會對生意造成影響。）

暴力是冒險者們的生意道具之一。正確來說，該種行為帶來的忌諱感與恐懼能夠保證以及產生利益。跟實際的力量比起來，冒險者們的生活基礎可以說是建立在對周圍誇示自己是能夠使用暴力的存在這件事情上。

「冒了這麼大的危險，報酬必須要增加。」

西基・巴烏以沒有任何感情的野獸般眼睛看著，也可能是瞪著利迪歐。

「我了解妳的意見了。」

利迪歐以眾冒險者領袖的身分由正面承受著西基．巴烏的視線。

雖然有地位這樣的一線之分，但就實力來說，她是遠遠凌駕於自己。但就算是這樣，也絕對不能露出膽怯的模樣。

「但你們沒能殺掉目標也是事實。我聽說在那個龍騎兵出現之前應該有相當充裕的時間才對。」

「哼。那個擔任護衛的懲罰勇者，實力也遠超出事前提供的情報。而且這個男人……」

西基．巴烏用拇指指著駝背男——也就是「普佳姆」。

「是個誇張的外行人。或許殺人的技術不錯，但有可能給予敵人多餘的情報。不是把他調走，就是立刻殺了他比較好。」

「……妳是在說我嗎？」

普佳姆完全不從書本上抬起頭來。

「為什麼？妳到底有什麼問題？我遵從命令了，撤退時也沒有犯錯。」

「我說的不是這些。你說我無法贏過那些傢伙對吧。為什麼？」

「這是事實。妳贏不了。勝機大概只有千分之一。」

「你說什麼？」

即使西基．巴烏回過頭去，普佳姆還是只顧著翻閱書本。

「噢，不對，抱歉。剛才是顧慮到妳感情所使用的表現。實際上只有萬分之一。」

「……就是這樣。」

西基·巴烏像是感到很厭煩般這麼說道。

「到底是怎麼回事，這個男人的工作是降低同伴的士氣嗎？」

「降低士氣……原來如此……我的發言被當成這種意思啊。」

視線依然放在書本上的普佳姆以嚴肅的聲音如此呢喃。

「利迪歐·索多力克，真是抱歉。看來是我讓她的心情不好。我只是誠實發言而已。」

利迪歐沒有任何回答。

普佳姆跟西基·巴烏不同，是最近才出現的無名冒險者。利迪歐之所以會認識這個男人，是他出現在冒險者公會經營的賭場，並引起紛爭的時候。至於那件事的原因，利迪歐也不甚清楚。

但普佳姆獨力將準備一起圍毆他的十個冒險者擊敗是無庸置疑的事實。而且所有人都失去了性命。像是野獸的爪子與利牙留下的傷痕成為了致命傷。目擊者的證詞也讓人摸不著頭腦——普佳姆到底用的是什麼手段？

關於這部分的事情，利迪歐沒有興趣。只要這個男人是可以控制的保鏢就可以了。所以就以冒險者公會食客的身分，暗中供養著普佳姆。

（一開始以為他只是落魄的冒險者。）

不過樣子很是奇怪。作為保鏢確實很有一套。野生動物般的運動能力以及察覺危險的能力都極為優秀，一旦下達命令就忠實地執行。只不過，極度缺乏人類社會的常識。一開始甚至連貨幣的使用方法都不是很清楚。

在暴力方面，無情的程度是相當卓越，但正如西基．巴烏所說的，除此之外的態度就跟外行人一樣。

「……我決定要繼續讓普佳姆執行任務。」

這個男人很強。雖然不知道他在想什麼，但是很忠心。像這樣的棋子相當寶貴。

「西基．巴烏，我讓普佳姆當妳的手下。這傢伙確實是外行人。認為有必要的話就好好教他。」

「我還要當老師嗎？」

西基．巴烏用鼻子哼了一聲。瞥了持續在看書的普佳姆一眼並且聳了聳肩。

「可能會扯我後腿。因為那些護衛真的很難搞。我想要追加報酬。」

「呼！妳這才是藉口吧。敵人比較強一點就想加錢嗎？」

「……原來如此。你是在挑釁我嗎？」

利迪歐刻意浮現的嘲笑，讓西基．巴烏的眼神變得險峻。

下一個瞬間，有人插身而入。

「哥哥……」

這麼低聲呢喃著。接著是嬌小的人影動了起來。

「請妳退後。」

是有著一頭暗沉金髮的女性。

雖然仍是可以稱為少女的年紀，但眼神裡有某種異樣的陰影。利迪歐之所以有這種感覺，是因為他對這名少女有感到愧疚的地方嗎？

「這個女的跟流浪狗一樣。因為沒有確定的飼主……所以很危險。」

這名少女的名字是「伊莉」。

是利迪歐個人「飼養」的幾名小孩子之一。她是其中最適合暴力的少女。雖然技術只還算可以，但是在忠誠心方面，可以說比用金錢僱用的傭兵與冒險者要強多了。

利迪歐養了二十名左右這樣的小孩子。

這是前任會長的教導。以冒險者公會的捐贈這樣的形式來贊助市內的育幼機構，然後拉攏裡面特別有才能的小孩子施以特別的教育。藉此來建立起不倚賴外部的戰力。

其他的公會也在做同樣的事情。在孩提時期就確保資質優良的人才並加以鍛鍊。不論是商人還是工匠都完全一樣。

只不過是處理的「商品」不同。利迪歐把這樣的孩子稱為「妹妹」或者「弟弟」，並且讓他們稱呼自己「哥哥」。讓他們如此稱呼以及特別的對待都有實際增加忠誠心的效果。

「說起來，哥哥的防備實在太鬆懈了……」

伊莉的聲音裡面帶著些許責備的感情。

「竟然讓這種傢伙到自己的房間來……有需要的話可以由我來仲介。」

「這是前任訂下的規矩。」

覺得麻煩時，利迪歐就會藉此來結束對話。

「要委託重要的工作時一定要直接跟對方見面。這是為了以包含自己直覺在內的能力來判斷對方是不是值得信賴。」

只不過，這樣的發言有一部分是謊言。

之所以直接把西基．巴烏跟普佳姆找來，是因為這個房間是最安全的地方。隔壁房間有他養活的「弟弟」正以特別的武器瞄準目標，身邊還有伊莉在。利迪歐跟西基．巴烏之間的小桌子也設置了藉由聖印來迎擊的機關。

也就是在膽小這一點上，利迪歐給了自己一定程度以上的評價。

（就是這樣才能維持這個不安定的地位並且存活下來。）

憑西基．巴烏的實力，當然已經看透有這種程度的機關存在。至於普佳姆則完全不知道是否看出來了。

利迪歐慎重地選擇用詞遣字。

「——西基．巴烏，至少我是信任妳的技術以及對工作契約的忠誠。」

這個部分說的是真話。

對於從事冒險者這種工作的人來說，契約的忠誠度是相當重要的事。尤其是身為公會長的利迪歐要是把惡評傳出去的話，即使到其他城市去也很難被僱用吧。

「來談談接下來的事情吧。確實發生了意料之外的狀況——既然可以預測到警備將會更加強化，那麼我可以對危險性增加付出更多的酬勞。只不過……」

利迪歐用手指觸碰放在桌上的布包。裡面裝著舊王國的銀幣。

「必須是在願意接受下一個工作的前提之下。」

接著又取出另一個同樣的布包來放到桌上。

「至少妳現在還沒完成工作。說起來我們的工作本來就必須把一些預料之外的狀況算進去。在這裡退出的話，就沒有成功的報酬。」

話說到這裡，利迪歐的嘴角就稍微放鬆。希望看起來能像是從容的笑容。

「怎麼說我們都跟軍隊不一樣。」

言外之意是自己知道對方的底細。西基・巴烏的體術以及使用聖印兵器都在在顯示出她並非一般平民。

因此利迪歐就開始調查，首先成功地找出她的本名。以結論來說，她似乎是一名逃兵。在某個實驗部隊的名簿裡有她的名字。從該處逃走後，淪落到藉由出賣武力來賺錢。

雖然不知道理由，但只要跟軍隊通報她到現在都還持有聖印兵器的話，她應該就無法過正常的生活了吧。

「我希望我們能建構起雙贏的關係。」

「我知道了。」

西基・巴烏的動作很快。右手有了動作——伊莉雖然也有所反應，但西基・巴烏的護手瞬時改變了形狀。

鋼繩組成了鐮刀的形狀，然後攫取了桌上的布包。

「妳這傢伙！」

伊莉發出充滿怒氣的聲音。一隻手已經拔出小刀。

「不需要。伊莉，退下吧。」

利迪歐不慌不忙地做出命令。

他知道西基・巴烏的意圖。即使在這種狀況，還是擁有能殺掉利迪歐的技藝。就算有桌子的聖印防禦，仍可以輕鬆跟你同歸於盡。她就是想表達這樣的主張吧。

（我懂她的心情。）

這種工作要是被瞧不起就完蛋了。利迪歐比任何人都要清楚這一點。

「剩下的就等完成工作再領。準備比這個大三倍的布包吧。」

「妳倒是很會抬高價錢嘛。關於金額的交涉呢？」

「沒辦法。我有一定得花的經費。」

西基・巴烏丟出這麼一句話，轉過身子。

「比想像中還要棘手。我也要僱人。」

「要使用冒險者的話，就由我來斡旋吧。」

西基·巴烏用鼻子輕哼了一聲來回應利迪歐的發言。

「僱用再多幫不上忙的混混都沒有用。既然對手是龍，就需要正式的聖印使用者。跟這傢伙不一樣，得是行家。」

「很聰明。我不太適合市街戰——對了，利迪歐·索多力克。」

這時普佳姆首次從書上抬起視線。利迪歐心想，每次看見這個男人的眼睛，都覺得像是深不見底的黑暗洞穴。

「我也想請求增加報酬。我還要再買一本書。」

「又是書嗎？」

看來普佳姆真的很喜歡看書。每次工作都想要書。雖然很便宜就能解決，不過還是有點在意。

「那種東西就可以了嗎？」

「可以。我尤其喜歡這個作者。阿魯特亞德·柯梅提。了不起的詩人。」

「這樣啊。」

利迪歐無法理解其價值。生活在這種暴力世界的男人，竟然擁有如此奇妙的興趣。

「好吧。相對地，你要好好遵從西基·巴烏的命令。」

「知道了。西基·巴烏，下達命令吧。」

「……那麼，我就先教教你吧。」

一瞬間以銳利的眼神瞪著普佳姆。

「別說廢話。說話時要看著人家的臉。先從這裡做起——跟我來。」

「了解了。」

在西基．巴烏的催促下，普佳姆跟在她後面離開房間——然後經過整整數十秒後，伊莉才很不安般回頭看著利迪歐。

「……哥哥，能順利成功嗎？」

「妳不用擔心任何事情。」

利迪歐覺得呼吸困難，於是眼睛朝窗外看去。

一瞬間，感覺有人從對面的建築物看著這邊——沒辦法確定只是自己想太多。那些傢伙真的存在於任何地方。一開始遇見的是胸前掛著顯示神官地位聖印的一個男人。

那個傢伙強迫利迪歐進行交易。嘴裡說是交易，實際上根本沒有選擇的餘地。也就是說，不是服從、共生就是死亡。不想死的話，就必須展現自己有用處的地方。

（……共生派嗎……）

利迪歐想起他們自己報上來的名稱。

與魔王現象共生。藉由跟具備智力的魔王和解來確保人類的存續權。其實這不難理解。一直以來，利迪歐也做著類似的事情。

（也就是奴隸、奴隸的管理者以及支配者吧。）

可以理解為這樣的形式。

他們「共生派」似乎是想藉由把支配者的寶座讓給魔王來換取成為管理者。這群人的勢力比利迪歐一開始所想像的還要龐大。

（這樣下去人類會落敗。）

這已經是近乎確信的事情。那麼至少也得想辦法擠進管理者的位置。這都是為了生活與家族。對於「弟弟」與「妹妹」——也就是伊莉他們，利迪歐已經產生了超過商業道具的感情。

這樣應該已經沒有資格擔任公會長了吧。至少對於前任會長來說是這樣。但事到如今也沒辦法了。

（對於人類來說，我可能已經是背叛者了。）

利迪歐的側臉感覺著伊莉的視線，同時承受著罪惡感。

他甚至覺得罪惡感這樣的奢侈，是像自己這種地位的人才能享受的特權之一。

（……為了家人，這也是沒辦法的事。）

刑罰：索多力克街區潛入調查 1

我們勇者刑的受刑人，在用餐方面幾乎沒有選擇的權利。

無法對菜色有任何的意見，用餐時的地點基本上也受到規定。

執行任務時的乾糧算是例外。雖然也有人把酒與下酒菜帶到自己房間去享用，但那也僅限於擁有這種特殊技能的傢伙。

而幽湖市兵營內只有兩個指定的用餐地點。不是士兵聚集的餐廳角落，就是龍房的旁邊。龍房旁邊的話還必須要照顧飛龍，是為身為龍騎士的傑斯所開的特例。

因此傑斯很少在餐廳裡吃飯。這一天正是這個難得的日子。當我出現在分配給懲罰勇者的一角時，就看到傑斯與鐸達正一起吃著早餐。

「真難得。」

我忍不住直接對他搭話。然後在鐸達旁邊坐下。

「你是怎麼了，傑斯？被妮莉趕出龍房了嗎？」

「沒錯。」

原本是打算開玩笑，結果傑斯竟然很不愉快地承認了。

「妮莉在吃醋了。」

他像是不打算再多說些什麼般把黑麵包塞進嘴裡。

這傢伙的話，有時候的確會發生這樣的事情。傑斯莫名受到龍的喜愛，而他也很喜歡照顧這些動物。因此龍必然會靠近傑斯。而那如果是母——對傑斯來說是女性龍的時候，妮莉有時候就會吃醋。

尤其是用餐時間最常發生問題。

除了有想在傑斯身邊進食的龍之外，傑斯也會把自己的一部分食物分給龍。看見這樣的光景，妮莉經常會生氣。具體來說是哪裡觸犯到牠的禁忌，老實說我真的搞不懂，總之牠就是會不高興。

我也曾看過一次牠生氣的樣子。當時是妮莉之外的一些龍把下顎放到傑斯的膝蓋上，或者是肩膀上，把咬在牙縫的肉或者蔬菜遞給傑斯。

那簡直就跟貴族的少女們在晚宴時試圖接近大貴族的兒子一模一樣。

「那個……賽羅，別太刺激傑斯啊。」

鐸達用手肘戳了我一下，小聲這麼說道。

「你們只要一有空檔就想吵架。」

「沒這回事。」

「有啦。就我來看，你們兩個根本是憤怒與暴力的化身，可以的話真希望能錯開用餐的時間……」

鐸達的視線在我背後以及周邊游移著。

「泰奧莉塔呢？沒跟你在一起嗎？」

「還在睡呢。我沒帶她來。有件不能讓她聽見的事情想拜託鐸達你——」

「咦咦……」

鐸達露出非常厭惡的表情。

「真討厭。又想讓我做什麼了吧。」

「沒錯。」

「而且是危險的事情吧。」

「沒錯。」

「是沒辦法帶泰奧莉塔去的那種……」

「沒錯。既然你都這麼清楚，那說明起來就快多了。」

我坐到鐸達身邊，開始啃起黑麵包。今天的菜色是黑麵包、起司以及醃高麗菜。老實說希望能有些肉。

「可以不戴手銬就到街上哦，開心吧。」

「說是這樣，但渣布好像受了重傷吧。」

你的消息倒是很快嘛。渣布因為之前的事件，左手受到嚴重的傷害。不是修理而是送到醫院就能了事已經算是幸運了。還是應該說是厄運？

「順便問一下，是什麼樣的作戰？」

「有許多的目的，不過先要潛入冒險者公會。這一點是可以確定的。」

「太爛了……」

鐸達露出忍住嘔吐感的表情。

冒險者公會。必須探查他們跟之前的襲擊者之間有什麼關係。那應該能成為掌握敵人真實身分的線索。而這個作戰不能帶泰奧莉塔一起去，因為明顯會變成很麻煩的情況。

「冒險者公會的話，帶萊諾去不是比較好嗎？」

「那傢伙現在被關在懲罰房，而且說起來根本無法預測他會做什麼，我才不要呢。」

萊諾是我們部隊的砲兵，目前正因為違反命令而被關在懲罰房。

他原本是冒險者，說不定有人脈可以利用，但基本的問題是，萊諾並非能配合這種作戰的對象。

「不要找我，如果是貝涅提姆的話呢？」

「那傢伙今天得去接諾魯卡由陛下。」

諾魯卡由似乎終於修理好了。也就是找到合適的腳了。

「而且也希望能使用你的技術。」

「咦咦咦……」

鐸達雖然發出呻吟，但是他也只能接受。最後這個工作的命令還是會由基維亞發布。

「怎麼了，有工作嗎，賽羅？」

至今為止一直保持沉默的傑斯，突然開口這麼問道。

「鐸達先生不願意的話就讓我來吧？反正我今天很閒。」

「咦，真的嗎？那——」

鐸達帶著滿臉喜色準備站起身子，但隨即僵住了。因為我按住了他的肩膀。

「笨蛋，別想逃。你想讓傑斯在街上工作嗎？」

那個傢伙基本上無法勝任。尤其是潛入任務，就等於是讓無法理解規則的龍去賭博一樣。

「不可能辦得到吧。說起來這個傢伙根本無法理解主旨。」

「剛才聽到了所以我能懂。冒險者公會……對了，反正只要潛入某棟建築物裡就可以了吧。那不是很簡單嗎？有幾個守衛？區區的人類哪會是對手。」

「看吧。鐸達，你跟我來。」

「知道了啦……」

鐸達閉上眼睛，接著趴到桌上。

「嗯，確實也是被關膩了……能夠上街的話，那就由我去吧。」

「這樣啊。」

傑斯乾脆地點點頭，然後把起司丟進嘴裡。

「那麼你至少不能給鐸達先生添麻煩哦，賽羅。」

以前曾經聽過，傑斯對鐸達的態度之所以特別好，似乎是因為很尊敬他的緣故。

傑斯表示……

「鐸達先生可是幫忙龍逃走，還讓自己的手被他吃掉的人哦。」

就是這麼回事。

「……竟然以自己的身體餵食餓肚子的龍。我也不知道自己能不能做到那種地步。」

他似乎受到相當大的感動。我心裡想著「還是別理他吧」。

「那麼，具體的內容是？」

鐸達以不安的表情看著我。

「打算以什麼樣的形式潛入呢？不帶泰奧莉塔前往，只有我跟賽羅而已嗎？」

「噢，這個嘛——」

◆

必須等到傍晚時分才能開始作戰。

冒險者公會要到那個時候才算正式開始營業。

「那麼，作戰開始。」

基維亞以承受著火燒心般的嚴肅表情如此宣言。

「鐸達、賽羅，這次的任務是由我們三個人潛入所謂敵人的中樞。目的是跟冒險者公會的首領利迪歐．索多力克接觸。他是危險的對手，千萬多加小心。」

「嗯。那個……這個我知道。」

我看著基維亞穿在身上的服裝。

「妳打算穿這樣上場嗎？」

「有什麼問題嗎？」

基維亞用手碰了一下衣領。那是一件有著相當多荷葉邊的襯衫，袖口則是呈蕾絲狀。而且下半身是看起來很沉重的裙子。另外還有一件深酒紅色外套。

如果身上沒有佩劍，或者是沒有那種極度凶狠的眼神，看起來就跟富裕貴族的千金沒有兩樣了。雖說她確實是貴族出身。

「還是說，這樣看起來仍然像男裝。你是想這麼說嗎？怎麼樣呢？」

由於基維亞以強大的壓迫感逼近，可以感覺到鐸達感到害怕的氣息。他用手肘戳著我，像是在要我想點辦法。我知道啦。

「……我可沒這麼說。」

我稍微思考了一下，最後直率地說出看見後的感想。

「這套衣服很適合妳，應該說真的跟貴族的大小姐一樣。應該有許多追求者吧。」

「哦。」

基維亞的臉頰抽搐了一下，然後嘴巴緊閉成一字形。

「不用說這種奉承話來討我歡心。就算被你稱讚，也不會對我的心情有任何影響。」

「那真是太好了……只不過，現在這樣要潛入冒險者公會……」

服裝還是必須依照時間跟場合來做出調整。尤其是幫我跟鐸達準備的服裝完全不像基維亞的那麼豪華。大概像是不怎麼富裕的工匠或者商人，最多也不過是大宅邸的僕人。

「要用什麼樣的設定過去呢……想捏造一個要委託冒險者公會的工作。」

「說到冒險者公會，當然就是擊退異形了。要他們幫忙清除在領地內築巢的異形。」

「我想應該不行吧……」

鐸達低調地呢喃著。

「這本來是軍隊的工作哦。冒險者公會確實擁有私人軍隊，但沒辦法大賺一筆的話，通常不會承接這種工作。」

「那就提出巨額的報酬。」

「等等，這……這樣不行……那不是很可疑嗎？」

「這樣啊。」

基維亞像是尋求救援般看向我。雖然我也不是那麼清楚，不過多少知道一些冒險者公會的工作。

氣。

「擊退盜賊如何？」

我覺得這是很常見的情形。當我在瑪斯提波魯特家時，就曾僱用過冒險者來協助擊退盜賊。

「因為領地內出現盜賊，所以要他們幫忙解決。」

「你們兩個動武的規模都太大了……如果是在邊境，討伐賊人就有可能。」

看來鐸達是為了不惹怒我們而謹慎地選擇用詞遣字。被人認為派不上用場讓我感到有點生

「這裡是幽湖市，我看……應該沒有野盜，就算有也繳保護費給冒險者公會了啦。」

「那麼……」

伊維亞雙手抱胸並且皺起眉頭。

「你這傢伙又有什麼好方法。有什麼是這個城市的冒險者公會願意承接的工作？」

「啊……那麼……」

鐸達交互看著我跟基維亞，最後像是擠出某種結論一樣。

「兩位的外表的話，可以設定為某貴族的夫人和她的情夫。」

「什麼？」

「啥？」

「然後共謀要殺害丈夫。有沒有哪個想殺的貴族？」

刑罰：索多力克街區潛入調查 2

被稱為「索多力克貝殼」的這個區塊早有歷史。

也就是冒險者公會本身的歷史——或者也可以說是這個街道使用暴力的歷史。

這個部分我略有涉獵。面幽湖市的科力歐灣，某個時期有海盜在該處橫行，然後有某個船主組織私兵來解除這個威脅。

據說那就是索多力克家的始祖。

剽悍的英雄，「刃之帆」達伊魯．索多力克宣布創立門戶，培養出城市自主獨立的風氣——之類的。感覺這個故事經過了相當程度的美化。我想事實大概不過是海賊之間的地盤之爭吧。

不過索多力克家既然有能力把這樣的故事擴散出去，當然會重視門面。他們確實擁有這樣的實力，這是無庸置疑的事情。現任的當家似乎就是名為利迪歐．索多力克的男人。他是冒險者公會的代表者，表面上是這座城市的聞人之一。

名為索多力克貝殼的地區，也就是索多力克的影響力最強的區塊。這個地區的巷弄剛好像貝殼般呈漩渦狀，最後集中於中央的一點。

該地點也就是冒險者公會。

雖然沒有掛出這樣的看板，不過只要接近就一定能知道。穿越遭受火災而燒掉一部分的巷弄後就能抵達該處。那是治安相當差的一角。踏往冒險者公會的每一步都能感覺到危險的氣息。

這裡擺設了許多攤販，販賣著各式各樣的商品。聖印器具、異形的屍體、贓物、私釀酒、人類，還有傑斯栽培並且擴散出去的違禁之草。

每當基維亞看到這些東西，眼神就會變得嚴厲。

「……真讓人生氣。神殿到底在做什麼……應該掃蕩這樣的地區才對。」

「沒什麼意義哦。像這種地方，妳把它毀掉後還是會再冒出來。」

「賽羅，你允許這種地方存在嗎？」

我的呢喃讓基維亞產生猛烈的反抗。

「貧困才是原因吧？只要取締加上適當的經濟支援，應該能夠撲滅才對。」

「難說哦。」

這種地方通常跟人類的慾望有關。先不管人身買賣，像傑斯栽培的違禁植物，我想就算解決貧困的問題也不會消失。

「賽羅，為什麼吞吞吐吐？你這傢伙難道利用過這些商店嗎！」

「沒有哦。」

正確來說，是因為不想給芙雷希的父親添麻煩，而芙雷希本身也徹底討厭這種商店。光是靠近就很可能被她殺掉。

因為覺得跟基維亞提到這些事情也很麻煩，所以我也就省略掉詳情。

「真是的，神殿應該致力於這方面的事業才對……真是煩人。」

「我知道了啦，妳別再用那種眼神看著四周了。還有，再靠近我一點。可能已經受到公會的人監視了。」

「唔嗯……」

基維亞稍微發出嗆到般的聲音。

「確……確實如此。因為設定上，我跟你算是情侶。為了遵守這樣的設定來提升成功率，我很樂意做出更靠近一點才合乎常理的判斷——但你可別誤會了！這怎麼說都只是任務！全是為了任務！」

急遽說了一大串話後，基維亞就以無奈的樣子抓住我的手臂。那真的是不像挽手，只能用抓手來形容的動作。

雖然沒有要她做到這種地步，不過這確實是符合富裕的貴族少女與其傭人兼情夫的設定。感覺基維亞的腕力有點太強，她難道不懂得控制力道嗎？我也只能稍微忍耐了。

「真是的，這種模樣……絕對不能讓伯父大人看見。」

「啊，話說回來，基維亞……」

我在這個時候開口詢問了感到在意的事情。

「妳為什麼要加入軍隊？」

「什麼意思？」

「妳說的伯父大人指的就是基維亞大司祭吧……等等，這樣不太好懂……就是那個。馬連‧基維亞大司祭的……」

「太麻煩了。那麼，你就叫我芭特謝。考慮到方便性，我允許你稱呼我的名字。聽好了，只是為了方便。純粹是考量到方便性的提案。」

基維亞再次突然以極快的速度說出一大串話來。

「除了很熟的人之外，我也會為了讓同時認識伯父跟我的人做出區別而這麼稱呼我。因為這樣比較合理而且怎麼說都是有這個必要才會分開來稱呼，沒有其他用意。」

「嗯……知道了。」

雖說被極快的速度震攝住了，我還是先點了點頭。

「那麼，芭特謝。」

「……嗯……什麼事？要是問些無聊的事情我可饒不了你。」

「沒有啦，就是成為軍人的理由。我想問的就是這個。」

我從很久以前就感到不可思議的事情。

「擁有龐大領地的神官的女兒，為什麼會刻意加入軍隊呢？」

「那是因為……」

芭特謝‧基維亞隔了一拍後才點了點頭。

「追根究柢的話，大概是為了抵抗父母親吧。」

「……再詳細一點。」

「我的雙親都是司祭，在神殿也負責符合身分的職務。但也因此……獲得各種利益。真要說的話，神官擁有領地這件事本身也是如此。」

擁有領地的神官是從聯合王國成立之後才出現的現象。

這樣的人就被稱為「貴族司祭」，實際上王室也真的賜予他們貴族的位階。神官們跟軍人不同。空有權威與信仰，在現實社會上缺乏獲得利益的能力。

本來應該是這樣。不像軍人以及公務員那樣能夠領薪水。

既然如此，就有許多人以金錢來換取他們所擁有的權威與信仰。比如說——不只是捐贈這種穩健的形式，也有買賣神殿內地位的賄賂，確保能夠作為神殿建設預定地的領地等等，經由各種費盡心思的手段來獲得這些好處。

這全是為了他們自己能過更加富裕的生活以及子孫的未來。

「我討厭雙親的這種地方。所以才入伍從軍，想要過跟父母親不同的生活。我想用自己的才能來獲得自己的人生。」

經常可以聽見的情節——腦袋裡浮現這樣的句子。這真的是貴族經常會有的情形。

但是對當事者本人來說，絕對不是能用這幾個字就帶過的狀況吧。

「所以我其實有一半算是逃家，而就是伯父大人支援了這樣的我。」

「這個嘛——」

「我知道你想說什麼。軍隊裡有親戚，對於大司祭這個地位也有好處吧。但事實就是事實，伯父大人對我有恩。」

她以斬釘截鐵般的表情點了點頭。

「伯父大人他懷抱著理想。因此而斷然實行各種改革。也包含沒收腐敗司祭們的領地，將其分割給從開拓地逃至的難民這樣的政策。」

受到魔王現象嚴重損害的地域——尤其是開拓地會產生大量的難民。他們是不得不放棄居住土地的一群人。這個政策確實能夠幫忙穩定世局。

「我想成為守護這種理想的盾牌。」

可以知道這個傢伙以前死命待在庫本吉森林不願離開的其中一個理由了。

那不是為了泰奧莉塔。這傢伙也有屬於自己的理想英雄形象，所以為了實現那個理想而賭上了性命。可惡。雖然不是想對芭特謝本人抱怨——不過怎麼有那麼多隨便就賭上性命的笨蛋啊。

只是我也沒辦法指責別人。

「對了，賽羅。」

芭特謝．基維亞以莫名銳利的目光看著我。那是彷彿接下來就要跟我單挑一般的眼神。

「……我也有件事情想問你。你這傢伙，那個，就是那個……說過有未婚妻對吧？」

「是說了。」

「這樣的話，沒錯，那個叫芙雷希的女人——」

「賽羅。」

突然間從旁邊插進來這樣的聲音。

然後肩膀也順便被輕輕拉了一下。原來是鐸達。事先讓這個傢伙跟我們分開行動了。雖然早就預料到他會幹些偷雞摸狗的事情，但實在需要這傢伙潛入的技術，而他也確實完成自己的任務了。

「我去公會看過了。」

「果然名不虛傳，好快啊。」

「……有點快過頭了。」

我發出了感嘆的聲音，芭特謝則看起來有些不滿。

她應該很想問那件事吧。但之所以要問芙雷希的事情，是想增加調侃我的話題嗎？可別想如願。

「真不愧是冒險者公會，戒備相當森嚴。」

鐸達去偵查的是冒險者公會的建築物。至少想先知道敵方的潛在戰力。

「建築物有三層樓，也有迎擊的聖印。嗯，只要記住地點就沒問題了。目前負責守衛的大概是……二十個壯碩的逃兵吧。」

「意外地少耶。」

「不過有奇怪的小孩子在。」

鐸達邊說邊咬著串在竹籤上的蛇一般食物。

另一隻手則握著小酒瓶。即使是惡名遠播的「索多力克貝殼」的黑市，對這個傢伙來說也是跟「吃到飽」的大馬路差不多。

「戒備比那些大人的軍隊還要森嚴。我覺得應該是殺手之類的……三樓躲著這樣的小孩子。沒能數清楚人數就是了……」

「利用小孩子嗎？」

芭特謝的聲音裡散發出厭惡感。

「饒不了他們……！」

養育孤兒，培養成忠心的戰力。我聽說過這樣的事情。受到充分教育後成長的小孩子們，會毫不猶豫地捨棄性命。可以推測出是相當棘手的敵人。

「……危急時的脫逃路線如何呢，鐸達？」

「我自己一個人的話，應該有辦法……」

「這樣的話，就讓你去想辦法吧。接下來就正式開始個別行動了。」

我朝冒險者公會的入口走去。

「真是討厭……賽羅你們真的沒問題嗎？不會被你們拖累到連我都有危險吧？」

「話說回來，還沒聽到詳細的計畫哦。」

芭特謝像是到現在才想起來一樣開口表示。

「要如何潛入冒險者公會？」

「計畫一。提出能賺一大票的委託，在不被懷疑的情況下跟利迪歐・索多力克碰面。要是順利的話，就不需要鐸達上場。直接由我們逮捕他。」

「唔嗯，原來如此。還有計畫二嗎？」

「有。利迪歐・索多力克要是備有替身之類的就很麻煩。這時候就需要鐸達找出真貨並且把他抓走。其他還訂立了許多計畫，妳放心吧。所以——」

我用手肘戳了鐸達一下。

「總之你就去找利迪歐・索多力克並把他偷走。專心做這件事就對了。」

「我的記憶中，偷走人類通常沒有好事。」

即使如此，這學不乖的傢伙還是會繼續偷，只能說真的無可救藥。但現在就是這一點能派上用場。

「那就開始了。聽好了，芭特謝，妳是富裕貴族的女兒。然後我是妳的情夫。」

「……我……我知道。交給我吧！」

我跟芭特謝四目相交。她抓住我手臂的手開始用力。這下真的很痛——腕力太強了，我心裡這麼想著。

◆

利迪歐．索多力克在自己房間裡聽著報告，然後再次一陣啞然。

而且還因為緊張而有點頭痛。

「哥哥，我確認過了。」

他的「妹妹」──伊莉如此宣告。

「看來真的是懲罰勇者。脖子底部雖然蓋住了，但長相一致。另一個女的應該是聖騎士不會錯。」

「……這樣啊。」

利迪歐．索多力克很想嘆氣，但是忍住了。他不想讓妹妹擔心。

「沒想到對方真的主動過來了。真不知道該說是大膽還是莽撞。」

聖騎士團本來應該不會使用這種手段。

到底在想些什麼呢，利迪歐開始在意起對手的想法。是想引起紛爭，然後回收這邊的證據與情報嗎？

「怎麼辦，哥哥？要抓住他們嗎？」

「得看情況……不過確實有一試的價值。或許可以作為誘出『女神』的材料。沒辦法的話就擄人，在不殺害的情況下加以拘捕……」

雖然這麼做會很麻煩，但現在的利迪歐並非辦不到。因為有跟自稱共生派的派閥使者聯絡的方式。利用對方，就可以把軍隊耍得團團轉。

問題是西基．巴烏跟普佳姆目前不在。只能用人數來彌補他們的戰力。

（沒錯。現在在這裡的話……）

利迪歐的勢力範圍不僅限於冒險者公會。幽湖市裡被稱為索多力克貝殼的這個黑街就是自己的王國。可以布下天羅地網。絕不會讓他們逃走。

「那麼，我跟希姆保持戒備並且尋找機會。」

「說得也是，那就這——等等。」

利迪歐搖了搖頭。他想起自己的長處。也就是膽小。

「也派出那個吧。凡事還是要步步為營。把朵魯撒米叫起來。」

那是利迪歐祕藏的冒險者公會——不對，應該說是利迪歐個人祕藏的王牌之一。也是從上任會長繼承下來的資源。說不定還是從上上任會長一路傳承下來的。

真實身分是變成異形的人類。來歷連利迪歐都不清楚。

「然後聯絡西基．巴烏。完成不讓他們回去的準備。」

一定要在這裡賣給共生派人情。展示自己的用處。

無論如何都要想辦法確保自己家族的安全。

刑罰：索多力克街區潛入調查 3

「想請你們幫忙殺個人。」

芭特謝．基維亞以光明正大的態度如此宣言。

「雖然很失禮，不過我想委託練家子。」

像是公會櫃檯的女性，露出感到傻眼的表情。

她的嘴巴半開——像是不知道該如何回答才好。我很能理解她的心情，因為我也有同感。

「那個……等等，我說呢。真的很抱歉。」

櫃檯的女性輕輕搖了搖頭後才終於回過神來。

「首先呢，妳到底是哪裡來的什麼人？」

這是理所當然的疑問。女性以不健康的眼睛往上看著芭特謝。

「我的名字是瑪德琳。姓氏希望能保留。」

芭特謝毫不猶豫地回答。瑪德琳是事先準備好的假名。能夠順暢地把它說出口固然很好，不過這傢伙的第一個動作就犯了錯誤。哪有如此光明正大地來到冒險者公會委託殺人的貴族呢。感覺還需要一點演技。

覺得坐立難安的我忍不住把視線移開。因為想著應該要盡量觀察內部的緣故。

或許是因為微暗的照明所致，公會建築物看起來比外表還要狹窄。天花板相當高，一直到二樓都是整個打通的狀態。一樓似乎是冒險者們等待工作的地方兼酒館。裡面有正在喝酒與抽菸的傢伙。其中有一些是被稱為「龍之吐息」的違法藥物。

然後二樓應該是談生意的地方吧——可以看到幾間房間。該處有一些像是警衛的男人存在，目前視線正放在我們身上。我們果然很顯眼嗎？容貌被識破的可能性也相當大。

正如鐸達所說的，裡面也有明顯從事非正經生意，眼神相當凶惡的小孩子。

（這邊也對我們保持警戒。）

這件事本身沒有什麼關係。總之到目前都很順利。我也看向窗戶，鐸達剛才正像壁虎一樣沿著外面的牆壁往上爬。現在應該很快就抵達屋頂，在窺探著我們的情形吧。

對於鐸達來說，建築物的牆壁就跟道路沒有兩樣。那傢伙能在變態般安靜的情況下，簡直就像走路一樣移動。似乎是使用手套還是設置在鞋子上的鉤爪般道具。甚至聽說過有必要的話還會貼在天花板上。

「……瑪德琳小姐，雖然您這麼說……」

櫃檯的女性像在告誡小孩子一樣說著：

「但我們也不是什麼工作都會承接。尤其是殺人的工作，首次登門的對象實在難以信任。而且還有金錢方面的問題。請問您可以付多少錢？」

「錢的話，需要多少我都可以準備。」

「不是這個問題。」

芭特謝的話讓櫃檯的女性感到很傻眼。由於這樣下去不是辦法，所以我也加入交涉的行列。

「——抱歉，大姊。夫人算是不食人間煙火，不太習慣這種地方。」

我把手肘撐到櫃檯上後，芭特謝就像要表示抗議般皺起眉頭。

說起來，是她表示把交涉的工作交給她。就像要表示「交給我吧」一般主動往前。或許是我說了句「與其說妳難以勝任，倒不如說我想妳辦不到」才造成這種後果。雖說我也不習慣做這種事，但怎麼說都比芭特謝還適合才對。

「我們是真的有想殺害的對象。雖然沒有介紹函，不過我們確實走投無路了。不然的話，希望能幫我們不留痕跡地逃離這個城市。」

我自然地露出懷裡的皮革袋子給對方看。希望這樣的動作能讓對方把我們當成可以敲詐一筆的冤大頭。

「我們有的是錢。」

「沒錢的話，我們當然不會理你們。」

櫃檯的女性看來是在評估我們的身價。

「還是先問一下好了，想殺害的對象是？又是什麼理由想要逃走？我們可不想幫忙收拾什麼壞事的殘局哦。」

「想要殺的是她的丈夫。」

我稍微壓低聲音。

「妳知道擔任機內守橋人的西斯泰德家嗎？」

「不知道。」

雖然得到這樣的回答，不過其實不清楚她是否真的不知道。但我還是繼續表示：

「是旁系的三男啦，因為發生了有點麻煩的事。這邊的夫人呢——」

「沒錯。」

可以的話希望她別這麼做，但芭特謝還是點頭並且插話進來。

「我是西斯泰德家的媳婦。」

態度果然太光明正大了。

「但是跟這個男人，那個……從孩提時期就立誓要攜手共度將來……在神聖哈爾古拉樹下，我們交換了誓言。」

我心裡想著「好像增加了奇怪的設定哦」。像這種奇怪的細節，雙方要是沒有先仔細確認過的話，通常不會帶來什麼好的結果。

「因此，我想殺害丈夫……然後帶著他的財產跟這個男人共結連理。」

這樣的說法實在太直接了。

必須先嘗試隱藏身分，最後才終於托盤而出才行。太過集中精神在敘述設定上了。

「辦不到的話，以……以私奔的形式也無所謂。想要委託你們公會擔任仲介，幫忙介紹業者。」

這無論怎麼想都很可疑。

櫃檯的女性這時……

「咦咦……等……等一下。」

甚至從口裡發出這樣的呻吟。她轉過身子跟待在深處的某個人說著話。應該是想先叫警衛來把我們趕出去吧。

「賽羅。」

芭特謝小聲呢喃著。她看起來很尷尬。

「有種受到懷疑的感覺。」

「絕不是妳想太多。」

「這下糟了，怎麼辦……有下一個計畫嗎？」

「嗯，最終計畫。盡全力大鬧一場。」

「什麼？大鬧……？」

「就是大鬧。應該說，引起騷動來造成混亂。也就是所謂的趁火打劫。劫走的是利迪歐．索多力克本人。」

聽見我說的話後，芭特謝不停地開合著嘴巴。然後臉色變得蒼白。

「這……這……這是什麼魯莽的計畫！」

「我有什麼辦法嘛，都被懷疑到這種地步了。」

「態度也太自然了吧。你這傢伙，打從一開始這就是基本方針吧。」

「虧妳能發覺耶。變成這樣的可能性最大。帶妳過來是正確的選擇，因為很強。」

「咕……唔……！被直接這麼誇獎就，那個……可惡，沒辦法繼續了！」

老實說，這傢伙的劍術相當高超。近身戰的話應該比我還強吧。

其實是想被帶到二樓才引起騷動，只要有爆破印薩提．芬德跟飛翔印薩卡拉，基本上沒有無法脫離的建築物。對方應該也知道這件事情了，再來就只剩下互相揭開蓋著的王牌了。

到了這種時候，雖然有點在賭博，但我們還是相當有勝算。反正我們無論暴露在多麼危險的情況下都沒關係——只要鐸達能順利誘拐到公會長就是我們的勝利。

（好，我們上吧。）

我開始警戒周圍。兩名武裝的壯漢正慢慢靠近我們。

（首先把那些傢伙轟飛。）

——當我這麼想的時候，就在那兩個人的背後看見難以置信的臉龐。

光滑的褐色肌膚。深灰，像是鐵一般顏色的頭髮。再加上那種冷澈的眼神，完全就是自己認識的人。即使身穿簡陋的皮革製護具也是一樣。

「真的很抱歉，兩位。只能請你們——」

「很有趣的工作嘛。」

在櫃檯的女性把話說完之前，鐵色頭髮的女性——也就是芙雷希就對著我們搭話。可以感覺到基維亞也屏住了呼吸。

「看來你們想找幹練的冒險者。」

芙雷希以不帶任何感情的聲音這麼說道。從她身上散發出強烈的壓迫感。

「務必讓我們聽聽詳細的內容。不論是基於多麼荒謬且愚蠢的意圖，只要願意支付報酬，就值得加以檢討。」

她說完後就以冷漠的視線看著櫃檯的女性。

「可以借一下上面的房間嗎？」

「嗯，那當然沒問題了——蓮薩利小姐。」

這傢伙的假名嗎？她似乎是以這個名字自稱，不過是以什麼樣的身分呢？女性櫃檯人員說話的口氣變得很客氣。

「請自由使用。七號房以後都空著。」

「謝謝……那麼，就請告訴我們詳細的內容吧。」

芙雷希以帶有深意的表情看著我們。

「某貴族的夫人以及其情夫。我沒說錯吧？」

芙雷希雖然平常總是面無表情，但這時連我都感覺得出來。

她絕對很不高興。而且是前所未見的等級。

◆

「太丟臉了，賽羅。」

我就覺得芙雷希應該會這麼說。完全按照我的預測，這次也忍不住笑了出來。

「緊張感完全不足。現在不是笑的時候吧。看來可能需要把你那散漫的嘴角縫起來才行。」

芙雷希接著就痛罵了我一頓，然後坐在角落的椅子上翹起腳來。

兩名彪形大漢站在她的兩側。看來這兩名沉默寡言的男性是她的護衛。雖然藉由戴帽子以及服裝來掩飾，但他們兩個也是夜鬼。原來如此。據說夜鬼一族為了避免無謂的摩擦，在平民百姓面前通常不怎麼說話。

「你在聽嗎？賽羅，給我理解自己究竟做了多麼輕率的舉動。說起來我不是吩咐過你別多事了嗎？」

芙雷希的抱怨似乎能永無止盡地持續下去。

「實在太過愚蠢……沒有我助你們一臂之力，你們絕對被抓起來了。我們瑪斯提波魯特家的女婿竟然被區區冒險者拘捕，實在是難以忍受的醜聞。」

「妳錯了，我們正計劃在那裡引起騷動。原本很順利的。」

「嗯，正是如此。」

芭特謝也贊同我的說明。

「這段期間，我們的伙伴應該潛入並且確保證據了。這是幽湖市防衛部所採取的作戰。完全不需要妳的幫助。」

「……是嗎？」

芙雷希以冷淡的視線從頭到腳打量了基維亞一遍。

「妳是聖騎士團的成員嗎？」

「我擔任第十三聖騎士團的團長。我叫芭特謝・基維亞。」

「算了，反正這並不重要。」

這時候芙雷希表現出不在意職稱的意思。應該是下意識中的反應——但芭特謝已經把手按在腰間的劍上。這傢伙的反射動作真是危險。

接著就開始連珠炮般的爭吵。

「別太寵我的未婚夫好嗎？這個男人仍然很丟臉，而且教育不足、不成熟且思慮不周。我不希望受到閒雜人等的干涉。」

「什麼閒雜人等。」

芭特謝握住劍柄的手指變白了。這是她開始灌注力道的證據。

「妳在這次的作戰裡才是閒雜人等吧。」

「錯了。我是這個愚蠢男人的未婚妻。不論是什麼樣的困境都要在一起。從以前就是這樣吧，賽羅。你總是造成問題，然後由我來幫忙解決對吧。」

「也沒有那麼頻繁地受妳幫忙啦……」

「就……就算是這樣！」

芭特謝帶著壓迫感來到前面。以這傢伙高挑的身材，就變成往下看著芙雷希的模樣。

「那是以前了。沒錯，是過去的事情。現在有我在。這不是前未婚妻能多嘴的問題。」

「真敢說耶。妳能夠照顧得了那個男人嗎？」

「當然了。我跟賽羅的話，要在這麼小的建築物裡搗亂、撤退是輕而易舉。」

「不可能只在這棟建築物裡就解決。妳是想跟這個街區的所有人為敵嗎？當然對我的未婚夫而言應該不成問題。只不過，萬一賽羅要是受了重傷呢？要是對跟我之間的記憶產生影響，妳能負責嗎？至少我一定會殺了妳。」

「哼！辦得到就試試看啊。而且妳是不是太小看這個男人的戰力了？連續跟三個魔王現象交戰並且漂亮地加以擊破。要是再加上我，區區冒險者就算來再多也不足為懼！對吧，賽羅！」

「當然是覺得不會輸啦。不過在那之前……」

我插身來到芙雷希與芭特謝之間。因為芙雷希的手也按在劍上了。要是在這種地方互砍可就頭痛了。

「好好相處啦。原本就覺得妳們的個性合不來，想不到比想像中還要嚴重……」

「啥？個性？」

「合不來？」

芙雷希與芭特謝幾乎是同時把視線移到我身上。頓時感覺到猙獰的兩頭野獸露出利牙來威嚇敵人般的壓迫感。甚至還能感覺到殺意。

「你為什麼只能做出這種程度的結論？真的是蠢蛋嗎？」

「不，已經超越那種範疇了。這個男人對人類的觀察力實在太低了。」

「我也有同感。他的眼睛，視力就跟煤花鼴鼠差不多。」

「甚至可以說站在那邊的樹都比他聰明。」

「不要只有痛罵我的時候才感情這麼好！聽好了，現在不是玩的時候。沒有那種時間了，讓我說些更具體的事情吧。」

感覺將會永無止盡地遭到痛罵，於是我便打斷她們。

目前鐸達應該在外面寒冷的空氣中進入待機狀態了。雖說氣溫再怎麼低都不認為鐸達偷盜的技術會因此而下降——但問題是那個傢伙的性格。很可能受到手腳不乾淨的習慣影響，又開始偷起無謂的東西。

「說起來芙雷希，妳為什麼會在這裡？是在扮冒險者嗎？」

「當然是為了調查。大概跟你們一樣吧。雖然我們優雅多了。」

芙雷希所說的每句話都像刀割般銳利。

「我們偽裝成冒險者進行了潛入調查。已經來到只差一步就要跟利迪歐・索多力克接觸的地步了。」

「抱歉打擾你們了。不過，我想我們的方法比較快哦。怎麼樣，接下來我們要引起騷動，要不要一起來幫忙？」

「你真的很會想些強硬的手段呢。你知道這伴隨著多大的危險嗎？我不允許這種事情，現在立刻撤退。」

當芙雷希難得以略為強硬的口氣這麼說道時。

「──抱歉，兩位客人。」

就傳來敲門的聲音。接著是小孩子──大概是少年的說話聲。

「可以打擾一下嗎？公會長表示想聽聽客人的委託。」

芙雷希默默站了起來，左右的男護衛則拔出劍來。芭特謝・基維亞一瞬間跟我交換了一下視線，我隨即用下巴指了一下分隔隔壁房間的牆壁。從剛才就傳出喀嚓喀嚓的奇怪聲音。

「怎麼樣啊，芙雷希？不打算幫忙的話，你們就快點撤退吧。」

我從腰帶抽出小刀。帶在身上的總共有四把──感覺有點太少了。

「傻眼到說不出話來了。」

芙雷希也拔出了自己的武器。那是一把彎曲的短刀，可以看出刀刃上刻畫著聖印。我稍微笑了起來。

「我們的方法簡單多了。」

這個瞬間，門就像彈開一樣打開了。

首先是矮小的人影——怎麼看都像是小孩子的兩個人闖進房間裡。旁邊的牆壁也像是要配合他們一樣被轟飛，從該處飛過來宛如閃電般的閃光。應該是雷杖的同時掃射。之所以能在千鈞一髮之際閃開，全是因為保持著警戒的緣故。

旁邊的房間裡——有一個男人拿著把大到誇張的雷杖綁成一圈的兵器。那就是新型的連射式雷杖嗎？被我們躲開後對方正感到驚訝。這是絕好的機會。

「呼！」

閃開雷光後芭特謝的動作極為迅速。她猛烈地往前踏步，劍光一閃，把躲在旁邊房間的射手的手砍落。至於芙雷希與兩名護衛的武力則是連看都不用看。輕鬆擋開小孩刺客扔出的小刀，再一腳把他們踢翻就解決掉了。

我則是朝著窗戶投擲小刀——爆炸、閃光、衝擊。連牆壁也一起轟飛，在牆上開了一個大洞。外面乾冷的空氣吹了進來。

「被包圍了。這樣剛好，大概會引起一陣很大的騷動哦。」

我低頭看著地上如此呢喃。

這棟冒險者公會建築物的周邊，已經被一群明顯不是什麼善類的傢伙團團圍住了。甚至有指著這邊發出怒吼的蠢貨存在。

「……差勁透了。」

回過頭的芙雷希撩起鉛色的頭髮。

「真的做了嗎？妳的膽子也很大呢，聖騎士團的女士。」

「我……本來沒有打算這麼做的……」

芭特謝像是很尷尬般繃起臉來看著我。

「怎麼啦，妳不是也說了——這個街區的壞蛋太多了。」

「……你的意思是？」

「除了把利迪歐・索多力克逼出來外，順便把這些壞蛋一起解決掉，將這個街區打掃乾淨吧。也就是所謂的地域貢獻。」

芭特謝、芙雷希以及兩名護衛都沒有任何回答。我從被破壞的窗戶探出身子。眼睛下方以及旁邊建築物的上面全都是壞蛋。

我們丟臉又教育不足而且不成熟兼思慮不周的作戰就這麼開始了。

刑罰：索多力克街區潛入調查 4

對於利迪歐．索多力克來說，那是難以相信的報告。

竟然採取如此強硬的手段。

「哥哥……可能撤退到我們的地下通道比較好。」

伊莉以不安的表情這麼表示。

「查出那些傢伙的身分了。懲罰勇者『弒殺女神』的賽羅．佛魯巴茲和第十三聖騎士團團長芭特謝．基維亞。剩下的三個人則不清楚。應該是南方夜鬼的一族——」

聽到這裡，利迪歐就感覺胸口一陣沉重的悸動。

他聽過這個名字。尤其是那個男性懲罰勇者——

（「弒殺女神」的賽羅．佛魯巴茲嗎？）

利迪歐調查了許多關於懲罰勇者的事情。他可以說是那群人裡面最惡劣的存在。

根本是人類的敵人。原本應該跟一部分的魔王現象一起封印到達卡．亞法監獄的最下層才對。到底有什麼樣的動機，才會做出殺害「女神」這樣的行為？

利迪歐知道許多為了快樂以及感情而殺害他人的傢伙。但賽羅．佛魯巴茲所犯下的罪行，已經超出能夠理解的範圍了。

（不想跟這種人扯上關係。不過……）

是對方自己闖進來。而且還在這個「索多力克貝殼」開始戰鬥。這已經不是能以膽大包天這種形容就能解釋的行為。只能浮現「暴力狂」這幾個字。這是利迪歐最大的危機，同時也是最大的勝機。

（能夠殺掉那個「女神」的契約者的話——）

或許能吸引共生派提供最優渥的待遇。這樣的話，他就應該投入所有能動用的王牌來解決這些來訪者。

「伊莉，已經集合所有的戰力了吧？」

「是的，哥哥。已經吩咐下去了。西基．巴烏傳來僱用了『鐵鯨』的聯絡。」

利迪歐聽過這個名字。

（「鐵鯨」嗎，不知道來不來得及就是了。）

他是一名從事——介於傭兵與冒險者之間工作的男人。

而且還是以砲兵的身分。這跟雷擊兵一樣是近年才誕生的兵科。據說經過特別訓練的砲兵可以獨自對抗龍騎兵。

「知道了。那麼——」

說到這裡的瞬間，利迪歐突然猶豫了。

內心出現一個問題。為什麼賽羅・佛魯巴茲會做出如此魯莽的行為？

這個街區的一切都是自己的武器。冒險者以及他們的「家人」應該會解決入侵者。不對——是因為有什麼勝算才會採取這樣的行動嗎？大鬧一場應該不是對方真正的目的才對。應該馬上就會試著逃離這個街區——

是看準自己會追上去嗎？因為被捕獲「女神」的契約者這樣的功勞蒙蔽了眼睛？

（那就是他們的目的嗎？賽羅・佛魯巴茲是不是設下了什麼陷阱？）

比方說捕捉注意力被這場騷動吸引而追上來的利迪歐這樣的陷阱。利迪歐刻意緩慢地呼吸，讓自己冷靜下來一邊站起身子。

（重要的是不能讓對方得知自己的所在地。）

以膽小的心態來面對或許剛剛好。這是他身為公會會長培養出來的經驗，幾乎可以算是直覺了。這樣的直覺告訴他有危險。那不是能坐著迎擊的對手。

招集所有戰力是正確的選擇，但那是用來讓自己逃走。

「……讓所有招集的冒險者去對付那些傢伙。我們先逃走吧。」

利迪歐想著「結果這還是最佳的方法嗎」。

（沒錯。對手能做的就只有在街上惹事並且逃走——陪他們一起鬧並且追上去的話就中計了。我可不會受到他們的挑釁。）

利迪歐從桌子抽屜以及架子上收集最低限度所需的資料。包含與「共生派」有關的證據在內都得一併帶走才行。

「伊莉，妳別離開我身邊。」

「好的，哥哥。」

也可以感覺到伊莉的緊張。原本雪白的臉頰變得更蒼白了。

「即使失去性命也會保護哥哥。」

「很好。」

所謂的家族，就是能為彼此犧牲生命。利迪歐相信這才是家族應有的形式。

「傳達簡單的指示就可以了。不論是懲罰勇者還是聖騎士……不對，除了那兩個人之外，只要是礙事的傢伙就盡量全部殺掉。不需要留下活口。」

只有這一點是絕對無法讓步。既然在冒險者公會使用暴力，就不能給人留下姑息的印象。即使是懲罰勇者，只要殺掉就能暫時令其無力化。這也算是很了不起的功績了吧。

（就算對方是軍隊……）

尤其是在這個街區，如果想使用超乎規則與法律的暴力，就必須教會敵人我方的實力更勝於他們。

◆

「索多力克貝殼」立刻陷入新年祭典般的騷動當中。

人們從冒險者公會周邊的建築物裡逃出，擺設攤販的商人們也盡可能抱著商品逃走。根本沒有辦法收拾攤子。

我就從攤販群由木材與髒布製成的天蓬跳下。

「咿咿！」

可以看見店主發出悲鳴逃了出去。

雖然很過意不去，但這是緊急事態。我立即起動飛翔印把天蓬吹飛，衝上隔壁建築物的牆壁。只要有飛翔印的加速就能辦到這一點。看來這棟建築物是妓院——一瞬間可以從窗戶看到似乎正在工作的女性員工與急忙穿上衣服的男性。

我當然沒有空去欣賞這些景色。眼前的問題是在地上。我在空中扭動身體時，首先發現我的是完成直接往下跳到馬路上這種技藝的芭特謝。

那傢伙的劍術果然相當醒目。

「喂，全都讓開！離開那個女人，她是公會長發出通緝令的傢伙。」

「圍起來。別單獨發動攻勢！」

面對降落到地上的芭特謝，冒險者們——或者可以說混混們一起衝了上去。推開或者踢開攤販的店主與客人，以短劍以及斧頭等武器發動襲擊。

但芭特謝完全不讓他們靠近。

「……可惡的賽羅，到目前真的都是在你的計畫之內吧？」

「唰」，她的腳邊發出摩擦的聲音。

「就算是這樣，對方粗暴的程度完全出乎意料！」

彈開對手揮舞的刀刃攻向其腳邊。把敵人掃倒後撕裂其肩膀加以反擊。即使被弩箭攻擊，也以障壁聖印將其擋開。這樣的防禦，或者是所謂的步法，正是芭特謝劍術的精髓。

一對多數。在極端的近距離與敵人進行攻防，藉此來減少遠距離武器射擊的機會。靠著她的奮鬥，我這邊也就輕鬆多了。可以仔細地瞄準，並且讓聖印浸透。

我在空中拔出小刀，把它往地面投擲。把幾個想從暗處狙擊芭特謝的傢伙，還有增援的冒險者一起轟飛。結果就是造成幾個攤販爆散，地面的石板碎裂，建築物的牆壁也跟著崩塌。

——或許看起來只像是在破壞街道，不過這是阻塞敵人增援所經道路的必要手段。我們就這樣逐漸擴大騷動並且減少敵人。

只要有芭特謝．基維亞那樣的實力，這應該不是太困難的事情。當我背對著牆壁著地的時候，已經有十幾個人躺在腳邊。

（但問題是——）

「賽羅！」

芭特謝這麼大叫。

「有小孩子刺客。該……該怎麼辦？」

正如她所說的，有小孩子拿著細長的劍撲了過去。這要比大人的冒險者還要棘手。全力以赴讓他們極為敏捷，往前衝刺的方式簡直就像覺得同歸於盡也無所謂。

而芭特謝似乎不擅長對付小孩子。我能懂她的心情。因為他們不是軍人能以平常心戰鬥的對象。但是對我跟芙雷希來說——

「……面對小孩子的時候，只要注意比通常位置還要低的攻擊就可以了。」

芙雷希揮舞著彎刀擊打小孩子的手。

「爆發力也不足為懼。因為肌肉比大人還要少。」

與其說是斬擊，或許應該說是擊打比較正確。她的刀身沒有刀刃，單純是厚實的鋼鐵。而聖印兵器的話，只要這樣就可以了。

啪一聲爆出閃光。以小刀砍過來的小孩子身體開始痙攣——像青蛙一樣跳起後倒了下去。

那叫紫雷印「古威梅魯」。這個武器的構造跟雷杖類似。武器本體會產生電擊來停止敵人的動作。像這樣的武器，是為了對付身穿沉重鎧甲的戰士，或者擁有厚實裝甲的異形而誕生。是南方夜鬼發展出來的聖印技術之一。

「知道了嗎，聖騎士團的女士？」

芙雷希毫不猶豫地把倒地的小孩子踢開，然後回頭看著芭特謝。

「唔……」

芭特謝果然皺起了眉頭，不過芙雷希根本不會在意這樣的視線。排除威脅之後，就毫無遺漏地致力於斥責我這件事上。

「賽羅，你之後有什麼計畫？當然已經想好了吧？我期待塞滿你腦袋裡的東西會比水果更加優秀。現在要怎麼逃走呢？」

「誰要逃走啊。要繼續戰鬥，就這樣造成更大的騷動。」

「然後呢？是想讓這個貧民窟的人全滅嗎？」

「是啊。做到這種地步的話，利迪歐．索多力克也沒辦法無視下去了吧。我們就盡情暴動，堵住那個傢伙逃走的路線。」

「你的腦袋比水果還要糟糕。沒有比這個更草率的計畫了。」

芙雷希搖著頭，不過這場戰鬥我們確實有勝算。我應該做的就是封鎖增援路線，以及更多的破壞引起的混亂。商人以及一般客人已經互相推擠著逃走了，周圍揚起一片粉塵。

有傢伙從那裡面發出怒吼聲。

「……到此為止了，懲罰勇者！」

對方舉著短劍，將劍尖對準我。那是一個滿臉鬍鬚的男人。大概是冒險者吧。他一邊咳嗽，一邊被小瓦礫絆到而往前進。

「竟敢擾亂這個街區的和平！讓幽湖市冒險者首席，第一級『巨人狩獵者』戰士團來對付你。出來吧，小的們！」

鬍子男大聲呼喚後，就對後面做出指示。幾個男人從剛才被我弄得半倒的建築物裡爬出來。

雖然看起來渾身是傷而且沾滿塵土，似乎還是保有一絲戰意，他們的手上都握著雷杖。

「那群傢伙是什麼人啊？」

芭特謝露出傻眼的表情。

「這個街區的治安就交給這樣的鼠輩嗎？」

「好像是這樣——應該是地頭蛇吧。喂，你們還是住手吧。」

我還是給對方做出忠告。他們不攻擊的話，我們也不打算主動殺害他們。

「你們想受重傷嗎？」

「哼！你們才是。」

鬍子男咧嘴笑了起來。

「看來你是不認識我們。我們可是攻略了西方仙埠的水晶墓地，身經百戰的冒險者——所到之處總帶來腥風血雨的『巨人狩獵者』戰士團！至於本大爺則是那個，曾經被知名摩魯切特的北方遠征團挖角過哦！」

「根本沒聽過。你誰啊？」

我丟出這麼一句話後，鬍子男就露出憤怒的表情。

「別瞧不起人——趁現在，開火！對方因為我的話術而停下腳步了，打中的話有高額報酬！」

後面那些傢伙的雷杖發出閃光。

只不過，他們瞄準的技術實在太差勁，只是零星地發射，離稱為同時射擊還有很長一段距離。芭特謝與芙雷希只要往左右散開就輕鬆地躲過。這樣應該能輕鬆獲勝吧。

「還沒結束呢！射擊射擊射擊！不論是煙火還是什麼東西，盡量射就對了！」

「巨人狩獵者」的鬍子男大聲這麼嚷叫著。

實際上，真的如那個傢伙所說的有煙火飛了過來。五顏六色的光芒炸裂。紅、綠、藍——產生這種華麗閃光的雷杖根本不具太大的威力。那是在新年以及夏天祭典所使用的物品，只致力於發出色彩與聲音的效果上。

也就是說，這只不過是牽制用的障眼法。還有其他正式的攻擊。

「那個可笑傢伙的手下就交給妳們。我來負責上面。」

「喂……喂，等等！別把那種莫名其妙的傢伙交給我！」

「我有同感。你又沒有說明就做出那種魯莽的事情。」

芭特謝與芙雷希嘴裡雖然都抱怨著，但我還是踢向地面，爬上隔壁建築物的牆壁——因為看到屋頂有人準備拿出危險物品的緣故。

那是把細長雷杖束成圓筒狀般的武器。剛剛曾經在冒險者公會看過，是能夠進行雷擊同時掃射的物品。我記得軍隊也是正在使用測試當中——應該是被稱為「哈魯格德種掃擊印群」。被敵人用那個朝地上掃射的話可就不妙了。

我連續起動飛翔印，一口氣衝上屋頂，然後就足以解決問題了。我一邊跳著拉開距離，一邊發射小刀。

「這傢伙搞什麼啊！」

在屋頂舉著掃擊印群的冒險者，看見我後就反射性準備發射雷杖。

但瞄準的技術實在太糟糕。說起來，像這種連射兵器原本就不可能進行精密的瞄準，並非用來擊落空中敵人的武器。

閃電的連射連我的皮毛都沒碰到。相對地我射出的小刀則準確地命中目標。直接擊中掃擊印群並且爆炸，讓它連同舉著的男人一起安靜下來。建築物上方的牆壁整個崩塌，瓦礫不停掉落到地上。

場面更加混亂。這樣反而越來越符合我的目標。

我沒有降落到地上，反而是在其他建築物的牆壁上著地。擁有飛翔印的雷擊兵在這種錯縱複雜的市街地能夠發揮出最大的機動力。由於行動敏捷，所以比龍騎兵更加有利。即使被用弓箭與雷杖瞄準——

（打不中啦。）

我還是有這樣的確信。

在巷弄的縫隙間跳躍並且投擲小刀，連同房屋的牆壁一起轟飛，造成瓦礫的雪崩。

「哦哇啊啊啊啊！」

在地上的鬍子男發出悲鳴。像是他手下的傢伙們，全被芭特謝與基維亞放倒在地。根本沒有多餘的心思發射雷杖。

「對我跟賽羅出手，就等於是跟瑪斯提波魯特家族宣戰。好好後悔吧。」

芙雷希隨著這樣的宣言，像漩渦般舞動著彎刀。就像要跟芭特謝互相掩護對方的死角般行動著。兩人合作得相當不錯，說不定她們很合得來。

——再來只剩下從天而降的我來收拾一切了。

鬍子男注意到我後把劍朝向我，嘴裡大叫著「瞄準一點啊」，不過那些傢伙根本辦不到。往左右的牆壁跳去來分散目標、迴避閃電並且接近他們。而且只是在一次呼吸的短暫時間內。

再來就只要乘著跳躍的勢頭，直接用跳踢轟中鬍子男就可以了。

「咿！」

鬍子男發出簡短的悲鳴。只要像這樣把鬍子男轟到牆壁上，之後他們的戰意就會崩潰。其中也有丟下雷杖逃跑的傢伙，至於想應戰的傢伙則確實地揍扁，把臉轟到地上。

「你們是笨蛋嗎？」

結果五秒左右就收拾乾淨了。

我掏摸倒地的鬍子男的外套，確保沒有其他武器。身上還有一把短劍以及粗大的匕首。用指尖確認了一下，還算是銳利。當我想著「算是及格吧」時。

「失禮了，姑爺。」

低沉的聲音。回頭看去，發現芙雷希的其中一名護衛舉著圓形盾牌。

他們似乎也上演了全武行——還沒時間慰勞他，就響起「喀」的清脆聲音。箭刺中他所舉著的盾牌。射箭的是鬍子男的最後一個同伴。那傢伙隨即被芙雷希痛扁了一頓。

「……請別一個人深入敵營。我會挨罵的。」

「這我辦不到。不過要謝謝你救了我。」

「不會，您平安無事就好。」

剛才的我確實是毫無防備。雖然是距離致命傷相當遙遠的軌道，不過很可能會受傷。像這種時候，夜鬼就算出現「太丟臉了」的發言也一點都不奇怪。

「你倒是不太會痛罵我嘛。」

「是不會。不過您的意思是？」

「沒有啦。就覺得以夜鬼之民來說很罕見。」

「哦……姑爺還在意這件事嗎？真是辛苦您了。那單純是芙雷希小姐她……」

「——卡羅斯！」

響起了芙雷希帶著責備口吻的聲音。

「我們仍在交戰當中。別說些多餘的話，不要跟賽羅透露無謂的情報。」

「抱歉，我……」

被稱為卡羅斯的男人露出苦笑。感覺就像是岩石露出微笑一樣——這個瞬間，卡羅斯強壯的身體突然在我眼前朝橫向飛去。

傳出「鏗」一聲刺耳的聲音。我想他是直接撞上巷弄的牆壁。我必須在確認整件事情的經過之前有所行動。看見有巨大黑影從巷子對面跳過來。卡羅斯就是被那個傢伙彈出來的瓦礫轟飛出去。

對方——算是有著人形。但是身體看起來呈藍黑色且帶著濕濡般的光澤。身體整整比我大五倍。頭部有許多眼睛，嘴巴則長著利牙。

最重要的是，具有足以碰到地面的長粗手臂。那兩條手臂往腳邊一轟就爆出巨大清脆的聲響，路面跟著遭到粉碎。石頭地板變成石塊。我必須在地上打滾才能避開。

那絕對是異形。那個傢伙對我們發出了咆哮。

「那東西是什麼啊！」

芭特謝提出理所當然的疑問。

「那不是異形嗎！是山怪嗎？索多力克飼養了這種怪物嗎！」

「至少無法稱其為沒有教好的寵物——塔庫！去看一下卡羅斯！」

兩個人嘴裡雖然說著無關緊要的事情，但該做的事情還是會做。芭特謝把攻擊目標換成新出現的異形。腳步往前一踩，直接用劍貫穿對方。目標是腳的底部。

瞬時刺出兩下，不對，是三下並且加以撕裂。甚至還一邊閃躲山怪的反擊，實在是令人難以置信的速度。只不過，對手的質量實在過於龐大。只是削除了一些膝蓋與小腿的肉。

「可惡！」

芭特謝如此咒罵，然後起動障壁印擋下山怪不知道第幾次揮舞手臂般的攻擊。堅硬的撞擊聲在光盾的表面爆開。她腳步一個踉蹌，隨即往後飛退。

「需要再強力一點的武器……！果然應該帶騎槍與甲冑過來的！」

「帶那種東西過來的話，在進入這個街區前就被抓起來了吧──芙雷希！」

「嗯。牽制辛苦了。」

芭特謝的攻擊只是為了分散敵人的注意力。芙雷希毫不猶豫地投擲彎刀，我也讓聖印浸透貴重的小刀並加以投擲。

──但兩者都沒有成功。山怪這個臭傢伙的防禦行動比外表更加敏捷，直接用長手臂護住了頭部。芙雷希的彎刀確實發出閃電燒焦了牠的手臂，我的小刀則是在肩膀附近爆炸，但是都距離致命傷相當遙遠。

（這傢伙實在太大了。）

看來牠是極為頑強的大型個體。這樣的話，必須大費周章才能把牠幹掉。必須想辦法給牠的頭部強力的一擊。

如果是這樣，那應該採取的手段就是──

「賽羅！」

這時提醒我要注意的不知道是芭特謝還是芙雷希。

山怪那個臭傢伙因為疼痛而發出怒吼，並且朝旁邊伸出手來。那是攤位支柱的木材。山怪拿起木材，讓複數的攤位倒塌，同時以蠻力把木材扔過來。

（可惡，竟然做出如此過分的事情。）

來不及迴避了。沒辦法連被牽連進來崩塌的攤位都躲開。以飛翔印將礙事的木材踢飛——芭特謝跟芙雷希怎麼樣了呢？

芭特謝好不容易逃走了，但可能是被木材的碎片劃傷了吧，只見她在腳部流著血的情況下試著站起身子。

芙雷希則是跳到尚未崩塌的攤位上，藉此跟山怪拉開距離。然後順便從該處大叫著什麼。大概是在臭罵我吧——但已經沒有時間確認內容了。

粉碎的木屑與灰色塵埃揚起。

異形正在它們的後面發出咆哮。剛才應該已經被打散的冒險者們，也像是永無止盡般湧出——從各處的建築物裡爬出來，舉起了弓與弩箭等武器。是打算把正面的戰鬥交給山怪，然後從旁降下箭雨嗎？

「可惡。」

我這麼咒罵著。竟敢如此亂來。

你們打算這麼做，那很好。

（別太得意忘形了。）

讓我來告訴你們什麼叫做亂來——我抬起頭。

在。

（來到這裡已經可以了。）

巷弄連接大路的交叉路口。各處的小徑已經封鎖完畢，人群也已經疏散。可以感覺到那個存在。

「泰奧莉塔，在這裡！」

雖然只有一定程度，但聖騎士與「女神」可以察覺對方的存在。就像澤汪．卡恩坑道時那樣，她應該注意到我了吧。

「用『女神』令人感激的祝福幫助我吧。丟下妳是我不對。」

泰奧莉塔來到這裡了。這並不難猜，而是確定會如此。今天早上吃飯時，鐸達與傑斯都在。傑斯那個傢伙對於我們的作戰幾乎沒有興趣。被泰奧莉塔問到我們去哪裡的話，他一定會說出來才對。

所以泰奧莉塔才會來到這裡。

然後作為護衛跟她一起過來的就是——

「果然還是需要我的保佑。」

泰奧莉塔傲慢的聲音聽起來比想像中還要近。

「吾之騎士，那種狼狽的模樣就是丟下我的懲罰——不過，心胸寬大的我就拯救你吧。各位，要上嘍！」

粉塵揚起，在山怪那個臭傢伙的更深處，可以看到雙手環抱胸前的泰奧莉塔。

她的背後站著諾魯卡由陛下、達也以及傑斯。諾魯卡由以理所當然般的表情、達也露出沒有任何表情的虛無臉龐，傑斯則是表現出感到很無聊的模樣。

雖然不知道他們各自想著什麼，不過大概可以知道將會發生什麼事。

「所有人，現在立刻逃走或是投降。不然會死哦。」

我以全索多力克貝殼都能聽見的聲音怒吼著。

這是我能給的一點點忠告。因為已經預見接下來絕對不會發生什麼好事了。

刑罰：索多力克街區潛入調查 5

「快點跪下！」

諾魯卡由陛下的聲音在騷然的街道上清晰地響起。

「朕是傑夫・傑伊亞爾・梅特・基歐聯合國王，諾魯卡由・聖利茲一世。」

那是極具威嚴的聲音。充滿了自信且沒有一絲的懷疑。

因此成功地把在場所有人的視線都集中在他身上。

「我早已聽說這個街區成為危及朕治世之下的邪惡與犯罪的巢穴。今晚朕親眼確定過後，這個事實已經相當明顯！」

陛下一隻手握著小小的金屬製圓筒。我知道他揹著的背囊裡塞了更多的圓筒。雖然完全不知道它的真正用途，但我直覺那是破壞兵器。

「我將給予諸位選擇的權利！是要作為朕忠實的臣民乖乖接受法律制裁！還是——」

「吵死了，這傢伙在說什麼啊！讓開！」

「去死吧！」

「滾一邊去，別礙事！」

以「巨人狩獵者」鬍子男為首的幾名冒險者隨著再正常也不過的意見跑了起來。

他們應該是想推開諾魯卡由並且脫離這個貧民窟吧。這樣的舉動也讓諾魯卡由陛下露出痛苦的表情。

「這是苦澀的決定。對於一個法治國家來說，必須執行這種近似私刑的形式可以說痛心之至──那麼至少讓朕親自加以處罰吧。」

諾魯卡由陛下丟出金屬製圓筒。

「你們這些傢伙犯了反叛國家罪，必須處以爆破刑。」

圓筒在掉落到地面的同時就隨著閃光爆炸了。

爆炸聲。貫穿耳朵般的衝擊。閃爍的光芒把好不容易才保持形狀的一兩家攤販吞沒，將其轟炸到無影無蹤。

爆炸引起了悲鳴，想強行通過的冒險者們全被轟飛了。這一帶脆弱的建築物，牆壁根本無法抵擋這樣的爆炸，於是直接就粉碎了。龜裂擴散開來，產生崩壞的連鎖反應，讓騷動變得更為嚴重。興奮的山怪也把注意力轉移到那邊而不再理我們。

這是絕佳的機會。我和芭特謝交換了一個眼神，首先由我來幫助她。

「喂，還能動吧？」

「嗯……可以。沒……沒問題，只是輕傷而已……」

芭特謝一瞬間像是感到困惑，不過隨即灌注力道到傷痕累累的長腿上站了起來。接著乾咳了一聲。

「那個……那隻山怪，很那個哦……就是耐久力相當高。看來必須瞄準牠的頭部。」

「好像是這樣。」

面對那個尺寸的山怪，半吊子的攻擊根本沒有效果。這樣的話，該怎麼辦呢——當我在思考戰鬥方式的期間，事態開始產生重大的變化。主要是往悲慘的方向。

「達也、傑斯、上吧！戰鬥吧！保護我們的『女神』！」

「咕、噗。」

「嗯，沒辦法了……」

諾魯卡由一邊投擲爆破筒一邊怒吼著。

達也稍微用喉嚨發出聲響後就遵從他的指示，傑斯則是邊打呵欠邊舉起了短槍。兩者的行動雖然出自於不同的意志，但是都相當迅速且毫不留情。

因此我就率先對著泰奧莉塔怒吼：

「拜託了，泰奧莉塔！對手是異形，助我一臂之力吧！」

「呵呵呵，吾之騎士，後悔丟下我不管了嗎？現在痛切地感受到極可靠的『女神』有多麼重要了吧？」

「……嗯，真的有深切的體認。」

「對吧！」

泰奧莉塔像是很高興般心無旁騖地跑過來。這樣很好。不用去看這場充滿騷動、粉塵的無謂慘劇。達也跟傑斯站在她兩側把礙事的障礙清除掉。

「咕噗、噗、噗。」

達也以喉嚨發出斷斷續續的聲音。

只用一隻右手來揮舞戰斧，朝著群聚的冒險者衝去。我半反射性地想阻止他，因為不論是強壯的冒險者還是瘦弱的小孩子，那傢伙的戰斧都是一視同仁。完全是自動的殺人裝置。就彷彿自己把手伸進旋轉的刀刃裡面一樣，甚至可以說是自作自受了。

「咕噗啊嗚……」

從達也的喉嚨裡發出這種意義不明的叫聲。

「噗啊嗚嘰咿咿咿嚕啊啊啊啊啊啊啊！」

戰斧一閃而過，把持續飛來的箭全部彈開。

一名冒險者殺紅了眼並且發出怪聲衝了過來，但頭部立刻遭到斧頭擊碎。仍帶稚氣的暗殺者想用小刀刺他的腹部，結果他看都不看就將其砍死。伸出左手後，抓住附近冒險者的腳，隨即把他當成盾牌一樣揮舞著。

「這傢伙是怎麼回事！」

某個人以雷杖瞄準達也，但是連這記射擊也被達也用戰斧彈開了。根本不是人類會有的反應速度。

「嗚咿……！別過來！」

「糟糕！這傢伙也是怪物吧！」

達也像在靠近地面處飛行一樣跑著。達也的突進本身就是一種武器。他踩踏下去的腳尖具備足以粉碎石板地面的腳力。

跟這樣的傢伙接觸的話，應該就像是被馬車撞到吧。

「噗！」

達也發出這種詭異的呻吟聲。沒有人能夠阻擋這傢伙的突進——連他本人也一樣。把準備退避的傢伙也捲進來，撞上了巷弄的牆壁，然後直接用身體撞擊將其粉碎。

他的手段依然是如此強烈。

根據傳聞，達也是從懲罰勇者9001隊時就一直是勇者了。那已經是很久之前，沒有留下紀錄的「第一次魔王討伐」的時候了。屬於魔王現象跟人類首次發生戰鬥時的事情——只不過，這個傳聞的來源是貝涅提姆，所以幾乎沒有可信度。

「夠了！別管那個戴頭盔的傢伙！以那個大鬍子還有『女神』為目標！」

「哦哦！給我滾開，小矮子！」

這句具侮辱性的台詞是對傑斯所說。那個傢伙單邊的眉毛微微揚起。

「真是麻煩死了……早知道就不該把賽羅的去向告訴『女神』。」

傑斯擺出的姿勢原本就感覺不到任何幹勁。

妮莉不在的時候他大概都是這樣。即使如此，這傢伙的槍術在地面上還是派得上用場。不愧是為了豢養龍而在大陸各地的武藝比賽經常獲得冠軍來賺取賞金的傢伙。

我過去也曾經聽過他的名字。也就是武藝比賽破壞者「震風」傑斯。由於實在太強，甚至曾受到某個大貴族的公主求婚，不過我沒聽說過結局。因為不用聽大概也知道結局。

「你們幾個，閉上嘴然後排成一列。接著給我滾，別再進入我的視界。」

傑斯所丟出的這句話，可以清楚地感受到他覺得很麻煩的感情。

「別浪費我的時間。」

因為對這個傢伙來說，人類就跟其他野生動物沒有什麼不同。

人類對於龍來說是很重要的共生者——話雖如此，但是他對於殺人似乎不會有絲毫猶豫。雖然不清楚傑斯有什麼樣的過去，但這傢伙的倫理觀念裡，不存在「人類是最上層而且很特別」的概念。實在讓人無法理解。

「勸你們照做。這真的是忠告。」

對方完全不理會傑斯的忠告。因為怎麼說都是一群陷入亢奮狀態的小混混。

「少囉嗦。上吧！騎兵，衝過去！」

可以聽見馬嘶聲。

不知道在想些什麼，數名身穿甲冑且騎著馬的男人，騎著馬直接衝了過來。冒險者裡面也有落魄的騎兵嗎？這著實讓我嚇了一跳，不過傑斯只像是感到很麻煩般嘆了一口氣。

筒。

「騎兵啊。我……今天呢……」

傑斯的短槍動了起來。像從地面往上撈般彈起。該處有諾魯卡由陛下剛才隨便扔出的聖印筒。

「……心情很不好。」

傑斯的短槍把聖印筒彈向空中。爆炸的閃光與巨響在騎兵冒險者的頭上炸裂。馬匹嚇得用後腳站立而且完全停下腳步，這個瞬間，傑斯就揮舞著短槍衝了過去。

「做好覺悟吧。」

槍尖一閃。這樣就分出勝負了。

傑斯嬌小的身體跳起，貫穿了一個男人的頭部。可以看到頭部連同鋼盔一起碎裂——這不單純只靠腕力，傑斯的短槍施加了平常騎乘飛龍戰鬥時使用的聖印。

本來這把短槍是用來投擲。一邊高速飛翔，一邊狙擊同樣在空中飛行的異形所使用的聖印。就算拿在手上，只要是由傑斯揮動就能發揮出貫穿鐵塊的破壞力。

「嗚哇啊！」

另一名陷入半狂亂狀態的騎兵揮舞著長槍。傑斯不可能被這樣的攻擊打中，輕易就鑽過長槍，然後再次一閃。直接貫穿胸部裝甲的正中央。

「我說過好幾次了，勸你們照做。被迫配合你們的馬太可憐了吧——來，快逃吧。」

看來傑斯這個傢伙是在同情馬匹。他漂亮地只殺掉騎乘者，像是在對馬搭話一樣拍了一下牠的臀部，而馬也遵從傑斯的指示。照這樣子看來，騎兵隊被收拾也是遲早的事情。

「——應該了解了吧！快點投降！」

諾魯卡由發出怒吼。

「乖乖臣服於朕之王國的法律面前，願意贖罪的話，朕會饒恕你們！」

慘狀急遽地加速當中。這樣下去，整個平民窟將會變成廢墟。

裡面也有真的對諾魯卡由陛下投降的傢伙。他丟掉武器，把雙手放到了頭上。這真是太誇張了。

「這些傢伙到底是怎麼回事……」

「巨人狩獵者」的鬍子男也以快哭出來般的表情跪在地上。

「亂了。一切都亂了……！」

在諾魯卡由出面的情況下，看來那邊的問題差不多要解決了。

而我們這邊的狀況也差不多快結束了。應該說泰奧莉塔來了之後，山怪這個問題就幾乎已經解決了。

「賽羅，過來了哦。」

芭特謝提醒我要注意。

「處於極度亢奮狀態。別讓牠靠近泰奧莉塔大人。」

「嗯。」

她指的是山怪那個傢伙。那傢伙半張開的嘴以及我們造成的傷口都不斷流出血來。那應該很痛吧，只見牠隨著喊叫粉碎了地面與牆壁。石頭碎片飛濺。而且有的冒險者也受到了牽連。

（利迪歐．索多力克竟然豢養了這種東西。）

我跟芭特謝只能往左右兩邊跑去，避開被山怪的瘋狂舉動牽連。不過現在這樣就可以了。我對跑過來的泰奧莉塔伸出手並且抓住她，接著一把抱起。

「抱歉丟下妳。其實都是為了像這種緊要的關頭。」

「吾之騎士，不用說藉口哦。」

「我想也是。」

我往地面一踢後跳了起來。來到了異形的頭上。

芭特謝在地面上負起牽制的責任。劍尖觸碰到石板碎片四處散落的地面——然後以極簡短的發言起動聖印。

「尼斯克夫，拉達。」

浮現淡淡藍色障壁，當它震動的時候，地面上就有幾顆石頭彈起。

石頭以準確的瞄準打中山怪那個臭傢伙的頭部。雖然是不痛不癢，無法稱為攻擊的擾亂行為，但確實發揮分散注意力的效果。山怪的眼球立刻短暫地朝向芭特謝。

光是這樣就夠了。

有泰奧莉塔在的話，單單只有一隻並非魔王現象的異形根本不會造成任何阻礙。面對人類之外的對手，泰奧莉塔能夠發揮萬全的能力。

「吾之騎士，迅速把牠解決掉吧。」

泰奧莉塔伸手在虛空中一摸，瞬時就出現十把以上的劍。它們全都降臨到山怪頭上。我握住其中一把，加上扭動身體的力量將其投出。充分的聖印浸透。劍群刺中身軀巨大的異形。異形發出吼叫——我投出的劍造成大爆炸。形成了足以讓這整個地區搖晃的震動，然後是炫目的光芒與巨響。比想像中還要誇張——結果原來是諾魯卡由陛下的關係。絕對是他的聖印筒引起的誘爆。不論如何，破壞造成了壓倒性的速度與力量。當它們收束時，山怪就失去了整個上半身與一部分下半身，然後癱倒在地。

黑色黏稠液體在冒泡的情況下流入排水溝中。

「得救了。抱歉哦，泰奧莉塔。」

「只有這樣嗎？最重要的『褒獎』是不是不太夠呢？」

「……一定要嗎？」

「嗯。」

泰奧莉塔用鼻子發出哼一聲。

「我想要的不是其他人，而是吾之騎士的讚賞！賽羅，我想聽你說『真是個了不起的傢伙』。而且丟下我不管這件事也還沒算帳呢！好了，乖乖稱讚我吧！」

「是！啊啊……妳真是個了不起的傢伙。」

聽她這麼一說，我也沒辦法再說什麼。我覺得這似乎不太像是由人類獵奇願望所誕生的活兵器所擁有的慾望——泰奧莉塔想要的是士兵的名譽。

想聽見自己承認的強者表示「妳很厲害」。就只是這樣的稱讚。

如果是這樣，那我也能夠理解。也希望她能繼續這樣下去。我就帶著這種無謂的祈禱把手放到泰奧莉塔的頭上。撫摸著她爆出火花的頭髮。

「偉大的『女神』泰奧莉塔。只要有妳在就不覺得會輸……妳真是個了不起的傢伙。」

「對吧！」

泰奧莉塔露出燦爛的笑容。

「我可是劍的『女神』。我保證會消滅所有魔王現象，為你們帶來和平與解放的生活。」

◆

「……這是怎麼回事？」

利迪歐．索多力克啞然看著眼前的事象。

原本打算混在冒險者之中逃走——但不知不覺間所有巷弄就遭到封鎖，然後被捲入暴風雨般的暴力當中。持續不止的爆炸以及野蠻的行為。

這整個「索多力克貝殼」也因此籠罩在暴風雨般的悲鳴當中。每一棟建築物都隨時可能倒塌。這個地區是從前任會長那裡繼承，宛如索多力克的城堡一樣的地方。

（到底為什麼會變成這樣？）

為了防備外部的入侵者與內部的背叛者，街上都設置了聖印的機關。原本認為只要躲在這裡就能安心，但自己為了小心起見，才會像這樣混在人群裡準備脫離。

但結果敵人的行動太過異常。

一般來說，被整個「索多力克貝殼」當成敵人並且遭到包圍的話，首先都會想到脫離吧。沒想到對方會積極地破壞街道以及展開反擊。說不定自己是小看了那些懲罰勇者。

沒想到自己的安全對策，會被一群蠢到難以估計傢伙所做的野蠻行為所毀——

「……哥哥！」

可以聽到伊莉的聲音，這才發現處於茫然狀態的自己。也因此被逃走的人群淹沒，跟她之間拉開了距離。利迪歐搜索著伊莉的臉龐。

有人正等待著這一刻。

「哎呀，抱歉……」

從背後傳來感到很不好意思般的聲音。

有人在那裡——脖子被手臂勒住了。像是小刀般的武器抵住了喉頭。

「雖然對你很過意不去，但我被相當凶惡的傢伙威脅一定要把你綁去……我真的很不願意這麼做……」

與其說是害怕，那道聲音聽起來比較像是害羞。就算是在一陣慌亂的冒險者當中，竟然能接近自己到如此近的距離。

利迪歐的臉龐扭曲了起來。

「拜託你跟我過來一下。可以的話，我不想殺了你……」

那個像小孩子一樣的矮小男人——鐸達．魯茲拉斯像在懇求對方般這麼說道。

「我不會害你的。」

（怎麼可能。）

這是鐸達本身不知道說過多少次的話。首先可以確定的是，這是不具任何保證的一句話。利迪歐看著視界邊緣的伊莉那感到絕望的臉龐。

（抱歉。）

只能微微閉上眼睛來做出回應了。

（……撐下去啊。）

另一張王牌究竟來不來得及呢。

◆

夜晚的街道顯得異常吵雜。「索多力克貝殼」目前正處於喧囂的中心。除了有火苗竄起外，也能聽見爆炸聲。冒險者們紛紛從巷弄逃出來。

淡紅色月亮底下，西基．巴烏從巷弄裡看著這一切。

看來事情變得有點麻煩了。雖然想弄清楚狀況，但她知道這種時候首先要行動。等一切都塵埃落定後就太遲了。

「好猛烈的騷動。」

毫無感情的呢喃。用堆疊的箱子代替椅子，又坐在上面看書——那樣的態度讓人感到莫名地火大。

「西基．巴烏。要我說出個人意見的話，太危險了。我認為不應該靠近。」

「我不想聽你個人的意見。不過——確實是這樣。利迪歐．索多力克可能已經死了。這樣無法回收報酬。」

「真是的……太過分了。這到底是怎麼回事。」

從背後傳來其他男人的聲音。那是莫名含糊的聲音。

「好不容易才出來，結果委託人死了嗎？」

男人像是很傻眼般這麼說著。這個男人被人稱為「鐵鯨」。是以傭兵為職業的男人，在業界是以罕見的「砲兵」而聞名。雖然花了一番功夫才得以跟他接觸，但現在快要成為泡影了。

「無法支付報酬實在太不像話了。我不接這份工作了，應該可以吧。」

「也沒辦法了……事到如今，就在此撤退吧。」

西基．巴烏開始思考。

利迪歐應該保持警戒了，但懲罰勇者們所做的事實在太過超乎常軌。沒想到會在這麼短的期間，而且是在街上發動如此具破壞力的攻勢。

「冒險者公會也陷入混亂了。至少趁現在回收金錢，然後再離開這裡。普佳姆，你有什麼打算？」

「這個嘛——我要去救利迪歐．索多力克。因為這樣才符合道義。」

「認真的嗎？你什麼時候這麼講義氣了。他說不定已經死了哦。我可不會幫忙。」

「就算是屍體又有什麼問題？我確實受過他的照顧。跟是不是有生命無關，不去救他的話就太可憐了吧。」

「你說可憐？你這傢伙……」

西基．巴烏不知道該如何回答。這個男人的感覺真的很奇怪。簡直就不像是人類——

「嗯，我也不打算要妳幫忙。但是——不對，等一下。」

普佳姆突然揮動一隻手打斷了西基．巴烏，然後從書上抬起頭來。他的臉龐看起來比平常更加陰鬱，甚至還嘆了口氣。

「……這樣啊。太遺憾了，到此為止了嗎？」

「怎麼了？」

西基・巴烏感覺這還是首次看見他表露出如此明顯的感情。

「怎麼了，發現什麼了嗎？」

「沒有……只是接到聯絡。應該說命令吧——對利迪歐・索多力克感到很抱歉。」

普佳姆再次在耳朵附近揮動一隻手。是小蟲子嗎？可以看到像是蒼蠅的生物閃過這個男人的指尖飛走。

接著普佳姆就站起來看著西基・巴烏。

「西基・巴烏，想不想接新的任務？還有『鐵鯨』也是。」

「你說什麼？」

「你們的目的是錢吧。那我可以準備，好像啦。」

西基・巴烏站起來確認普佳姆的表情。原本以為他是在開玩笑之類的，但並非如此。這個普佳姆從未開過像那樣的玩笑。

「很遺憾，必須切割利迪歐・索多力克。真的很遺憾也很難過。」

「等等。你說有人要僱用我？委託人在哪？」

「就是我們。」

普佳姆闔起書來。配合「磅」的清脆聲音，從巷弄深處的黑暗裡出現幾道影子。西基・巴烏馬上就注意到。那不是人類。甚至不是一般的生物。

是異形。而且是比較小型的個體。卡西、胡亞以及凱爾派。是這樣的群體。

「這是——」

或許是從西基．巴烏的視線裡感覺到厭惡了吧。其中一隻卡西露出利牙發出低吼。普佳姆輕輕撫摸著牠的脖子。

「快住手。很沒禮貌哦。」

西基．巴烏的眼裡看見普佳姆的指尖生出了什麼。像是紅色刀刃——或者是鉤爪般的東西。

「啪滋」一聲模糊的聲音。

那個東西撕裂、破壞了卡西的喉嚨。看見牠直接倒地並且痙攣的模樣，就知道似乎不是立刻死亡。但是發不出聲音。可以看到異形們感到害怕而往後退。

普佳姆環視著牠們並且點了點頭。

「這樣就可以了。接下來我要拜託他們事情。別擺出失禮的態度——嗯，那麼，應該從何說起呢。沒錯——我們可以準備比利迪歐更高的金額。」

普佳姆以深不見底的眼睛看著西基．巴烏。

那是西基．巴烏取得確信的瞬間。這個男人是魔王。魔王現象之主。跟利迪歐不同，並非純粹是人類的背叛者。

「支付報酬。這樣人類就會認真地工作了吧。這是我學到的。」

雖然不是無法承受普佳姆的黑暗眼睛，不過西基．巴烏還是一瞬間闔上了眼。

（看來沒辦法選擇。）

這個名叫普佳姆的男人，遠比自己想像中還要難以捉摸。應該魔王現象之主。是自己的眼光太差了嗎？是在哪裡出錯了呢？但一切都太遲了。現在已經被異形們包圍。

這明顯是威脅。結果與其說是僱用——根本只能遵從。

「嗯。我無所謂哦。」

「鐵鯨」帶著某種諷刺意味的聲音在西基・巴烏做出回答前就先響起。

「只要願意付酬勞，不論是冒險者還是魔王現象都是我的客戶。」

「鐵鯨」緩緩動了起來。

鋼鐵的摩擦聲響起。西基・巴烏看著他的模樣——就像是穿著黑色甲冑的無馬騎士。但外表更加矮胖、鈍重，而且全身刻滿了聖印。

這身甲冑就是砲兵的證據。這一整套甲冑正是他的「砲」。連臉都被這門「砲」覆蓋，所以看不見「鐵鯨」的表情。

「然後呢？委託人，你的第一個要求是？」

「正確來說，委託人不是我。不過——獲得的命令是湮滅證據。」

普佳姆點點頭並且指著遠方。

「說是要仔細把我們跟利迪歐・索多力克相關的證據消除掉。應該是叫冒險者公會吧。希望把那棟建築物破壞殆盡。」

「好哦。是我擅長的領域。」

應該說，「鐵鯨」也只能做這件事。那是砲兵的工作。

「感謝協助——西基．巴烏，妳又如何呢？擔任我的教師，算是對我有恩。我不是很想殺了妳。」

「那是要我背叛人類的意思吧。」

「有什麼令妳困擾的嗎？」

提出極為自然的問題後，普佳姆就歪起頭來。

「利迪歐．索多力克教會我很重要的一件事。對人類這種生物來說……保護自己和家人是最重要的事情吧？比整個種族更值得保護。這就是人類。不是嗎？」

（一點都沒錯。我的話就是這條命。我自己的命。）

關於這一點，那個叫利迪歐．索多力克的男人，或許是比想像中更加善良的人物。

刑罰：索多力克街區潛入調查 原委

鐸達抓來的男人看起來不像覺得害怕。

名字似乎是叫做利迪歐・索多力克。

那傢伙以鬱悶的眼神望著我們。我不知道這是因為擔任公會長而習慣擺出這種態度，還是真的如此感覺。

只不過，在綁住他雙手的期間，他也完全都沒有掙扎。

或許是知道沒有意義吧。

由於在巷弄實在靜不下來，所以使用冒險者公會的大廳來進行審問。雖然因為我們的暴動而到處出現損毀，不過公會裡已經幾乎沒有人了。

逃亡者大多都已經從這個街區逃走了。雖然認為利迪歐・索多力克應該也有像是心腹般的護衛，但至少在混亂收束時都沒有看到身影。不清楚是逃走了，還是在窺探時機。

「監視四方。」

諾魯卡由陛下做出命令。他坐在一張奇蹟似毫髮無傷的椅子上對周圍頤指氣使。

「給你們這些傢伙贖罪的機會。臣服於朕，然後為人民工作吧。」

聽他這麼一說，即使感到困惑也不得不行動的就是那群冒險者。也就是看見達也與傑斯的暴力，還有諾魯卡由異常的破壞行為後，隨即選擇投降的傢伙們。

人數竟然有九個人。他們面面相覷，以畏畏縮縮的模樣靠近快要崩塌的牆壁與勉強保有外形的窗戶來警戒著外面。

如此一來，審問就必須由我跟芭特謝來負責了。達也跟傑斯沒辦法勝任，而鐸達則像是要表示工作結束了一樣喝著酒。芙雷希在痛罵了我一頓後，就帶著平安無事的兩名護衛開始搜索公會內部。確實除了自白之外，如果還能有物證的話就再好也不過了。

至於泰奧莉塔——

「給我好好反省。」

則是傲慢地在被迫坐於地上的利迪歐．索多力克眼前將雙手環抱於胸前。

「飼養異形、幹盡壞事還有反抗我們等事情！全都是重罪哦。如果了解自己多麼罪孽深重，就快點懺悔自己犯下的錯誤吧。」

然後她便回頭看著我表示：

「怎麼樣啊，賽羅。這個人臉上服從的表情。看來是被『女神』的威望打動了。」

「是這樣嗎？」

「一定是！很厲害吧——好了，把你知道的事情全部說出來吧。」

我雖然感到懷疑，但泰奧莉塔完全聽不進去。

看來她的心情產生一百八十度的變化，現在已經恢復了。似乎也想在這場審問裡立下功勞。不過老實說她並不適任。

「我知道的也不多。」

利迪歐以沉重的口氣做出回應。

「我確實是指揮冒險者公會要奪走你們的性命，也跟冒險者們交涉完成這個目的的工作。但委託的源頭都只派來戴著黑色面具的使者。除此之外我就什麼都不知道了。」

「唔唔。」

泰奧莉塔以嚴肅的表情回頭看著我。

「這下頭痛了。賽羅，看來這個傢伙什麼都不知道。」

「別當真。有可能是在說謊。」

「原來如此！……竟敢對『女神』說謊，實在太大膽了！」

「是啊。那我也來問問看。」

泰奧莉塔原本就不適任了吧。「女神」沒有跟人類討價還價的經驗與知識。可能本能上就很困難了。

所以我就蹲下來從正面看著利迪歐的臉龐。

「你知道吧。你的立場很艱困。原本應該就這樣把你交給聖騎士團，不過也可以不這麼做。」

「喂，賽羅。」

這下換成芭特謝皺起眉頭。

「別擅自開條件。」

「那要純粹以暴力來威脅嗎？我想這傢伙應該習慣這種事情了。」

「……想交涉的話……」

利迪歐這時聲音裡終於稍微帶著緊張的感情。

「你們可以接受我的條件嗎？」

接著那個傢伙的嘴角就稍微揚起，看起來像是在笑。可能願意配合了。

「姑且聽聽看吧。畢竟也有點在意你究竟會提出多麼厚臉皮的條件。」

「就是保證我家人平安無事。亦即我的『弟弟』跟『妹妹』們。」

「啊——」

就是那群眼神不像是小孩子的傢伙嗎？除此之外我就想不出來了。

「剛才無法手下留情。已經死了幾個人了。」

「……若是保證不再去找他們的話，我可以考慮跟你們合作。」

「要我們別出手？」

「沒錯。」

「那好吧。」

我一點頭，芭特謝就又露出不愉快的表情。

「賽羅。說過好幾次了，別擅自答應對方的條件。你這傢伙沒有這種權限。雖說是小孩子，他們依然是罪人——為什麼要持續做出讓高層盯上的事呢？」

「那也就表示，妳的意思是要找出這傢伙的『弟弟』和『妹妹』並且殺了他們嗎？也可以在這個傢伙的面前拷問他們。下令的話我們就會去做哦。」

「……我沒有這麼說。」

「那麼意見相同了。」

芭特謝沉默了下來。我就把她的沉默當成默許的意思，然後看向利迪歐。

「你能透露的範圍就可以了。」

這傢伙現在大概用內心的天秤在衡量。應該說，他是打算兩邊押寶。應該理解跟雇主比起來，還是眼前的危機比較重要才對。

然後——他應該把「弟弟」跟「妹妹」看得跟自己的生命一樣重要。結果這似乎就是這個男人的弱點。與其讓那些傢伙被我們找出來並且接受處罰，他寧願選擇在此背叛雇主。

「利迪歐．索多力克，這是很簡單的交易吧？至少給我們一點線索吧。」

「……目的你們應該知道了，就是抹殺『女神』。委託人自稱是『共生派』。」

利迪歐發出沉吟般的聲音。

共生派——最近才剛聽過的一群傢伙。是自從魔王現象出現後就存在的一派。

這群傢伙所謂與魔王現象共存的口號聽起來是很不錯，但實際上是打算讓魔王現象坐上支配者的位子。把所有人類變成奴隸，然後再由自己來擔任管理者。

（這些傢伙的名字又出現了。）

也有人表示這不過是陰謀論者的妄想，我到前陣子也都是這麼認為。就算存在，也不過是以個人為單位所抱持的願望——實在沒想到如此瘋狂的人已經多到足以建構起勢力了。

但確實存在，這已經是無庸置疑的事實。除了是現實的威脅外，也是我的敵人。

「關於共生派那些傢伙，我幾乎什麼都不知道。但是——」

利迪歐稍微壓低聲音，不知道為什麼，露出了諷刺的笑容。

「我是在十天前跟戴著黑色面具的男人接觸並且接受委託。之後總共只接觸了三次。他的名字的話我倒是聽說了。」

「反正是假名，不過你還是說說看吧。」

「瑪哈伊謝爾．傑爾科夫。」

「……哼，別開玩笑了。」

有所反應的是芭特謝，她以嚴厲的表情瞪著利迪歐。

「瑪哈伊謝爾是第一次魔王征伐時聖人的名字——而且……」

她讓臉上嚴厲的程度產生微妙的變化。

「傑爾科夫。傑爾科夫是……」

當她繼續準備說些什麼的時候。

感覺窗外有一陣強光。

「——嗚哇！」

負責監視的冒險者發出悲鳴。

「陛……陛下！」

竟被迫如此稱呼諾魯卡由，真是太可憐了。一瞬間這麼想，但我看向窗外後立刻捨棄了這個想法。

「糟糕。」

我立刻抱起泰奧莉塔。然後掃向芭特謝的腳讓她趴下。

「什……」

「——快趴下！」

根本沒空理芭特謝的抱怨了。

下一個瞬間，光芒與巨響炸裂。

嘎砰哦嗯——像這樣的，極為異樣的衝擊聲。柱子粉碎，牆壁被吹飛。木片四處飛濺，粉塵在天空飛舞，火苗竄起。從剛才就斷斷續續聽見的整棟建築物的摩擦聲變成決定性的聲響。

冒險者公會開始倒塌了。

「快逃！到建築物外面去！」

我知道剛才那種攻擊的真面目，諾魯卡由跟鐸達應該也一樣。傑斯則已經繃起臉並且發出咂舌聲了。

「竟然有砲兵。」

像是感到很麻煩般這麼呢喃著，不過還是迅速從被破壞的牆壁滾出去。下一個瞬間，一切都開始崩塌。

「賽羅，太危險了！」

泰奧莉塔急忙拉住我的手。

我也有完全相同的感覺。芙雷希他們沒事吧——不對，剛才已經看到他們跳到窗戶外面了。動作真是迅速。我們也應該模仿他們，現在立刻撤退才對。

現在還有一個笨蛋不了解這件事。

「芭特謝！妳在做什麼！快走了！」

「等等，那個男人……」

是利迪歐——他就像配合剛才的砲擊般跑了起來。方向是崩塌的公會深處。難道那裡有祕密的通道嗎？應該連腳都綁起來了才對，是身上還藏著刀刃——不對，現在沒有時間想這些了。之後再反省吧。

「快逃吧。」

跟追上去比起來，我還是選擇了撤退。因為知道下一次砲擊馬上就要來了。我像是要把芭特謝拖倒一樣逃離冒險者公會。

然後再次有閃光、巨響以及衝擊。

那成為決定性的一擊，奪走了冒險者公會這棟建築物的生命。

「到底在搞什麼啦。」

鐸達先是像老鼠一樣到處竄逃，最後躲在達也身後發出悲鳴。

「對方是不是瘋了！會在街上做出這種事嗎？根本腦袋有問題！」

「嗯，這真的沒辦法處理。」

要對抗像這樣的長距離砲擊，就只有派出像渣布那樣的狙擊兵，或者同樣以砲兵來進行反擊。不然至少也需要傑斯的飛龍——妮莉在場。

也就是說，現在根本束手無策。

「撤退吧。至少知道敵人有砲兵存在。雖然不願意，但必須把萊諾從懲罰房拖出來才行了……讓貝涅提姆去想辦法吧。」

「咦咦咦……」

鐸達露出明顯的厭惡表情。

「真的嗎？我不喜歡跟萊諾相處耶。」

「我也是。應該說，這世上有人喜歡嗎？但也只能靠他了。」

在崩塌的冒險者公會旁邊，我聽著斷斷續續傳出的砲擊聲並且開始撤退。順便拍了一下呆立在現場的芭特謝的肩膀。

「喂，要走了。芭特謝，為什麼從剛才就在發呆。」

「呃，嗯——」

「雖然線索消失了很讓人頭痛，但利迪歐・索多力克還活著。去追那個傢伙吧。」

「說得也是。」

芭特謝的臉不知道為什麼看起來有點蒼白。

「……就這麼決定了。只要抓到那個男人，就能知道他說的話是不是真的。」

◆

冒險者公會的地下道是事先配置好的脫逃路線。

利迪歐一腳踏進了該處的黑暗之中。雖然臭氣沖天但也只能忍耐——因為是改造下水道所製造出來的通路。雖說可以從這裡到達街區外面，但會是一條漫長的逃走旅程吧。

目前唯一能倚靠的就是一盞小小的聖印式提燈。它正放射出藍白色光芒。

「……哥哥！」

伊莉率先跑了過來。她先來到這裡確保逃走路線的安全了。

「您沒事嗎！」

「總算是逃過一劫。」

利迪歐抱緊伊莉並撫摸著她的頭。

「雖然失去了公會，但撿回一條命，還有你們的安全……不過多少需要付出一些代價。」

「代價？」

伊莉露出不安的表情。

「哥哥，您不會是在做什麼危險的事吧？」

「一點都不危險。只要能逃離這裡就好了。你們不需要擔心任何事情。」

「那可不行。」

伊莉抬頭用她藍色的眼睛看著利迪歐的臉。

「哥哥，您說了什麼嗎？」

「我也沒辦法。其實也沒說什麼——」

這時利迪歐感到有點不對勁。

是伊莉的眼睛，還有她說的話。為什麼需要詢問我說了些什麼？

「這樣啊。」

伊莉點頭的時候，利迪歐就感到胸口一熱。遲了一會兒才發現那是疼痛。

「不過，為了慎重起見……抱歉了，哥哥。」

聽起來像是機械的聲音。利迪歐注意到自己跪到了地上，不知道什麼時候變成抬頭看著伊莉。劇痛與混亂。

「妳是……」

即使如此，利迪歐還是死命發出聲音。

「什麼人？伊莉呢……」

「死了。我使用了她的身體跟腦子。」

伊莉露出了微笑。那是很靦腆的笑容。這個笑容仍是自己看慣了的。

「再見了，哥哥。」

只說了這麼一句話，伊莉就轉過身子。前方的暗處有人在那裡。總共有三個人。西基·巴烏、普佳姆……以及那種穿甲冑的模樣，應該是之前聽過的砲兵——「鐵鯨」吧。

「結束了。我們走吧，各位。」

「了解了。利迪歐·索多力克，抱歉了。」

那是普佳姆的聲音。跟平常一樣，很憂鬱般駝著背。那張不健康的臉龐窺看著利迪歐。

「我個人是很想幫助你。」

「你打算違反命令嗎，普佳姆？」

「我沒有那種打算。我會服從你。不過，連殺了他都在預料之中嗎？」

「不。他原本還有利用價值。沒想到會發生捲入一整個街區的事態。如此野蠻的行為實在太誇張了。那些傢伙就是懲罰勇者嗎？」

「既然連伊布力斯都遭到消滅，我也認為他們不是普通的對手，但沒想到是這樣的類型。得修正評價了。」

「我有同感。看來需要稍微加快計畫。無論如何都得排除那個聖騎士，並且殺掉『女神』才行。不惜付出任何代價，都得解決『女神』泰奧莉塔。」

伊莉無機質的聲音裡，混雜著粗糙的聲響。利迪歐無法辨別聲音裡面究竟是帶著憤怒還是害怕的感情。

「……在進行下一個工作之前，可以給我一點時間嗎？我想埋葬利迪歐．索多力克。」

「沒有這個必要。」

「但還是需要敬意。這樣對死者太沒有禮貌了。」

「我說了不需要。你被命令歸屬到我的手下，你忘記這件事了嗎？」

「……知道了。」

一瞬間的沉默。不過還是立刻得到肯定的答案。

「了解了。利迪歐．索多力克，謝謝你買書給我。」

普佳姆露出垂頭喪氣的模樣。不對，是低頭嗎？他正在道歉。但利迪歐已經覺得無所謂了。只感覺很冷。一切都逐漸變得模糊。

「不只普佳姆，這個任務需要各位的協助——當然會支付約定好的報酬。」

「了解了。但我想問一件事。」

西基·巴烏發出冰冷的聲音。

「要怎麼稱呼你？用那個身體的名字就可以了嗎？」

「斯普利坎。」

黑暗的視界裡可以看見如此自稱的少女露出笑容。原本是自己「妹妹」的某個人露出的笑容。到底是從什麼時候。是什麼時候被取代的呢？完全沒有注意到。

「我叫斯普利坎。就這麼稱呼我吧。」

「知道了。首先要做什麼？」

「準備破壞這個城市。把人類清除，有形狀的東西全部變成灰燼。還有『女神』以及——懲罰勇者們。因為他們是阻礙，請務必幫忙。」

利迪歐理解到自己的失敗，但已經沒有後悔的餘地了。

王國審判紀錄　渣布

所有的手法都算不上乾淨俐落。

反而可以用悽慘來形容。

王國查察官賽歐多尼・南提亞看了手邊的紀錄後有了這樣的確信。這個男人——坐在眼前的年輕男人是真正的殺人狂。開始有種他吃了殺害對象的傳聞也是事實的感覺。

（——雖說查察官必須捨棄先入為主的觀念來審訊。）

賽歐多尼・南提亞注視著眼前的男人。

（這真是讓人頭痛。）

乍看之下帶著某種窩囊、開朗笑容的男人。那種輕薄的模樣很容易讓人對他失去戒心，不過說起來在審訊室裡擺出那種悠閒態度就是一種異常了。

男人的名字是渣布。

通稱「食人鬼」。

沒有姓氏。是被古焉・莫沙教團養育長大的暗殺者。這個男人就是多達八人的連續失蹤——真相是殺害的一連串事件的實行犯。

「八個人嗎……」

賽歐多尼唸出手邊資料的人數。就是這個男人所殺害的人數。

「大概是一個月一次。這一年裡，你倒是為所欲為地大鬧了一番嘛？」

「啊啊——沒有啦！對不起哦查察官，其實不是這樣的。」

渣布帶著笑容做出訂正。

「我是個老實人所以會說出來，我殺了十二個人。還要加五成。哎呀……看吧，其實我本性真的很老實。而且還是個爛好人。」

渣布嘆了一口氣。那是像要表現自己被這個「爛好人」的部分搞得多辛苦般的嘆息。

「我要是失敗還是在工作上沒有進展，讓上司的評價因此降低，那他不是太可憐了嗎？我就是這種類型的人。因此麻煩事老是被推到我這裡。認真工作根本自討苦吃，結果就是像這樣被切割。」

賽歐多尼一邊聽著渣布的話一邊感到頭痛。

完全不認為殺人是什麼大不了的事。真是個怪物。眼前這個傢伙可能是個極恐怖的怪物。

「你都沒有罪惡感嗎？」

賽歐多尼回過神來才發現自己這麼問了。

「不覺得殺了人這件事是錯的嗎？」

賽歐多尼知道某個被龍養大的男人。他曾經調查過那件事，那個男人對於人類沒有所謂犯罪的意識。賽歐多尼還在想或許渣布也是這樣。

「啊！抱歉，是關於善惡的話題嗎？道德觀念？像這種宗教方面的事情，我真的不是很懂……因此在教團裡也被當成問題兒童。」

渣布快活地笑了起來。

「殺了喜歡的對象會覺得不開心。這我了解哦。但是，除此之外的事情就完全不懂了。」

感覺自己正在跟某種異質的存在對峙。

賽歐多尼下意識中從旁邊的水壺倒出水來，然後含了一口水。只有種半冷不熱的感覺。某種莫名的不愉快感。這個叫渣布的男人就有某種近似這樣的感覺。

「我——該怎麼說呢……」

渣布持續說著話，就像話匣子永遠關不上一樣。

「沒有連腦子都被教團影響，可能也是因為實在太笨而不太了解那些事情的緣故吧？啊——這樣我說不定是什麼天選之人哦？討厭啦。我是責任感很強的類型，所以會在意這種事。要是背負著什麼了不起的命運該怎麼辦。」

或許真的是這樣。

賽歐多尼很清楚教團的做法。為了把善惡觀深植於孩子心中而做出各種事情——利用痛苦、藥物、快樂等各式各樣的手段。即使如此還是無法理解教團倫理觀念的渣布，可能真的是具備特殊神經的男人。

「……你不會害怕嗎？」

賽歐多尼心想至少要引誘出這個男人像是正常人類的反應。

內心希望他跟自己一樣是人類。

「運氣好的話你之後可能會被判終生監禁，運氣不好就是死刑。這些都不會讓你害怕嗎？」

「我很怕啊。」

渣布立刻這麼回答。

「非常害怕。但害怕也改變不了什麼，嗯……」

接著就窩囊地笑了起來。

「所以就盡量享受現在。這樣比較划算吧。反正也沒有天堂或者地獄這種東西。人類一旦死了就什麼都沒了對吧，這段期間要是畏畏縮縮地過日子也沒有什麼好處。」

果然是怪物，賽歐多尼做出這樣的結論。

「普通人即使理性這麼認為，感性或者直覺還是無法允許。還是說，你只是沒有真實感而已？你沒有任何想像力嗎？」

「太過分了吧！我可是連對方的人生都會加以思考，所以想像力很豐富哦。但是，對我來說還是不太容易懂。」

渣布臉上的笑容消失了。他以嚴肅的表情看著賽歐多尼。

「有比自己還有自己喜歡的傢伙們關心的得失更重要的事情嗎？為了那個的話……什麼都能

辦得到吧。認真且嚴肅地思考之後，就覺得害怕死刑實在太划不來了。啊，我這樣會不會太認真了一點？」

賽歐多尼說不出話來了。感覺好像看到了什麼恐怖的東西，甚至覺得自己快要吐了。

「渣布，你這傢伙——」

「太有趣了。」

突然從旁邊傳出呢喃聲。

坐在同一張桌子，笑容雖然開朗，但笑容帶有某種詭異感的男人。不清楚他的名字——不過，聽說過他是查察官。而且地位比賽歐多尼還要高。

「渣布。你殺了十二個人……」

不知道名字的男人探出身子來看著渣布。

「是怎麼選擇那十二個人的？基準是？」

「誰知道。只是因為很容易下手罷了。」

「很容易下手。原來如此？那麼，比方說，這個叫塔魯迪的男人……」

無名男子手上拿著一張資料。

「不是在自宅。是光天化日之下，短短七十秒鐘就消失在他工作的官府。是你殺了他並且把屍體帶走的吧？這會很容易下手嗎？」

「等一下等一下，我指的不是手段哦。」

渣布又笑了起來。

「是感覺啦。感覺很好下手。哎呀，你也知道我是個天才吧？身邊毫無防備的市民，不論在哪裡做什麼事其實都差不了多少。殺人的難易度其實全部都一樣哦——因此呢，嗯……」

渣布像要告白祕密一樣壓低了聲音。

「我才會選擇殺了也不會心痛的對象。」

「那是以什麼樣的基準呢？」

「誰知道——只能說是直覺吧。」

渣布稍微露出思考的模樣。但似乎馬上就放棄了。

「我只要對目標產生移情作用，就完全無法殺掉他了。真抱歉，因為我是個爛好人。是個天生溫柔的男人，你懂嗎？」

「這我剛才聽過了。然後這十二個人……」

無名男子把資料丟到桌子上。

「就算殺了也無所謂？因為沒辦法讓你產生移情作用？」

「嗯。」

渣布以極為輕鬆的態度點了點頭。

「是啊。就覺得很好下手。」

「原來如此。」

無名男子的笑容變得更加深邃。那是帶著某種殘虐意味的笑容。

「太優秀了。」

他發出細微的聲音。賽歐多尼無法理解這句話的意思。男人不停點頭並且翻閱著資料，然後再次把視線移回渣布身上。眼神就像在享受什麼一樣。

「渣布，我認為死刑實在太便宜你了。」

「咦咦？還有比死更嚴厲的刑罰？」

「沒錯。」

無名男子像是要吊人胃口般先閉上了嘴巴。彷彿要享受渣布的臉色變化一樣。

「你將被判處勇者刑。」

「等等。」

這時候渣布首次真的感到慌張。

「等一下等一下！請等一下，不應該是這樣的吧！就算害怕死刑也沒有用，其他的刑罰也是一樣！但是勇者刑就——」

「嗯，跟你想的一樣。」

無名男子又加深了微笑。

「連死亡都不被允許。」

刑罰：幽湖大神殿禮拜隨行

「不准。」
懲罰房的管理者如此斷言。
以宛如自己就是法律般的表情嚴厲地這麼說道。是一名明明還很年輕，卻歷經千辛萬苦般的青年。名字好像是叫拉吉特．西斯羅。在第十三聖騎士團擔任步兵隊長。
他是一名模樣比軍人還像軍人的青年，也是對貝涅提姆來說不知道如何與其相處的類型。
「無法允許懲罰勇者萊諾出房。因為尚未達到既定的關押期間。」
「這件事情我很清楚。」
貝涅提姆馬上撒了謊。他完全不清楚萊諾的禁閉期間。但這時候要是不配合對方的話——這種類型的傢伙最討厭隨便的人。
「但是，狀況有所改變了。必須以特例讓他出房。」
所謂狀況改變了，其實不過是因為賽羅這麼說而已。他表示「立刻把萊諾從懲罰房裡拖出來」。貝涅提姆從這句話裡面感受到濃厚的暴力意涵。
強烈感覺到失敗的話將會挨揍。

都這麼說了，那個叫拉吉特的男人卻還是無動於衷。

「不承認什麼特例。沒有受幽湖市行政廳委託主管防衛的馬連・基維亞大司祭的許可，或者芭特謝・基維亞團長的命令就不可能放人。」

「許可的話已經下達了。」

貝涅提姆立刻這麼回答。而且不只是這樣，還遞出了一張紙。

「這是——」

拉吉特瞪大了眼睛，他似乎很驚訝。上面確實蓋了證明印，而且是來自幽湖市的行政廳。

「這是真的嗎？」

「您可以盡量去確認沒有關係。」

這並非謊言。是真的證明。是由幽湖市行政廳的管理者所發出的解放許可書。委託大司祭管理防衛的幽湖市提出的指示，在權限上具有優越性。

當然這其中是有隱情。行政這種東西基本上是直線型組織，負責人都不想承擔責任，人事則是錯綜複雜。這就是可以利用的地方。直接去找馬連大司祭或者芭特謝交涉的話，他們當然不可能會允許解放違反軍紀的懲罰勇者。

但行政廳又如何呢？

他們不可能清楚現場發生的事情，於是把事情強行帶到防衛部的管理官身邊——不過不是以懲罰勇者，而是以芭特謝・基維亞代理人的身分。結果這個謊言就是這次貝涅提姆詐欺手法的根幹。

這一天不是管理者只要有意願就能輕易跟兩者取得聯絡來確認實情的狀況。大司祭跟芭特謝・基維亞早上都外出了。而且是因為私事。

加上貝涅提姆帶來的案件是讓懲罰勇者從懲罰房裡出來這種某方面來說是理所當然的事情。把勇者關進懲罰房根本算不上任何刑罰，只是讓他在不用擔心死亡的安全地點補眠而已——除了軍人之外，不認識萊諾的平民百姓一定會這麼認為。

不論萊諾違反了什麼樣的命令，總之就是應該給予處罰。關在懲罰房這種安全的地方完全是本末倒置且毫無道理。

於是貝涅提姆所主張的內容就在沒有受到太多詢問的情況下通過了。萊諾原本就經常進出懲罰房。因為緊急事件而解放這個男人是經常使用的手段之一。

「芭特謝・基維亞會負起所有責任。」

這是最具決定性的一句話。就對方來說，貝涅提姆是不是說謊根本不重要。甚至連芭特謝・基維亞是否真的會負責都不是重點。

真的捅了什麼簍子時，只要能把所有責任推給貝涅提姆就可以了。

光是這樣就不會有任何問題——然後一起帶去的達也散發出的壓迫感，以及貝涅提姆光明正大的態度也起了決定性的作用。

結論是這樣。

就算解放一名懲罰勇者，只要有他脖子上的聖印，就不可能引起什麼重大事故。隨便他們想怎麼做吧。

「——知道了。我去跟幽湖市的行政廳確認。」

拉吉特即使以疑惑的眼神瞪著貝涅提姆，也還是接過許可書。

隨便你要怎麼確認都沒關係——貝涅提姆心裡這麼想。總之自己的工作這樣就結束了吧。

（希望賽羅不要又做出什麼無理的要求。）

只有必須帶著萊諾離開是讓人感到憂鬱的地方。

◆

這一天就從泰奧莉塔提出無理要求的早晨開始。

地點是軍營的餐廳，懲罰勇者被允許使用的一角。

「我想外出！」

泰奧莉塔在炸麵包上塗抹傑夫奶油並且提出這樣的主張。

傑夫奶油是一邊加熱羊奶一邊攪拌所製造出來的奶油狀食品。泰奧莉塔似乎很喜歡這種奶油，可以說是每天都會品嘗。

「我想外出，吾之騎士！我們到街上去吧！」

「唔嗯！」

對此產生反應的是諾魯卡由，這也讓事情變得更麻煩。今天早上的餐廳就跟平常一樣，可以看到諾魯卡由陛下的身影，然後不知道為什麼傑斯也在這裡。我記得他應該跟妮莉和好了才對——他們正攤開相當大的圖紙，一大早就在進行某種設計圖。

傑斯偶爾會尋求諾魯卡由的建言。大概都是改良飛龍的裝備等等的事情。

「那不是很好嗎，賽羅？帶著『女神』向她導覽這個城市。」

諾魯卡由仔細地用刀切著鐸達弄來的烤魚。

「能夠看見『女神』的話，朕的國民也會深受這樣的榮譽感動吧。」

「對吧！諾魯卡由真的很懂事呢！」

「身為國王，這是理所當然的事。那麼，您想到哪裡去呢？」

「咦？啊，好的，那個……」

簡直就像沒有思考過這件事一樣，泰奧莉塔發出沉吟聲。不過，也難怪她會這樣。泰奧莉塔幾乎不認識這座城市。

「……有……有什麼推薦的地方嗎？適合跟吾之騎士一起散步的！」

「唔嗯。原來如此，那麼朕推薦蒂優陣的大美術館。」

諾魯卡由優雅地撫摸鬍鬚，然後說出連我都聽過名字的美術館。

幽湖市不愧地處海運要衝，聚集了各式各樣的物品。利用這個地利之便的商業組織所經營的，就是被稱為蒂優陣大美術館的建築物。

「裡面收集了許多中期古典的名物。該棟建築物本身也是以近代納希達式建築工法所建造，有許多值得一看的地方。」

「……我不懂耶。美術館到底有什麼好玩的？」

傑斯突然插嘴如此表示。他在設計圖上畫著線，並沒有看向這邊。不過確實聽著對話。他就是這樣的傢伙。

「散步的話應該去海邊吧。飛到海岸那邊的話景色很不錯。稍微往南一點也有廣大的森林。剛好適合狩獵，在溪谷之間飛翔也很有趣。」

「這傢伙竟然以其他人也能飛行為前提來推薦……」

也就是說，完全無法作為參考。傑斯有凡事都以龍的基準來思考的壞習慣。

「說起來，『狩獵』又是什麼。是想去獵熊嗎？」

「那太無聊了吧。所謂的狩獵，當然是要狩獵異形啦。」

傑斯一瞬間抬起頭來，露出好戰的笑容。平常總是看來心情不佳的這個傢伙，只有在挑釁我的時候才會看起來稍微開心一點。

「比美術館什麼的有趣一百倍。怎麼樣啊，賽羅？要不要賭賭看幹掉的獵物數量？」

「笨蛋，我才不要。難得不用值班，誰要做那種麻煩的事。」

「嗯，我想也是啦。」

傑斯以像是在演戲般的動作聳了聳肩。這傢伙絕對是刻意這麼做的。

「目前是七比六，我暫時領先。繼續比下去也只是會擴大勝負的差距。」

「啥啊？你胡說些什麼，傑斯。什麼叫你贏了七次？半年前那次你也算進去嗎？那次是不分勝負吧，因為渣布的緣故才——」

「夠了，這群蠢貨！」

我們的爭吵就在諾魯卡由陛下一聲大喝之下結束了。

「身為朕之王國的兩大強將，為什麼像小孩子一樣做這種意氣之爭！把你們的鬥志用在魔王現象上。好好冷靜一下！」

聽他這麼一說，我跟傑斯也不得不閉嘴。想不到會被諾魯卡由說「好好冷靜一下」。這實在太不講理，我都懶得回嘴了。

「那——那個，我不是很懂耶，吾之騎士！」

這時泰奧莉塔就拉著我的手臂並且如此主張。看來是被她發覺剛才那一連串的對話根本沒有什麼用了。

「不論是美術館、海邊還是森林我都無所謂哦。也獲得諾魯卡由的許可了，我們就到街上去吧！」

「妳在說什麼啊。諾魯卡由的許可又有什麼意義……」

我當然準備駁回她的要求——本來就該如此。

「說起來呢，妳忘了之前才被全力追殺嗎？」

「我沒忘。逛市場的前半段很讓人開心，成為我非常棒的回憶。我也寫在日記裡了！所以想再次——」

「看來妳是想再當一次誘餌吧。」

「嗚……」

「勸妳不要，沒用的。」

由於她頓時說不出話來，所以我隨即理解了。也就是說，泰奧莉塔又想讓自己置身於危險之中來幫助我們了。我就先承認吧。看見別人展現那樣的態度後之所以會覺得火大，是因為我自己也有這樣的部分。

這我承認——但現在情況不一樣。因為無法期待泰奧莉塔作為誘餌的效果，所以這麼做根本沒有意義。從上一次的失敗學習到的是，不論如何鞏固迎擊態勢，一旦被找到破綻就沒有意義。我方的情報既然已經洩漏，就必須先找出內部的間諜才行。

「放棄吧，沒辦法獲得許可了。管理這附近的是那個芭特謝哦。」

「嗚嗚……」

泰奧莉塔低下頭來，把剩下的炸麵包放進嘴裡。那種模樣雖然飄盪著悲傷的氣息，但這件事我實在無能為力。既然情報已經洩漏給敵人，在目前這種狀況下再讓泰奧莉塔擔任誘餌只是主動置身於危險之中。

但這時有出乎意料的人物提供了幫助。

「——不。關於『女神』大人外出這件事，我覺得是不錯的點子。」

是芭特謝・基維亞。由於突然從背後這麼搭話，讓我有點驚嚇。她手上正拿著早餐的碗盤。似乎是剛好經過時聽見了剛才的對話。

「要到神殿去的話，我這邊沒問題。因為就在這座軍營的附近，可以部署萬全且森嚴的警備態勢。」

「咦咦？芭特謝！」

這時泰奧莉塔的雙眼似乎開始閃閃發亮。

「想不到妳偶爾也會說些讓人開心的話嘛！到底發生什麼事了？」

「嗯，真的很難得。」

我窺看著芭特謝的臉龐。總有種奇妙的感覺。她似乎不太對勁，自從之前索多力克貝殼那件事以來，她就露出像在思考些什麼的模樣。

「沒什麼事。」

芭特謝搖了搖頭，露出頑固的表情。這也是在預料之中。就算她真的煩惱著什麼事情，她也不是會隨便把內容透露給別人知道的傢伙。

「喂……賽羅，我從之前就很在意了，這女的究竟是怎麼回事？」

傑斯把羽毛筆的筆尖朝向芭特謝。以這個傢伙對於人類的觀察力來說，應該終於發現芭特謝是「頻繁見到的個體」了吧。

「我是不知道為什麼，不過我常看到她在你身邊晃來晃去。你被監視了嗎？」

「你——你……在……說什麼啊，蠢蛋！我才沒監視他，在這個男人身邊晃來晃去什麼的更是信口開河！快點訂正！」

「不是嗎？算了，妳的聲音太大了稍微安靜一點。」

像是真的無所謂一樣說完後，傑斯就再次把視線移回到設計圖上。不過芭特謝鬱悶的表情多少得到改善也是不爭的事實。傑斯偶爾也會做些有用的事情。

輕咳了一聲後，芭特謝就確實地壓低了聲音。

「賽羅，你想想看泰奧莉塔大人的情況。索多力克貝殼那件事之後，她就幾乎被禁止外出。雖然只是散步程度的外出，至少也得想辦法讓她的心情好一點。」

「對啊，賽羅。讓我的心情好一點！」

「這種話能自己說出來嗎？」

不過既然芭特謝發出許可，那我也沒理由繼續反對了。到神殿的話確實是近在咫尺，就跟到餐廳、宿舍或是訓練場差不了多少。

「我知道了。」

我咬下提供給懲罰勇者作為早餐的，跟樹皮一樣硬的麵包並且點了點頭。

「那就走吧。真的是隔了許久的禮拜。」

「嗯，求之不得！也要謝謝芭特謝！」

「因為是『女神』大人的願望，當然要盡可能達成——不過，賽羅……」

這時芭特謝叫了我的名字，但不知道為什麼移開視線。

「記得跟我的伯父——馬連．基維亞大司祭說一聲。如果是『女神』要前往神殿，他會很高興地聚集信徒吧。我也會招集可以信賴的士兵。兩個小時後到中庭集合。」

「噢，是這種外出啊。太麻煩了吧……」

「一點都不麻煩！吃完早餐後就馬上去拜託他吧！」

「知道了、知道了。芭特謝，妳也會來吧？怎麼說都是『女神』的護衛。」

「不。我……今天很忙。」

芭特謝在依然移開視線的情況下搖了搖頭。明顯在隱藏些什麼。她是不擅長說謊或者隱瞞的類型。她的煩惱應該很嚴重吧。

但是我不會去深究。能讓芭特謝如此煩惱的原因，我只想得到她自家人所抱持的問題。說不定她對於內部間諜的身分已經有想法了。

像這種時候，還是會有無法對其他人表明煩惱的人存在。

因為認為懷疑哪個人，就會變成對那個人的侮辱。越是親密的人物就越是這樣。在自己掌握確切的證據之前，她是絕對不會說吧。這個部分我倒是很清楚——因為我應該也會那麼做。

所以我只是點點頭。

「知道了。那泰奧莉塔就由我來照顧。」

「那樣比較好。千萬不要離開泰奧莉塔大人的身邊。」

芭特謝以極度一板一眼而顯得緊繃的眼神叮嚀著我，然後又轉頭看向露出事不關己表情的另外兩個人。

「諾魯卡由、傑斯，你們兩個也擔任泰奧莉塔大人的護衛——」

「很遺憾，朕的行程很滿。」

「就是說啊。哪有空去玩啊。」

「接下來呢，我為了討妮莉的歡心，要製作新的鞍給她。」

立刻得到這樣的回答。傑斯似乎畫好設計圖了，只見他咬著羽毛筆，然後迅速把紙捲起來。

「要去皮工藝店了。之後是金屬工藝店，要準備最高級的材料。」

「要去視察吧。傑斯，由你來擔任朕的護衛。因為難保沒有想謀害國王的恐怖分子。」

「我知道。那邊的高大女人給我讓開。我們趕時間。」

「……賽羅。該怎麼說呢，這樣不會太奇怪了嗎……？我怎麼說也算是你們的上司，是可以對你們下達命令的身分……」

「面對這兩個人時妳還是放棄吧。」

即使在我們部隊裡面，他們也是最不聽命令的兩個人。是那種就算被殺也不會改變自己的傢伙。

「走吧，泰奧莉塔。」

——然後就到了現在。

就結論來說，泰奧莉塔的來訪對聖殿來說是一件大事。她一出現在禮拜堂裡，就受到絕大的矚目，甚至受歡迎到足以圍起人牆的地步。

主要是受到小孩子與高齡信眾的支持。

「是『女神』大人！」

「劍之女神『泰奧莉塔』大人！請幫我簽名！」

由於首先是小鬼們聚集過來，所以就發展成盛大的簽名會。

所謂的簽名會，是崇拜「女神」的神殿擁有的獨特文化。某個時期，大家都相信——女神親手簽的名具有避災聖印般的力量。

目前神殿也認為這種想法是迷信而加以排斥，不過這樣的習俗還是留了下來。對於信徒來說，從「女神」那裡得到簽名這件事本身就是一種幸運。

「『女神』大人，請在我的衣服上簽名！」

還有……

「請在我的書上簽名！還有這是妹妹的份！」

像這樣的小孩子不停地跑過來。而這也讓泰奧莉塔打起了十二分的精神。

「呵呵——交給我吧。『女神』泰奧莉塔會確實地祝福大家。」

因此像我們這樣的護衛，當泰奧莉塔簽名時，就必須把這些傢伙拉開，不讓他們太過靠近。順帶一提，護衛的數量多達三十名。似乎是芭特謝所配置，不過我覺得有點保護過頭了。

即使如此，配置還是有其效果。因為泰奧莉塔實在太受歡迎了。引導排隊、整理隊伍、依序讓他們與女神對話和握手——花費的時間幾乎讓人失去耐性。雖然我也無法理解她為什麼如此受到小孩子的歡迎，不過受到老爺爺老奶奶歡迎的理由倒是一看就知道了。

因為她就像孫子一樣。

「泰奧莉塔大人真是了不起。」

「明明這麼嬌小，卻幫忙擊退了魔王現象。」

「我兒子住在北方的開拓地，真的是……太感謝您了。」

他們一邊這麼說，一邊把零食遞給泰奧莉塔。這樣的反應也讓泰奧莉塔極為滿意，總是發出「哼哼」的笑聲並且接下禮物。說不定她本人認為自己是露出慈愛的笑容，不過這完全是孫女受到誇獎而開心不已的構圖。

由於還是可能下了毒，所以在品嘗之前得先確認過才行。

「怎麼樣啊，賽羅！」

泰奧莉塔對我挺起了胸膛。

「如此受到歡迎！受到人們的崇拜才是『女神』的夙願。」

她似乎相當開心，頭髮上甚至還爆出些許火花。

「你身為吾之騎士應該也很驕傲吧。完全可跟我共享讚賞哦！零食之後也會分給你，你先拿著吧！」

「那真是謝謝了。」

我以符合「女神」聖騎士的身分謙虛地低下頭來，然後從泰奧莉塔那裡接過零食的袋子。量還真是不少。為了不讓她一次就吃光，之後得適切地加以分配才行。

這時候我注意到一件事。幾個從泰奧莉塔那裡得到簽名的孩子正看著這邊。

「有什麼事嗎？」

或許是懲罰勇者很罕見吧，還是單純感到恐懼呢？我這麼一問後，小鬼們就急忙把臉別開了去。而且還能聽見他們開始竊竊私語。

「……他就是那個人吧。泰奧莉塔大人的聖騎士……」

「飛翔的閃電。魔王狩獵者。雷鳴之鷹！」

「嗯，不會錯的。我爸爸說他看過……！」

「果然是賽羅・佛魯巴茲。怎麼辦，不知道可不可以要到簽名？」

我心裡想著「這是怎麼回事」。他們知道我的事情嗎？當我產生疑問時，就被人拍了一下肩膀，並且搭話。

「泰奧莉塔大人也就算了，看來連你也大受歡迎嘛。」

「啥啊？」

忍不住以奇妙的聲音做出回應，結果對方是馬連·基維亞大司祭。雖然眼光像姪女那麼銳利，但這位先生看起來比較沉穩一點。

「您——知道為什麼我的名字會傳出去嗎？」

我還是用了尊敬的口氣這麼表示。對方是這個城市防衛部門的最高負責人之一，地位明顯比軍事負責人的芭特謝還要高。

「謬利特要塞那件事，還有之前在『索多力克貝殼』的表現。作為跟泰奧莉塔大人簽訂契約的聖騎士，你似乎受到孩子們的好評。你知道這件事嗎？」

太愚蠢了，我心裡這麼想，接著搖了搖頭。

「我是懲罰勇者哦。」

「小孩子還無法正確地了解它的意義。我也感到很意外。想不到那個賽羅·佛魯巴茲竟是如此會照顧人的男人。」

「那是因為，違抗的話頭顱就會被脖子上的聖印轟飛啊。」

「不，我是真的感到意外。雖然從姪女——芭特謝那裡聽到許多關於你的事情，但還是超乎我的預料。」

「從那傢伙那裡？她都說了些什麼？」

「她把你誇上了天。」

出現令人感到意外的發言了。因為我以為一定是遭到痛罵。

「她說你不論是身為軍人還是人類，都有值得學習的地方。」

「……她真的這樣說？」

「當然不是完全按照我所說的這樣。其他還有『老是做些危險的事』或者『身為軍人無法坐視不管的男人』之類的。」

「我想也是。就覺得一定是那樣才對。」

「唔嗯，我很清楚她的性格。」

大司祭做出我不是很懂的回答。以極為嚴肅的表情，從正面瞪著我看。

「我的姪女因為太過重視名譽而有輕視自己性命的傾向。應該可以稱為英雄願望。你不覺得很讓人困擾嗎？」

「……這個嘛。」

我做出曖昧的回應。也只能夠這麼做了。因為那也是我們的症狀。我跟泰奧莉塔實在沒有資格去說別人。

所以只能做出模稜兩可的回答。

「想成為將校的軍人，許多人都或多或少會有這樣的願望。」

特別是戰鬥對象並非人類而是魔王對象的話。

「身為伯父還是會擔心對吧。」

「正是如此。我把芭特謝當成親生女兒，真的是很重要的家人。所以饒不了背叛以及讓那孩子傷心的人。」

這個人從剛才開始到底想說什麼啊。

我試著從大司祭的眼裡讀取情報——但還是辦不到。這是我不擅長的領域。說起來呢，觀察他人的臉色就覺得能理解那個人其實是很危險的事情。因為裡面也會有像貝涅提姆那樣臉皮厚到不行的傢伙存在。

「有害蟲般的傢伙想接近她將會是問題。聽好了，賽羅．佛魯巴茲。你似乎有未婚妻，不過我還是先警告你。你要是敢——」

他到底想說什麼？

我十分小心謹慎地試著把他的話聽完。但這時候響起的聲音蓋過了大司祭所說的話。

那是彷彿要震動、擊碎神殿空氣般尖銳的鐘聲。「噹啊啊啊嗯——」的激烈聲音持續響起。

我知道這種敲鐘的方式。

信徒們產生騷動，好幾名司祭急忙跑了起來。

「賽羅？」

泰奧莉塔不安地回頭看著我。

「到底發生什麼事了？」

「很遺憾，與市民的交流必須停止了。這個鐘聲是——」

「敵人來襲。」

馬連．基維亞大司祭以緊張的聲音這麼宣告。

「這是有敵人入侵幽湖市並且發動攻擊的鐘聲。」

◆

芭特謝．基維亞在軍營的一室聽到這樣的鐘聲。

市街區已經有起火燃燒的地方。冒起的煙宣告著其危險性。

「團長！妳在這種地方嗎？」

從入口傳來很熟悉的聲音。騎兵隊長佐福雷庫——背後也可以看到狙擊兵長西耶娜的身影。

「抱歉打擾，不過是重大事件。已經去找拉吉特那個傢伙過來了，想請您立刻開始指揮。」

「……知道了。」

芭特謝點點頭並站了起來。仔細地把原本拿在手上的資料收回桌子的抽屜裡面。盡可能保持平靜地做出宣言。

「就戰鬥位置。要保護這個城市。首先是斥侯，我想應該派出去了吧。」

「那是當然，就只等待團長就位了。但是——」

佐福雷庫微微皺起眉頭。

「團長，您究竟在大司祭的房間裡做什麼？」

「原本想跟伯父大人討論城市的防衛，但是慢了一步。」

芭特謝自己知道撒了一個很彆腳的謊。

她想起到剛才都還在看的資料。那是間接記錄了伯父行動的防衛計畫日報。伯父抵達這個幽湖市後的十天——什麼時候外出，什麼時候行蹤不明。伯父實行的對策、會議、面談，看了這些行程的空檔，就能浮現出他的行動。

這讓芭特謝逐漸得出一個答案。

刑罰：幽湖・切古港灣避難救助 1

這裡是緊急設置的臨時司令室。

原本配置給我們勇者部隊的房間就都會加上「臨時」或者「特殊」等名稱。像樣的地方都是屬於正規兵的。就連這間臨時司令室，都只是龍房旁邊一間儲藏室般的小屋子。

當我跟泰奧莉塔進入屋子時，那個傢伙已經佇立在貝涅提姆旁邊了。雙手在身後交疊，跟平常一樣讓人火大的平靜臉龐上帶著淺淺笑容。

「嗨，同志賽羅。」

那個男人——萊諾首先對著我打招呼。

「看到你這麼有活力真是太好了。我不在的期間你好像很忙碌。我在懲罰房都為你感到心痛哦。」

態度看起來完全不像是原本待在懲罰房。這傢伙總是這樣。以說教的神官，或者市民學校的老師那樣的口氣說話。

「這位就是傳聞中的女神大人吧？」

萊諾把細細的眼睛朝向泰奧莉塔。

不知道為什麼，泰奧莉塔露出有點膽怯的模樣。這個反應是正確的。因為萊諾是個非常可疑的傢伙。面對無言的泰奧莉塔，萊諾像要表示不在乎對方反應般打著招呼。

「請多指教，泰奧莉塔大人。我是萊諾。在這個懲罰勇者9004部隊擔任砲兵，同志賽羅就像是我的搭檔一樣。我們一起為著全人類的幸福而戰。」

「才不是。」

我對後半部加以否定。

「貝涅提姆，是不是太早把這個傢伙放出來了。看見他的臉之後我突然有這種感覺。」

「咦咦……？是你要我想辦法把他從懲罰房裡放出來的吧……」

貝涅提姆雖然說得好像自己費盡九牛二虎之力去交涉，但我根本不太相信他。因為從懲罰房把萊諾弄出來已經是慣例了。

懲罰房對於萊諾這個男人來說，根本就像去慣了的住宿設施一樣。說起來，這傢伙違反命令的次數實在太多了，而且完全沒有反省自身行為的樣子。根本是慣犯。是那種一年裡面大概有一半時間都被關禁閉的男人。

——比如說之前跟傑斯組隊出任務的戰鬥。

不知道在想什麼的萊諾擅自離開負責的區域，直接前往附近的開拓村。單獨在那裡默默地開始戰鬥，攻擊起一群異形——結果軍隊也因為牽一髮而動全身的形式而必須行動，最後成功地防衛了開拓村。

軍隊當時的作戰，似乎是下了捨棄比戰略性畫下的防衛線還要西側的開拓村這樣的判斷。萊諾聽見之後，就放棄砲擊任務，在獨自判斷下展開行動。

這聽起來像是美談，實際上也對該處的居民有所幫助。因為爭取到逃走的時間。

只不過，這個作戰的指揮官可受不了這種事情。先不管捨棄那個村落的決定是對還是錯，要是士兵都自行做出那樣的判斷，軍隊就無法成立了。

萊諾當然被關進了懲罰房，反而應該說每次都只有這種程度的懲罰實在讓人感到不可思議。

「看到感到困擾的人，我就無法忍耐。」

萊諾當時是浮現著淺笑並且這麼說道。

「受到異形蹂躪，還被國家拋棄的弱勢族群。守護像這類人的日常不就是我們的使命嗎，同志賽羅？」

這個叫做萊諾的男人就是能夠恬然說出這種話。

在這支懲罰勇者部隊裡面，大概只有這個傢伙沒有背負罪過。聽說他是志願勇者。我完全無法理解這樣的精神構造。實在無法相信有人會主動加入即使死亡也無法得到解放的戰鬥。

雖然曾經問過他理由——

「都是為了這個世上的人類哦，同志賽羅。我想要侍奉所有人類。」

結果得到這樣的回答。

真的是莫名其妙，而且覺得很噁心。就為了這種只讓人覺得是場面話的目的，會去參加死了

也得繼續工作的勇者部隊嗎？

而且當你以為這傢伙總是以拯救人命的觀點做出判斷時，他卻又會毫不在乎地帶著笑容砲擊民房。真的搞不懂他。老實說，我非常不想跟這樣的傢伙一起工作。

但是，關於這次的局面，很難否定他是能夠派上用場的存在。

因為怎麼說他的技術都相當優秀。要運用砲兵這個新的兵科，需要專門知識以及操作聖印的技術。雖然不知道他是在哪裡學會的，但是我們實在模仿不來他的技術。

「總之呢，現在不是跟我互瞪的時候了。」

萊諾以甚至讓人恨得牙癢癢的冷靜態度這麼說道。

「讓我們同心協力，一起克服這個難關吧。泰奧莉塔大人，我也很倚仗妳哦。」

「那……」

泰奧莉塔即使吞吞吐吐也還是用力地點了點頭。

「那是當然了。盡量倚賴我吧！……吾之騎士賽羅，首先要做什麼才好呢？」

「這個嘛……」

由於泰奧莉塔充滿了幹勁，我也就無法抱怨下去。瞥了一眼萊諾帶著某種空虛的笑容後，就又把視線移回到貝涅提姆身上。

「首先要確認狀況。市街區受到襲擊了嗎？」

「是的。」

貝涅提姆指著桌子上的地圖。那是這個幽湖市的地圖，上面寫了一些字。貝涅提姆的手指顯示該港灣都市的北側。

幽湖·切古——南北特別長的幽湖市港灣區塊裡，這是意味著「北側」的地名。

「這一帶，確認到從海上——以及連結海洋的水路出現異形群。該群體——」

貝涅提姆的手指在地圖上遲疑了一下，然後指著海邊的一棟建築物。

塗成紅色的地圖一角。朝海洋突出的人工島上，存在著一棟擁有六片花瓣般堡壘的塔。長年負起作為燈塔的責任，同時也是幽湖市海防的重要關卡。

「圖伊·吉阿。珊瑚之塔受到突襲而陷落，似乎已經被占領了。」

我看向窗戶外面，從聳立在海邊的紅色高塔微微冒出煙來。

圖伊·吉阿是東方舊基歐諸島王國的語言。隨著聯合王國的成立，舊王國連同人工島一起建築這座塔來作為友好的證明。

目的應該是為了應付從海洋過來的魔王現象。上面理應設置了多數的迎擊機構，到底那些魔王現象是如何將其攻略下來的？是因為對於從陸地發動奇襲的閃電戰出乎意料地脆弱嗎？

貝涅提姆在說明的最後嘆了一口氣。

「發動襲擊的群體裡有魔王存在，魔王現象的影響正在擴大當中。據說——圖伊·吉阿的異形化只是時間的問題。」

「那是誘餌吧。」

「這一定是誘餌。」

即使令人不愉快，萊諾跟我還是發出幾乎一樣的呢喃。

我再次瞪了萊諾一眼——萊諾則依然帶著微笑承受了下來，然後窺看起地圖。

「同志賽羅的意見跟我一樣，太好了。以現在的風向與風速來看，從圖伊・吉阿幾乎可以對整個幽湖・切古發動砲擊。可以說已經變成堅不可摧的要塞了。」

「我想也是。找來能從射程外發動攻擊的『女神』是最佳方法——」

「太花時間了。必須放棄幽湖・切古才行。」

「整個地區都是人質嗎？可惡。這絕對是誘餌。」

而且是不能放著不管的誘餌。這是得失的問題。再怎麼說這裡都是聯合王國內商業中心之一的幽湖市，而其港灣設施則是最重要的據點之一。船隻、倉庫以及造船廠等地受到損害的話，造成的影響實在太過巨大。

而且也有許多市民。

（雖然不像萊諾那樣。）

我一邊瞪著萊諾的側臉，一邊在內心這麼說出藉口。

沒錯，這不過是得失的問題。軍隊不保護市民的話，又如何能夠繼續這場戰爭呢。這是不知道會持續到什麼時候的長期防衛戰。

話說回來，關於軍部中樞所做出的判斷——

「貝涅提姆，我們該怎麼做才好。喀魯吐伊魯的指示是？」

「我想跟你們兩個人的見解一樣。這次異形的襲擊是誘餌……因此，那個……」

貝涅提姆刻意露出神祕的表情來看著我們。

「命令是……第十三聖騎士團在幽湖市行政廳舍附近布陣。市的警備隊也即時撤退——相對地由懲罰勇者部隊來承接幽湖．切古港灣部的防衛。等待第九聖騎士團的增援抵達，在圖伊．吉阿奪回作戰開始前撐住戰線。」

「是在開玩笑嗎？」

我懷疑起自己的耳朵。像往常一樣，對我們發出的命令依然相當不合理，但等待增援的判斷實在不敢恭維。

「市民與他們的財產都集中在幽湖．切古，之後可能會發生暴動哦。」

「……但是貴族的財產就不是了。聚集在內陸部……即使從海上遭到襲擊也相當安全的這邊附近。」

貝涅提姆再次稍微遲疑了一下，這次則指向行政廳舍。跟幽湖．切古隔著幾條道路與市內城壁的地方存在一片倉庫群。

「對喀魯吐伊魯有強大影響力的貴族聯合，可能發動了以守護這裡為優先的工作。」

「那些傢伙是腦袋有問題嗎？」

「別……別對我發脾氣啊。只是告訴你們有這樣的命令。」

那些貴族是想等大部分人類都滅絕後，帶著累積的資產向那些魔王低頭嗎？就好像是在說想以對自己有利的情勢慢慢地落敗一樣。

「那個，這是我的提案……」

貝涅提姆窺看著我的臉色，以反正我就說說看的模樣開口表示：

「我認為因為這樣的戰鬥而受傷或者死亡根本沒有意義。還是不要太積極地活動，在最靠近交戰指定地區的內側大聲呼喊，擺出誘導群眾的場面即可，你們認為呢……？」

「你說什麼——知不知道羞恥啊，貝涅提姆！」

一直保持沉默的泰奧莉塔突然發出堅決的聲音。她非常地生氣。

「這樣還算是『女神』泰奧莉塔的勇士們嗎！不論目前的處境多麼艱困，市民的生命可是暴露於危險之中哦——賽羅！」

雖然是下達命令般的口氣，不過我能清楚地感覺到。那是懇求以及期待。

「得去救他們才行。現在就只有我們才辦得到了……對吧？」

泰奧莉塔的眼睛裡發出火焰的光芒。

「這是值得賭上性命的戰鬥。」

「妳又這麼隨便就為了他人賭上性命。」

「呵呵——賽羅的那種表情。你之所以會生氣，是因為我說的話完全正確。」

她稍微挺直背桿，擺出把長著金髮的頭部伸過來的姿勢。

「不行嗎？怎麼樣啊，吾之騎士。我的話是不是值得稱讚？」

我試著要做出回答。

但在那之前，萊諾就搶先一步表示：

「真不愧是『女神』大人。好美麗的覺悟。我也有同感，必須守護港區居民的生活以及幸福。」

萊諾以他細細的眼睛對泰奧莉塔露出笑容。真是煩人。

「同志賽羅，現在正是我們戰鬥的時刻，不是嗎？為了人類的未來與希望，讓我們攜手合作吧。」

「吵死了，反正都是工作吧。」

我像是要避開萊諾的視線般揮了揮手。只不過，貝涅提姆仍像是很不安。

「我們是軍隊，那是命令的話就應該遵從。」

「當然是這樣沒錯，但是賽羅，你有什麼好點子嗎……？老實說，我沒有任何的想法哦。」

「我知道。那種事情根本不用再說了吧。」

「那麼我就隨便找些理由，讓命令的條件稍微放鬆一點吧？」

「先不要。說到底，你這傢伙還是只想去做只讓自己獲救的交涉吧。」

雖然是一點都不像指揮官的發言，不過軍事上的解決手段原本就不能冀望貝涅提姆。

（只能硬著頭皮上了……快想啊……）

我開始絞盡腦汁思考幫助幽湖．切古居民的方法。不可能到各個地方去把每個人救出來。如此一來，該怎麼辦呢？最佳的方法是？有什麼辦法嗎？

——我能辦得到嗎？

「賽羅。」

泰奧莉塔靜靜地呼喚著我的名字。我發覺她正在笑。

「你的話，應該能找出最佳的方法才對。我相信你。」

（沒錯。）

我心裡這麼想，或許應該說強迫自己這麼認為。

（我很擅長面對這種狀況。一直都是這麼撐過來的。我的話一定能辦到。）

雖然一直都是這樣，不過對於勇者部隊的命令總是能感覺到惡意。像是干擾到這種地步他們應該就會失敗了吧，或者如此嚴苛的狀況應該會讓他們難以為繼吧。總是有幕後的黑影想把無理難題推到我們身上。

（才不會讓你們稱心如意。）

哪能被你們看扁。如果有看到我們失敗或者東奔西跑而露出嘲笑表情的傢伙，那就讓那個傢伙的笑容抽筋並且陷入絕望之中。

所以我要集中精神在眼前的問題上。這不僅是防衛線也是撤退戰。像這種時候就要回歸原點。快回想起來——戰鬥的基礎就是要攻擊對手的弱點。避開對手的強項，與自己能獲勝的對手戰鬥。

其實不論是什麼樣的軍隊，只要能做到這些大概就能輕鬆獲勝，這可能就是所謂戰鬥的理想型態吧。

（不過，應該經常追求這種型態。也就是說——）

異形們的弱點。或許應該說，魔王現象本身的弱點——當我思考到這件事時，自然就看到答案了。

「決定好了。要採取能獲勝的戰鬥方式。」

「太好了，不愧是同志賽羅。可以讓我聽聽看是什麼樣的作戰嗎？」

「先是戰鬥準備。你去把平常那套砲甲冑穿過來，你一邊行動我一邊說明。」

接著我就把手放到泰奧莉塔的金髮上並且撫摸了起來。雖然不怎麼願意，但也只能這麼做。

「好像比較像是受到『女神』引導的勇者部隊要做的工作了。」

「嗯！是啊，吾之騎士。這將會成為一場獲得榮耀的戰鬥吧！」

手掌可以感覺到些許火花。泰奧莉塔露出燦爛的笑容——即使這次依然是充滿絕望的作戰。

這女孩果然是個了不起的傢伙。

「貝涅提姆。你也有工作哦。」

「咦？我……我也有嗎？」

「想辦法讓傑斯和妮莉飛上去。他們因為之前燒掉街道那件事而遭到禁飛對吧。現在立刻去取得許可。」

「又做出這種無理的要求……」

貝涅提姆露出眼淚快掉下來的表情。這傢伙就是適合這種模樣。

不論是再怎麼亂來的救助計畫都需要據點。

這裡指的不是兵營，而是現場的前線基地。如果目的是避難營救，那就必須有個「只要抵達那裡就沒問題」的地方。

關於這一點，只要交給諾魯卡由就不用擔心了。那傢伙一抵達分隔幽湖．切古港灣部與中央街區的市牆就立刻高聲宣布：

「要在此建立碉堡！」

接下來——一切就相當迅速。

很不幸接到這個命令的，就是剛好在現場的眾警備兵。他們也完全陷入混亂之中，遭到怒吼之後，為了保身也只能展開行動。已經接到命令要封鎖通往中央街區的門。來不及撤退的底層警備兵們，最終只能淪為諾魯卡由的手下。

怎麼說這個男人都有著國王般宏偉的外表以及態度。處於恐懼加上混亂狀態的話，可能就會忍不住聽從他的命令。

但這時最令我驚訝的是依序跟隨著諾魯卡由走過來的幾名冒險者。可怕的是，這些傢伙都是在那個「索多力克貝殼」曾經見過的容貌。其中甚至可以看到那個「巨人狩獵者」的鬍子男。

「朕的子民啊，動作快！要建造防壁，按照朕的設計圖架起聖印柵欄。」

「是！」

「然後把火生起來！警備兵們，勤務室裡有聖印調理器具吧？把水煮沸！從鄰近的商家徵收鍋子與糧食吧！之後會由財務大臣從國庫提供補償！」

「是！你們幾個——別拖拖拉拉的，快點去收集過來！」

做出氣勢十足的回應，並且埋頭苦幹的冒險者們——我無法馬上理解在眼前出現的光景。

「到底發生了什麼事……那些傢伙為什麼會聽諾魯卡由的命令？」

「老實說我也完全搞不懂。」

鐸達也以看到幽靈一樣的眼神望著冒險者們。他們遵從諾魯卡由的怒吼，東奔西跑地忙碌著。

「好像是諾魯卡由陛下說會幫他們介紹新的工作。他們說——因為公會被摧毀，大家都變成無業遊民了。很恐怖對吧……」

「啥啊？這算是工作嗎？」

「我也不知道……陛下說會給他們俸祿和官位。」

「什麼官位……真的假的？那些冒險者把諾魯卡由錯認為奇怪的貴族了嗎？」

「真的是一團謎對吧。」

「算了，認真工作的話也可能會被軍隊僱用……總比去當山賊來得好。」

不論如何，冒險者們不知道為什麼忠實地遵從諾魯卡由的命令是事實。他們跟可憐的警備兵們，開始利用鐸達從兵營拿出來的聖印器具跟現場的廢材建造起緊急的防衛線。

營火迅速地準備好，我跟泰奧莉塔就靠它溫暖指尖並且等待出擊。太陽下山，氣溫開始急速下降——這種時候最重要的是別讓身體冷卻下來。另外則是用餐。我可不想成為行動中因為空腹而倒下的蠢蛋。

所以我也借來一個陛下「徵收」的鍋子，開始製作起簡單的料理。吃了一小碗熬煮魚雜碎、蔬菜碎片做成的粥來提振精神。

「雖然很燙，不過很美味。」

這種簡單的料理獲得泰奧莉塔的好評。

「吾之騎士，下次我也想做這種料理！」

「到時候用好一點的食材來做吧……喂，達也，你也吃一點吧。別冷著了。」

「噗啊嗚，咕咕嚕。」

「啊。笨蛋。不是有湯匙嗎？別用手吃啊！」

「呵呵！達也，都流出來了。誰教你吃得這麼急。」

「妳也流出來啦……兩個都別動，我來擦……！」

只要吃熱騰騰的食物，就算是粗劣的食材也能打起精神。

現在需要的正是這個效果。在建構陣地時，率先從建立炊事陣地開始著手正是諾魯卡由陛下的非凡之處。他理解熱食能夠維持軍隊的士氣並且讓市民感到安心。

「不愧是同志諾魯卡由，太了不起了。」

萊諾以佩服的口氣這麼說道。

「託他的福，我也完成準備了。身體也變暖和了。」

正如嘴裡所說的，萊諾那個傢伙做好戰鬥準備現身了。

身上穿著熟悉的甲冑。由閃爍著紅黑色光芒的不可思議鋼鐵打造。除了宛如昆蟲般矮壯的外表之外，還有特別巨大的雙臂——其右臂就是砲身。有著內側是空洞的圓柱外形，砲身表面刻畫著「印」。手肘後面安裝了像是煙囪般的物體。

這套奇妙的金屬鎧甲正是萊諾的「大砲」。

名字叫做涅維恩種迫擊印群。據說是軍隊現在使用的「大砲」原本的試作印。大概沒有人知道，萊諾為什麼會帶著這樣的武器隸屬於懲罰勇者部隊。

「原本以為會是久違了的懲罰勇者部隊所有成員到齊的作戰。」

萊諾像是感到很寂寞般這麼說道。

「同志渣布與同志傑斯無法出擊嗎？真是太可惜了。」

他就是個聲音裡帶著誇大感情的男人。也就是這種地方讓人感到懷疑。某方面來說甚至還比貝涅提姆更加可疑。

「渣布還在治療手臂。我想現在應該被拖起來，施以最低限度的處置並且朝這裡趕過來了。」

「那麼同志傑斯呢？沒有獲得他們的出擊許可嗎？」

「是啊。不過，這件事應該有辦法解決。」

將飛龍投入市街戰實在太過危險。尤其是傑斯跟妮莉的話，風險還會往上飆升，因此軍部相關人員應該會猶豫要不要讓他們出擊吧——但目前已經讓貝涅提姆去交涉了。

如果是跟人類談條件，那傢伙應該會有辦法。失敗的話就揍扁他。

「然後，不要讓諾魯卡由陛下離開這個據點。鐸達也必須在這裡掌握戰況。」

「這樣的話，這次的作戰就必須先由我們兩個人還有同志達也……再加上……」

萊諾對著泰奧莉塔露出笑容。

「泰奧莉塔大人共四個人來負責了。加油吧。」

「……是啊。」

泰奧莉塔明顯保持著警戒。她跟萊諾拉開距離，躲到了我的身後。

「得盡快，那個……解救那些平民才行……」

「不愧是『女神』大人！我也是同樣的意見。哎呀真開心！感覺得到了我沒做錯的證明。」

「有什麼好高興的，現在不是這種時候吧。」

我必須正視眼前的現實。

「都市警備隊開始撤退了……壓倒性地人手不足。雖然有點子，但必須先增加伙伴。」

「那麼，首先來解決這個問題吧。需要人手對吧。」

萊諾就跟平常一樣，以沉穩的口氣這麼說著。

「關於作戰，我可以提案嗎？」

「……嗯，其實我也有想法，不過先聽聽你的吧。」

「那裡有市牆對吧。」

萊諾指著聳立在我們背後的牆壁。那是分隔這個港灣區塊幽湖・切古與中央街區的高牆。

「用砲擊把那個破壞掉吧。讓異形入侵中央街區。」

「咦……」

泰奧莉塔的臉瞬間轉變成嚴峻的表情。

「為什麼需要做出這樣的事情呢？」

「『女神』大人，我認為辛苦與疼痛應該由眾人分擔。人類就是靠這樣來加深羈絆，這真的非常了不起。這麼做的話，聖騎士團與市內的警備兵也不得不參加戰鬥了。」

萊諾就像要表示這就是最佳手段般，攤開矮壯甲冑的雙手給大家看。

「只有某一方承受損害實在太不公平了。遇到災難時，大家都應該分擔不幸。因此，你覺得呢，同志賽羅？」

「吾之騎士！這個男人……」

人。

「我知道。他就是這樣的傢伙。」

我開始想嘆氣了。而且是極為刻意的嘆氣。

「用正經一點的手段好嗎？軍隊也就算了，別讓平民的生命暴露在危險之中，笨蛋。」

「嗯？同志賽羅還有更好的提案嗎？」

「萊諾，看來你還不知道，驅動普通人的不是什麼羈絆。」

我指向港區。聽著作戰時，我一直在思考。不敢說要一兩千名增援——但至少希望有五百人。

而要擠出這五百個人，其實還有更正經一點的方法。

「驅動人類的是利益。萊諾，砲擊那艘船。再靠近一點就能辦得到吧？」

「原來如此。」

萊諾有時候腦筋動得非常之快。

「我了解了。那大概是最佳的手段，不愧是同志賽羅。」

我想那傢伙大概在甲冑裡面露出了微笑。因為我有那種感覺。

「所以我才這麼尊敬你。給我相當多的參考。那麼——接下來呢？」

他像是在嘗試些什麼，也像是在刺探些什麼般對我問道。

「要一個一個救出迷途的市民嗎？我看你剛才好像想到了什麼。」

「嗯。就是所謂的逆向思考。由我們把異形逼入絕境。」

魔王現象那種大軍壓境的戰鬥方式——我不想按照牠們的規則來戰鬥。我們是懲罰勇者部隊。根本不需要用什麼正規的戰法。

「不要防守城市而是去攻擊敵人。要把那個攻下來。」

我指著海邊的紅色高塔。珊瑚之塔——圖伊．吉阿。

自己的老巢要是遭到攻擊，異形們也就沒空襲擊人類。我們沒時間等待聖騎士團與都市警備隊抵達了。

「壓制圖伊．吉阿，殺了魔王。」

我自己一邊這麼說，一邊想著真的訂了一個魯莽的作戰計畫。即使如此，我還是刻意把它說出來。

圖伊．吉阿是具備堅固迎擊設備的要塞。

除了狙擊雷杖之外，也設置了聖印兵器，而那些兵器應該都會被西基．巴烏那些冒險者拿去使用吧。異形們之所以能占領那座塔，也是因為從陸地發動奇襲的緣故。

不過還是有勝算。

雖然是百般不願意承認，但我方有傑斯跟萊諾在。

◆

太愚蠢了。

芭特謝·基維亞看過命令書後首先這麼想。

但這無疑是喀魯吐伊魯的作戰指示。

「……這也沒辦法，團長。」

步兵長拉吉特以規勸，或者可以說安慰的口氣這麼表示。

「就跟市民的支持一樣，來自貴族的支援也很重要。而且這個區塊裡有許多與神殿相關的建築物……」

拉吉特以嚴肅的眼神看著地圖。

「作為信仰心的根據地，是不可或缺的地點。尤其是在絕望的狀態更是如此。」

也能理解軍部的意見。

（……雖然可以理解。）

芭特謝告訴自己要接受上面的命令書。是軍人的話，就不能對上層的命令產生疑問。不這樣的話就無法打仗。

（也必須立刻讓步兵隊動起來。）

騎兵長佐福雷庫跟狙擊兵長西耶娜已經開始行動了。

時間就在像這樣猶豫時浪費掉，狀況可能會因此而惡化。

（……但是……）

芭特謝偷偷看著手邊的資料。在冒險公會快要崩塌之前，名為芙雷希．瑪斯提波魯特的夜鬼——雖然不清楚理由，總之就是令人不愉快而且嘴巴很壞的女人回收的一部分資料。

也就是公會會長利迪歐．索多力克的行動紀錄。

在公會會長業務的空檔，可以看到奇妙的外出與面會的痕跡。對方的名字是瑪哈伊謝爾．傑爾科夫——跟當時利迪歐所說的名字一致。

共生派的黑色面具使者。

既然留下這樣的紀錄，就表示利迪歐．索多力克說不定想兩邊押寶。一邊跟共生派交易，然後也賣人情給我方。最後——再根據情勢判斷要投靠哪一邊。

（如果可以抓到那個男人……）

或許已經辦不到了。應該老早就逃到城外了。

但就是有無論如何都很在意的事情。已經近乎確信。如果這就是真實的話——

「基維亞團長。」

突然從房間入口傳來聲音。

芭特謝抬起臉來。一個臉色太過蒼白，還帶著可疑笑容的男人站在那裡。是貝涅提姆．雷歐布魯。職稱是賽羅他們懲罰勇者部隊的「指揮官」的男人。

「又是你這傢伙嗎？在這裡做什麼？」

步兵長拉吉特以帶刺的口吻向他提問。

「懲罰勇者部隊應該已經接到出擊命令了才對。」

「是的。身為指揮官的我，也會讓他們奮勇戰鬥……只不過……」

貝涅提姆流暢地這麼回答，然後窺探著芭特謝的臉龐。

「得到了來自前線的報告。異形已經經由幽湖．切古的九號水路朝市內商業地區進軍當中。另外，異形們還因為不明的理由襲擊了神殿的聖印船。」

「……你說什麼？」

拉吉特挑動眉毛。接著看向地圖。

「我們也會展開解救市民與排除異形的行動。希望能獲得在市街區使用飛龍的許可。另外，雖然會拚死奮戰，但為了避免神殿的財產與大商人受到損害，可以請聖騎士團提供援助嗎？」

貝涅提姆滔滔不絕地說出一串話來並且低下頭。

「拜託了。我們捨身衝入敵陣時請幫忙護衛。」

「等等……團長。這有點奇怪。」

拉吉特依然瞪著地圖，同時以低沉的聲音表示：

「可以派兵到前線去確認狀況嗎？究竟是不是可能發生這種事情呢？異形們竟然會優先襲擊神殿的聖印船……而不是人類……」

面對這樣的質疑，貝涅提姆毫不遲疑地回答：

「應該是認為神殿的聖印船隱藏著某種威脅吧？另外也有可能是以打擊神殿的經濟為目的。

這次那些傢伙的襲擊，應該是受到某個具有智慧的個體指揮。」

「但是……」

「——傳令！」

拉吉特話還沒說完，就有人衝進房間裡。

捲成筒狀的紙張被聖印封住了。這就證明了它是正式的命令書。

「複數的神殿大型聖印船正受到攻擊！當中有兩艘聖印船失火中，聖殿已經發出提供救援的請求！」

這樣就決定該做些什麼事了。芭特謝站了起來。雖然不是軍部的命令，不過既然是聖殿的請求，那就有理由出兵。

「知道了。現在立刻調動兵力。」

如果是賽羅．佛魯巴茲的話會怎麼做呢？是根本不考慮名義，能夠更早一點做出決定嗎——想到這裡，芭特謝就認為是毫無意義的假設而轉念。

（為什麼需要思考那個男人會怎麼做。）

把多餘的思緒趕出腦袋後，芭特謝就揚聲表示：

「騎兵長，派傳令到狙擊兵長那裡！允許懲罰勇者部隊使用飛龍。要他們以救助市民為第一優先。」

「是的。還有，那個……」

貝涅提姆像在猶豫些什麼，然後臉上浮現軟弱且曖昧的笑容。

「什麼事？」

「沒有啦……」

那是讓人莫名印象深刻，像在諷刺──或者可以說自嘲的笑法。

「也請向馬連大司祭打聲招呼。請務必獲得那位大人的批准，讓我們能夠應戰況而做出更柔軟的對應。」

芭特謝繃起臉來。

馬連・基維亞大司祭。確實必須去見該名人物一面──因為他就是「共生派」的使者，瑪哈伊謝爾・傑爾科夫。

我們部隊的砲兵回來了。

這也就是說，我們又多了一種能夠使用的戰鬥方式。

也就是機甲戰術。以體積龐大的砲兵作為盾牌，再以步兵伴隨在其身邊。砲兵彌補了步兵防禦力不足的弱點，而步兵則補足了砲兵缺乏敏捷迎擊能力的弱點。如果有優秀的伴隨步兵，而且具備萬全的搜敵能力的話，那麼這種戰鬥方式在市街戰也能發揮效果。

關於這一點，達也就是理想的步兵，而我則是比龍騎兵還要敏捷的雷擊兵。戰鬥區域並不寬廣。鐸達也待在後方陣地，處於能以變態般視力來發揮搜敵能力的狀態。

這就表示能迅速排除對萊諾這名砲兵構成威脅的敵人。

「啊，從右邊過來了。」

藉由脖子的聖印聽見鐸達緊張的聲音。

「是波基。總共七隻！」

所謂的波基，指的是小型的魔獸。一般來說，魔王化後成為異形的魔獸大多都會變得像馬或者大象那麼巨大，但也有例外的個體。

波基就是後者。牠們沒有巨大化，相對地頭部會長出巨大的角。而且動作迅速——這傢伙是很大的威脅。用巨角發動的突擊能夠輕鬆在厚重甲冑上開出洞來。在狹隘地形或者市街區等地投入波基時，被牠們從頭上撲過來，或者試著以小型集團強行突破時，危險度將會往上飆升。

牠們是砲兵的天敵之一。沒錯，原本應該是這樣。

「同志賽羅，拜託你了。」

從砲甲冑內側傳出萊諾模糊的聲音。

「我知道。」

在我這麼回答的期間，達也已經在沒有指示的情況下展開行動。

「嗚啊嚕嚕！」

戰斧的攻擊把從巷弄縫隙中飛撲過來的波基擊落。真可以說是電光火石般的一擊。達也從喉嚨深處發出意義不明的吼叫聲，不允許對方反擊就將其擊碎。

「正面，過去嘍。泰奧莉塔！」

「嗯。」

泰奧莉塔立刻察覺我的意圖，從空中呼喚出劍來。

「獻上我的祝福。」

我一邊投擲小刀一邊抓住劍。一隻異形爆炸——爆炸又波及另一隻。以劍刃轟向從地上跑過來的第三隻，讓牠同樣爆炸後就處理完畢了。

「太輕鬆了。果然勇者同志們就是良朋益友，我真是太幸福了。」

萊諾做出歡喜的發言。

這傢伙的說話方式總是讓人覺得膚淺且目光如豆。真的很想對他說，你是真的這麼認為嗎？但現在不是做這種事情的時候。

「要衝了。就這樣一口氣朝圖伊．吉阿前進──」

「咦，不是吧，等等！等一下，你們前面！」

我正想提起幹勁時，鐸達的聲音就澆了我一盆冷水。聽得出他很慌張。

「……怎麼說呢，你們前面有很大的倉庫……那個，就是有伐庫魯開拓公社商標的那棟。該處燃燒著營火。好像有人躲在那裡面。異形們好像也集中到那邊去了……怎……怎麼辦？」

「變成避難處了嗎？可惡，真是麻煩。」

「就是說啊。這樣的話，那個……還是繞過去比較好吧？」

貝涅提姆理所當然般插嘴進來這麼說道。確實是很符合這個傢伙個性的意見。

「放著不管是最佳的選擇吧？讓諸位市民幫忙吸引敵人……」

「是嗎？」

萊諾歪起頭來。

「我有不同的意見。在攻略圖伊．吉阿之前，我認為應該先救出他們。同志賽羅，你認為呢？」

萊諾像要確認什麼般看著我。很遺憾的是，這傢伙說得沒錯。先不管我的道德倫理觀念，接到的命令是「救出市民」。所以首先必須保護他們。

——所以跟泰奧莉塔以不安的表情抬頭看著我無關。

「賽羅，這是場偉大、榮譽的戰爭。我——」

「我知道。把那個倉庫作為據點……如果是伐庫魯開拓公社的倉庫就剛好很適合。」

「咦咦咦……」

貝涅提姆發出感到不安的聲音。

「認真的嗎？可能會被伐庫魯開拓公社控告哦。」

「那個時候你就想辦法蒙混過去。」

「等等，那個，這樣真的不好啦……」

「確保倉庫的安全後就分成兩隊。到時候會要你拚命工作哦，萊諾。做好心理準備吧。」

「這我當然知道——開始覺得有趣了。」

即使嘴裡說著閒話，萊諾依然進行著工作。

「讓我們迅速突破吧。」

砲門瞄準擋住去路，想擺出密集隊形的胡亞——青蛙型異形。

「要上了。」

距離只有短短的三十步。這種程度的話對他來說是輕而易舉。他擺出單膝跪地的砲擊姿勢後，刻畫在右手砲身的聖印就發出白色光芒。大概在一次呼吸之間，萊諾的砲擊就結束了。

砲口開合後傳出「鏗」這種空氣炸裂的聲音。

白銀砲彈畫出漂亮的軌跡，最後命中胡亞群——充滿街道的爆炎一瞬間出現，衝擊產生的風吹過街道。有所感覺時，胡亞們已經被轟成碎片，攻擊也結束了。地面留下被刨開般的痕跡。

「確認命中。清出路來了，快點趕路吧。」

萊諾使用的是破閃印泰維斯．努茲。

在古代王國的語言似乎是「急性子的螢火蟲」的意思。雖然擁有足以摧毀鋼筋城牆的威力與射程，相對地光量的消耗相當驚人，因此性價比不高。除了需要發射的物理彈體外，瞄準也很辛苦，算是難以駕馭的武器，但萊諾使用它的技術卻異常高超。

他能調節消費的蓄光量，在一次呼吸之間計算出彈道，輕易讓砲彈擊中瞄準的地點。

（真是個莫名其妙的傢伙。）

我心裡這麼想。

據說萊諾原本是冒險者，不過沒有隸屬於軍隊的話，他到底是如何學到這樣的技術？說起來，我連萊諾的姓氏都不知道。總之就是個很多地方都很可疑的傢伙。

「我們真的是很棒的隊伍。」

萊諾輕輕揮動右手來降低砲擊後的餘熱。

「尤其是『女神』泰奧莉塔，妳的力量真是太優秀了。跟同志賽羅是絕佳的組合。」

「嗯，我想也是。不過被你褒獎好像有種無法接受的感覺……」

泰奧莉塔跟萊諾拉開距離，抓住了我的背部。

「哈哈，不用那麼保持警戒吧？同為為了人類的幸福而奉獻者，泰奧莉塔，其實我跟妳很像哦。我想我們彼此都有值得學習的地方。」

「一點都不像啦，差不多該閉嘴了。」

由於泰奧莉塔抓住我背部的力道實在太強，我便插嘴這麼說道。

「別廢話，前進就對了。萊諾，還能發射幾發？」

「像剛才那種規模的……大概還能五發吧。」

「知道了。要慎重地使用，聖騎士團差不多要行動了……對吧，貝涅提姆？」

「咦，啊，是的。」

我觸碰脖子上的聖印。在強烈的雜音之中傳出貝涅提姆的聲音。

「剛剛跟我聯絡了。好像要派遣五百的兵力到你們那邊去。另外我也很努力地取得傑斯的出擊許可了。應該馬上就要來了吧。然後順便提一下，也請警備隊封鎖了水路。」

「水路？怎麼，通往市街區的水路被入侵了嗎？虧你能發現耶。」

「……呃，那是我隨便捏造的。」

貝涅提姆很尷尬般小聲地這麼呢喃。

「因為覺得氣氛上那麼說比較有壓迫感，對方的判斷力應該會變遲鈍……敵人就在身邊的話，生理上就會覺得很不舒服吧？」

「別只為了形成壓迫感就胡說八道啊！要是平白浪費兵力──」

「不。我認為是不錯的藉口。」

萊諾沉穩地這麼表示。

「那並非不可能的狀況。說起來這次牠們是從哪裡冒出來的呢？作為其中一種可能性，或許真的應該對水路保持警戒。」

「如果那些傢伙已經來到市街區，嗯，確實有這種可能。」

魔王現象本體就潛伏在街上的某個地方。應該是引起這種事態的真正犯人──魔王斯普利坎。

我心裡也有頭緒了。擔任泰奧莉塔的護衛時遭遇的普佳姆。連飛龍的火焰都無法將他殺死，還以不像人類的運動能力逃走了。那傢伙絕對就是斯普利坎了吧。

我預測牠應該待在圖伊．吉阿裡面，就算不是這樣我也已經做好預防措施了。也就是芙雷希他們。那些傢伙目前也率領著夜鬼的兵力搜索、警戒著市街區。雖然只有兩百左右的兵力，但是戰力極為可靠。

順帶一提，芙雷希她……

「話先說在前面。別為了幫助他人而做出丟臉的行動。」

在臨別之際這麼叮嚀著我。

「你的身心都是為了繁榮我們瑪斯提波魯特家而存在。要是受損了我可饒不了你，最好給我牢牢記住。」

——她是這麼說的。總覺得這是相當任性的要求，看來是有必要正式跟芙雷希的父親大人談一談了。她現在仍是在鋌而走險。南方夜鬼的族內是如何看待她的呢？

「嗚哇，賽羅！」

或許是因為思考著多餘的事情，鐸達的聲音聽起來特別刺耳且唐突。

「正面，屋頂上面，上面哦。這下不妙了！」

「啥啊？這次你這傢伙——」

還以為是什麼凶惡的異形盤踞在那裡，往上一看後就嚇了一跳。

民房的屋頂上出現直立步行的人型異形——而且極為矮小。是無法成為山怪的兩足步行種，亦即被稱為「哥布林」的異形。有數十隻哥布林排在屋頂上，一隻手抱著某種東西。

是木棒嗎？不對，是長杖——而且……

「哎呀，是雷杖嗎？」

萊諾把那些長杖的名稱說了出來。雖然是相當老舊的單發式，但確實是雷杖。

「哎呀，太厲害了。這真是超乎意料。使用聖印的異形？嚇到我了。」

「噗咕啊……嗚嗚！」

這時達也也用他絕對什麼都不知道的空虛眼睛抬頭看向該處。

「沒空在那裡說廢話了！」

我拉著泰奧莉塔還有達也的手，一起躲到萊諾背後。

「要來了，快點防禦！」

我這麼說的同時，屋頂上的哥布林們就一起開始射擊。奔走的電光撞上萊諾的甲冑後炸了開來。這也是涅維恩種迫擊印群的機能之一——藉由障壁印的防禦。

只不過，那不是銅牆鐵壁，也無法永遠維持。

「沒有損傷，但蓄光量減少了。原本還有五發的砲擊現在有點危險了。」

「真的假的，那些傢伙。可惡。希望能進入巷弄閃開那些射線——」

「嗯。沒有時間繞路了。還有人等待我們前去救援。所以……」

「……喂，笨蛋！」

我的制止遲了一步，不過就算阻止了他還是會做吧。萊諾把右手往前伸，接著上面的聖印就發出白色光芒。只需一次呼吸的時間就能起動。

「從正面過去最快了。」

震動空氣的聲音。閃光與破壞聲——原本在眼前的民房被轟飛，待在上面的哥布林也全被捲入爆炸當中。

「跟私有財產比起來，還是救助人命最重要吧？」

「不是這個問題啦！」

「不是這個問題！」

雖然不願意，但我跟貝涅提姆的抱怨重疊在一起。尤其是貝涅提姆的聲音聽起來更是悲痛。

「這次要找什麼藉口才好！那個，我也沒辦法永無止盡地想出藉口哦！」

「是嗎？我想同志貝涅提姆的話，一定能辦得到。期待你精彩的說服。」

現在萊諾大概也在甲胄裡露出微笑吧。這傢伙直接往變成瓦礫的民房衝了過去。

「好了，我們走吧，同志賽羅。尋求幫助的人們正等待著我們的作戰能夠成功呢。」

就戰術上來說是正確的。以人命為最優先的話，行動也是正確的。不過萊諾竟然能毫不猶豫就實行這個選項。這果然是極為異常的事情。

「如果能就這樣迅速把問題解決掉就好了。」

「我看是不可能吧。」

我只能對萊諾述說自己悲觀的想法。全是因為看見了極為在意的東西所致。

（拿著雷杖的異形嗎？）

受到砲擊後不是跌落就是死亡的哥布林們。那不是很妙。

（是共生派。那些傢伙讓武器外流了。可惡。）

那些傢伙的魔掌可能已經伸到這個城市的各個角落了。

◆

可以聽見黑暗裡傳來聲音。

那是金屬的摩擦聲、腳步聲——衝突聲加上怒吼、尖叫。也就是戰鬥的聲音。魔王普佳姆的耳朵可以收納這一切的聲響。

（被封鎖了嗎？）

此處是幽湖市地下水路。按照斯普利坎的計畫，打算要在這裡放出異形並且讓牠們入侵——但對方似乎已經有所戒備。斥侯部隊應該全滅了吧。

能夠這麼快就建立起防衛體制，只能說對方的直覺相當敏銳。或許是能預知未來的「女神」幹的好事。還是有具備卓越戰術眼光的指揮官存在呢？

（不論是哪一個，都是相當優秀的反應。確實值得敬佩。）

戰鬥時需要表達敬意，而敬意則又產生禮節，這就是普佳姆的想法。如果說輕視對手的心會造成大意，那麼禮節就是處於完全相反的位置。

因此普佳姆便帶著敬意做出結論。

（雖然很可憐，但也只有殺掉了。）

而且是一個都不留。

當牠就這樣從黑暗中撐起身體時，就看到刺眼的光芒。他正被照耀著。手拿聖印式油燈的人類們正看著這邊。還有人舉著長槍般的武器。

「——有東西！這傢伙是人類嗎？」

「抱歉了，諸位……」

普佳姆從正面凝視著光芒。

「希望你們不要抵抗。這樣會死得很痛苦。那樣太可憐了。」

「啥啊？」

傳出了愚蠢的回應。速度慢到足以致命。

「不亂動的話，就讓你們立即死亡。要說明的話，我是——」

從如此重複著的普佳姆所舉起的右手傳出「咕噗」的冒泡般聲響。某種東西從牠身體內側膨脹起來，衝破皮膚後溢出。

原來是鮮紅的血液。流出的血液覆蓋普佳姆的右手，形成了巨大的鉤爪。

「魔王——這傢伙是魔王！快聯絡團長！」

「射……射擊！雷杖，快射擊！」

人類裡面有人這麼說道。

雷杖閃爍，發出清脆的聲音。閃光貫穿普佳姆的身體、肩膀、胸部、側腹部。從貫穿的傷口又流出更多血。這些血液像生物一樣覆蓋住普佳姆的身體。

「我還在說話。我認為這樣的行為很沒禮貌。」

當普佳姆這麼呢喃時，血液就覆蓋住全身完成一套裝甲了。

「……讓我繼續說明吧。我已經完成血液的補給，諸位完全沒有贏過我的機會。以上就是我的說明。」

首先有三個人不遵從忠告，試圖以長槍和雷杖進行反擊。變身成魔獸的普佳姆在提燈的光芒中躍起，一瞬間的跳躍就拉近距離，血鉤爪一閃而過。士兵們雖然穿著保護身體的甲冑，血鉤爪還是從縫隙鑽進去，輕鬆地把人體切斷。

迫不得已揮出的槍尖與閃光，全都被普佳姆身上的血裝甲彈開。

「這叫做鍊血。現在的它雖然不至於比鋼鐵還要硬——但壓縮並且重疊後，足以擋下這種程度的攻擊。」

「這傢伙是怎麼回事！攻擊沒有效嗎？」

「用……用爆破印！把牠炸飛！」

「退下！要丟嘍！」

又有其他人的嘴裡這麼叫著。某種筒狀物飛過來——應該是顧不得會波及伙伴也要丟過來的手擲炸彈。沒有時間躲避了。它在普佳姆頭上爆炸，熱量與閃光得到解放。

——但是，普佳姆還是沒有停止。

「過來了！別讓牠靠近，把盾拿出來！」

就算血裝甲被刨除，衝擊還是無法傷到普佳姆的身體。接著牠便踏進士兵的集團內。

「這是旋血……」

普佳姆隨手一揮，血鉤爪就變成漩渦狀。

「鎧甲沒辦法防禦。」

鉤爪失去形狀，像旋風一樣呼嘯著。它削下地下道的牆壁與地板，甚至一視同仁且無情地撕裂被捲入的士兵們。即使受到鐵甲冑的保護或者舉著盾牌也沒有用。血旋風從裝甲的縫隙入侵並且破壞人體。

有人持續發出悲鳴，普佳姆實在不喜歡聽這種聲音。

「再給你們一次忠告。」

普佳姆伸出手。血液從牠的指尖溢出，形成一把更大的刀刃。

「諸位沒辦法贏過我。由於不打算讓任何人逃走，還是乖乖不要動立刻死亡比較好。」

沒有回答。只聽見對方小聲交談著，然後擺出戰鬥姿勢。或許是為了傳令吧，也有逃走的人。但是——

「……一定要抵抗嗎？沒辦法了。」

普佳姆壓低身子。牠的模樣就像穿著鮮紅裝甲的野獸。

「太可憐了。」

無數的血刃在黑暗中奔馳。

刑罰：幽湖・切古港灣避難救助 4

倉庫已經被異形包圍了。

粗略看了一下就能發現到胡亞、波基、凱爾派等異形，另外也有大型的魔獸。倉庫外面燒著的營火反而變成絕佳的目標。火焰在暗夜當中閃閃發亮。

不愧是伐庫魯開拓公社的倉庫，牆壁使用了聖印來防禦。即使如此，異形們還是不管自己的身體被焚燒，持續以角攻擊或者以身體撞擊。牆上有些地方已經出現巨大的龜裂，看來沒辦法支撐太久。

因此我們必須立刻行動才行。

「達也，要上了！」

我這麼搭話後就往地面踢去。抱著泰奧莉塔，起動飛翔印——跳了起來。拔出小刀——引爆。閃光。趁那些傢伙把視線移到頭上時，達也跳了進去。

「咕咕嗚～」

每次響著喉嚨揮動戰斧，異形們的身體就會跟著碎裂。可以說是名符其實的粉身碎骨。像暴風雨般的猛攻以及宛如野獸的奔馳。沒有花多久的時間就破壞包圍並且讓異形們逃走了。

但這種時候也會發生有點令人困擾的事情。也就是不清楚內情的平民眼裡看到的情形。

「咿！」

傳出膽怯的聲音。某個人從倉庫裝了鐵欄杆的窗戶看見了我們。

「新的異形……是人型的！起內鬨了嗎？有恐怖的傢伙出現了……！」

他指的絕對是達也。那傢伙正在給痙攣的異形最後一擊。仔細地粉碎頭部，確認其再也沒有動靜。

「不是的。放心吧，我們是人類！」

我透過窗戶外對著倉庫的傢伙怒吼。

「我們是來救你們的。已經把異形都殺掉了，立刻把門打開。」

異形們應該會找來更多增援吧。必須在那之前讓狀況好轉才行，將這個倉庫作為要塞，讓市民們能夠保護自己。

「動作快一點，你們想死嗎？光是躲著沒辦法撐太久哦！」

「咿……！」

「沒時間害怕了。好了，快點開門！」

「賽羅，這樣不行。大家都怕死了……因此！」

泰奧莉塔挺起胸膛。嬌小的她打開修長的腿，擺出傲慢的姿勢。

「這裡就交給可靠的『女神』我吧……順利成功的話要褒獎我哦！」

接著她便吸了一口氣。發出了宛若純鋼般清澈的聲音。

「……各位市民，我是『女神』泰奧莉塔！來到這裡拯救大家了。我將會引導你們，請立刻跟我們合作！」

「沒錯！諸位市民，目前這個倉庫正處於極度危險的狀態。」

不知道為什麼，萊諾接在泰奧莉塔的後面繼續發表言論。他同樣以嘹亮的聲音說著：

「不過請大家放心。我們這裡有偉大的『女神』與聖騎士。閃耀的劍之『女神』泰奧莉塔大人以及『雷鳴之鷹』聖騎士賽羅．佛魯巴茲都來到現場了！」

「喂，等等！」

他話才剛說完，倉庫內就傳出騷動。我忍不住踢了萊諾一腳。紅黑色砲甲冑卻是紋風不動。

「誰是『雷鳴之鷹啊』。胡說八道些什麼。」

「我聽到傳聞了。泰奧莉塔大人跟你好像以這樣的外號在小孩子之間大受歡迎。」

「別開玩笑了。這個——」

「冷靜一下，賽羅。有什麼關係呢。閃耀的劍之『女神』和『雷鳴之鷹』賽羅——呵呵，就像是兩名偉大的英雄——」

泰奧莉塔話說到這裡時，雖然很不願意，但萊諾的說服確實發揮出效果。倉庫的門隨著摩擦的聲音微微打開。

「……是真的嗎？」

幾道仍帶著懷疑的視線從門縫窺看著我們。

其實也不能怪他們，因為他們全都目擊到達也那種鬼神般的戰鬥方式了——實在不想認為是我說服的方式太彆腳。

「真的來救我們了嗎？泰奧莉塔大人與『雷鳴之鷹』都在？」

「是的。這兩位正是守下那個謬利特要塞的英雄。來到這裡後，我發誓他們也一定會保護大家。」

我心裡想著「又隨便拍胸脯保證了」。只不過，現在這種狀況與立場實在不適合抱怨。

「好了，請快一點！趁異形們還沒有靠過來，趕緊鞏固防禦吧！」

萊諾的呼喚這次讓倉庫的門整個打開。

果然有相當多的市民待在裡面。大概看了一下，至少也有一百個人左右。各自以雷杖或者長槍等武器來武裝自己。這些全都是貨真價實的軍用武器。

正如我所預測的——這裡是伐庫魯開拓公社用來放置商品的倉庫。我用力點了點頭。

「很好。讓這些人就戰鬥位置——萊諾，你教他們使用雷杖的方法，最低限度的就可以了。」

「了解了。交給我吧，不會辜負同志賽羅的信賴。」

萊諾以絲毫感覺不到緊張的口氣呢喃著，然後又用只有我能聽見的聲音小聲地表示：

「不過，有件事想找你商量，同志賽羅。希望能先決定居民死亡的順序。」

「你這傢伙——」

「果然還是應該先從老人開始犧牲嗎？他們已經度過比小孩子還要漫長的人生。我認為先從他們開始犧牲相當公平，這樣的計算妥當嗎？」

我心裡想「這傢伙如果不是被砲甲冑保護著的話」。

可能早就全力把他揍飛了。萊諾就是這樣的傢伙——凡事講求合理以及平等。我告訴自己「生氣又有什麼用」。

「對你的商量能回答『沒錯就是這樣』的傢伙，到底有著什麼樣的神經？」

「噢，難道是倫理觀的問題？這就難辦了。」

「……之前好像有人這麼說過。」

是誰。是誰這麼說過——我認識的，我應該認識才對——對了，是賽涅露娃。我沒有忘記，不可能忘記。可惡。

「……直到最後一刻，都要為了獲得最佳結果而行動。在那之後才能預設平民的犧牲。現在準備避難的那群人都不是軍隊。不是我們能夠計算的生命。」

「原來如此？不是能夠計算的生命嗎……」

不清楚萊諾是不是理解了，只見他用難以掌握的聲音如此重複了一遍。

「也就是說，不需要太看重事先的預設，這樣沒錯吧？」

「雖然完全不正確，不過這樣你比較好理解的話，就當作是這樣吧。狀況這種東西隨時都可能改變。比如說——」

我看向頭上。

多雲的夜空裡出現鮮豔、顯眼的藍色光輝。那是發光的聖印，目的是知會伙伴自己的存在。拍動翅膀，發出咆哮。躲在倉庫裡的市民，也有人被吸引而看向該處。

「還沒結束嗎？」

傑斯的聲音。加上妮莉的叫聲。藍色翅膀迅速往下降落。

「慢吞吞的傢伙。打倒幾隻了？照這樣看來——這次還是我贏定了。」

才剛覺得頭上一陣大風隨著傑斯的呢喃吹過，就有一團火焰飛了過來。看起來像是一顆小火球。北側的巷弄。帶著增援逐漸往這邊靠近的一群波基，就這樣一口氣被火焰包圍住。看來已經手下留情，火焰沒有波及建築物。

「怎麼樣，很完美吧。」

而且那兩個傢伙還像是要炫耀一樣，在我們頭上飛了一圈。妮莉跟著發出尖銳的叫聲。

「謝謝你，同志傑斯！同志妮莉！」

萊諾爽朗地道謝並且朝空中揮手。果然很虛偽。

「技術果然很高超。我代替所有難民感謝你們。」

「少囉嗦，笨蛋——那麼鐸達先生，下一個目標是哪邊？」

「啊，關……關於這一點……」

可以聽見鐸達慌張的聲音。

「現在看到某個東西了！可能有點不妙！」

「什麼叫看到某個東西。」

過於曖昧的報告讓我繃起臉來。

「給我好好說明。你這傢伙，只要是跟金錢無關的事情，語彙就會一瞬間便得貧乏。」

「沒有，講到值錢的東西時也同樣貧乏哦。同志鐸達只要一慌張就會那樣。」

「你們別太瞧不起鐸達先生……他的視力相當好哦。」

「不用奉承我了！聽我說，那個紅色的塔！那個……我不是很清楚啦，不過有個跟萊諾很像，身穿黑色鎧甲的傢伙——」

就在這個時候。

「喀」一聲，空中迸發出光芒。藍白色閃光炸裂——那個很明顯是對準了傑斯與妮莉。對空砲擊。既然敵人那裡有砲兵，砲擊也是預料中的事。圖伊．吉阿的底部有像花瓣一樣突出的堡壘，砲擊應該是從那裡發射的。

「嘖。是之前那個砲兵嗎？」

傑斯咂了一下舌頭。妮莉拍動翅膀來提升高度。

「真是麻煩……」

砲兵對於飛龍以及駕乘的龍騎兵來說是相當危險的存在。或許可以說是天敵。被大砲瞄準的

話，就無法降低高度來援護我們。只要有那個傢伙在，就必須經常意識到砲擊，持續以迴避動作來錯開瞄準。

這樣的話，我們能選擇的方法果然只有一個。

「萊諾，按照預定，達也的指示就交給你。就算是死也要守住倉庫。異形們馬上就沒有空理會這邊了……因為我們要直接攻擊圖伊．吉阿。」

「當然要同心協力一起度過這個難關。交給我負責吧。」

「你說的話聽起來真的很像隨便說說而已……」

「沒這回事。我是在討好你們哦，被你們拒絕的話，我在這個世界上就沒有容身之地了。當然得拚命了。」

萊諾的言行舉止總是讓人摸不著頭腦，而且不知道為什麼就是會覺得噁心。

他回頭看向默默無言的我，我想大概是在笑吧。不對，絕對是在笑。

「好了，展現我們羈絆與勇氣的時刻到了。開始戰鬥吧。為了人類的勝利與和平！」

◆

「……沒打中嗎？」

鐵鯨這麼呢喃著。普佳姆觀察著他瞄準並且射擊藍龍的情況。漆黑的甲冑，高舉的右手。從他的肩膀冒出白色蒸汽。

「太驚人了。竟然能躲過剛才那一擊，那個龍騎兵很有一套哦。」

「看來是這樣。」

普佳姆也是首次看到那樣的飛龍與騎乘者。

那絕非一般的動作——竟然那麼輕鬆就躲過那麼多發射出去的誘導式砲彈，甚至還能做出降落到地面援護自軍的動作。

「讓那隻飛龍自由行動的話會很頭痛。『鐵鯨』，你持續射擊來阻止牠的行動。」

「那麼你要想辦法解決靠近到身邊的傢伙啊。砲兵一旦被敵人靠近就會變得很脆弱。而且——那傢伙是那個『弒殺女神者』吧？」

「嗯，我知道。他是強敵。」

普佳姆已經會過對方一次了。賽羅．佛魯巴茲。伴隨著那個劍之「女神」，目前正在接近當中。

「那個男人由我來處理。這樣可以吧？」

「是可以啦……你也真是個奇怪的傢伙。提到魔王現象，我還以為會更加凶惡，而且非常討厭人類呢。」

「很多同類是這樣，但我不一樣。我不討厭人類。」

普佳姆緩緩搖搖頭，像是很珍惜般撫摸著單手抱住的一本書。

「更正確來說，我喜歡人類的文明還有文化。尤其是詩。實在太完美了。」

「詠詩的魔王嗎？太奇怪了。」

「鐵鯨」冷笑了起來。他邊笑邊朝天空射擊，然後裝填下一發砲彈。為了不讓那隻藍色飛龍自由行動，毫無間斷地發射誘導彈來加以牽制。

「像你這樣的傢伙，應該很罕見吧。」

「沒錯。一直得不到理解真的很困擾。我認為正因為是接下來要毀滅的對象，才更要表現出敬意。」

「嘿！這是在要毀滅的對象面前說的話嗎？怎麼說我也是人類哦。」

「因為說謊不是件好事。從這方面來看，我不是很喜歡斯普利坎——那傢伙的敬意不足。對於我這樣的想法，就只有吾王表示能夠理解。」

普佳姆懶洋洋地閉上眼睛。

「說到底，那就是我戰鬥的理由。我是為了認可我的人而戰，也就是為了吾王。」

「王是什麼？魔王們還有國王存在嗎？」

「嗯……等等，我太多話了。現在想起來，我被要求不能洩漏口風。這個話題就到此為止了。」

「是嗎？這樣我就不想聽了。」

「鐵鯨」像是沒什麼興趣一樣點了點頭。

「這個業界經常有這種事。知道太多的人通常不得好死。」

「嗯，你很聰明。」

普佳姆站了起來。難得抬頭看向夜空。可以聽見風的聲音。而且逐漸變強。

「『弒殺女神者』來了。雖然不討厭像他那樣的人類，但為了吾王，也只能把他殺掉了。」

牠維持冷淡的口氣這麼說道。

「真的很可惜。太可憐了。」

爬到倉庫的屋頂上，固定砲甲冑的腳部。

腳踝與腳尖的釘子伸出，「噹」一聲陷入屋頂。

接著裝填新的砲彈與蓄光彈倉。放著這些的預備用箱子並排在地上。不愧是伐庫魯開拓公社的倉庫，裡面有著一個人幾乎用不完的庫存。

萊諾獨自點了點頭，然後呢喃：

「同志賽羅，我就定位了。」

盡可能壓低身子，伸直右手的砲身並且抬起頭來。圖伊・吉阿聳立在夜晚像是馬上要下雨的厚厚雲層底下。

可以看見賽羅正朝著它跳去──抱著「女神」泰奧莉塔，把擋住前方的異形們打散。另一方面，在空中飛舞的是傑斯與妮莉。一邊躲避毫不間斷地從圖伊・吉阿發射的光彈，一邊找空檔降落來焚燒地上的異形群。

萊諾覺得那種光景甚至有種神祕的感覺。

「真是名不虛傳。」

萊諾由衷地這麼表示。

「兩位真的就跟英雄一樣。能參加這種偉大的戰爭，我真是太幸福了。」

「吵死了，你這笨蛋。閉嘴啦。」

透過脖子的聖印傳回賽羅的痛罵。至於傑斯則像是早就決定要完全無視了。但那也沒關係。

雖然很難被人理解，不過對於萊諾來說是無庸置疑的真心話。萊諾本來就期待著這樣的戰鬥。

敵人是魔王現象。聳立的紅色高塔內，有作為主人的魔王存在。

「太了不起了。敵人一定會因為你們的奮戰而膽怯。我也希望能夠如此活躍。」

「那就好好工作。倉庫那些傢伙沒事吧？別鬆懈了。」

「嗯。那邊沒有任何問題。不用擔心。」

萊諾正注視著。面對從倉庫周邊靠過來的異形，達也彷彿野獸般跳躍並且發動襲擊的模樣。

「何況我們這邊還有同志達也。」

目的是保護市民。達也極為忠實地完成了指令。擊潰靠近的波基群，讓牠們根本無暇反擊。

那真的是只能用「粉碎」兩個字來形容。

不過，這時候的達也還不只是這樣。

「他真是的太厲害了。」

「這我早就知道了。」

「不。我想同志賽羅大概還不清楚——你知道嗎？」

「知道什麼啦。」

「同志達也正在使用雷杖。」

「真的假的？」

「是真的。」

達也在萊諾眼前敏捷地動著。

有一群哥布林爬上屋頂，組成隊列舉起雷杖來準備射擊。察覺到牠們的瞬間，達也就踢向牆壁衝上屋頂。雖然用肉身的身體能力辦到這一點本身就很恐怖，但之後的動作就更加驚人了。以戰斧切過眾哥布林後，奪走其中一隻抱著的雷杖。

接著達也就擺出姿勢開始射擊。

「我也嚇了一跳。今後可能也要考慮讓同志達也持有雷杖比較好哦。」

連認識達也比較久的萊諾，也是首次知道他會使用雷杖──應該說使用聖印。

也可以說他是首次對上使用雷杖的敵人。達也原本就經常搶奪敵人的武器，或者以敵人的身體作為盾牌。這或許可以說是這種行為的延伸，不過對於萊諾來說，算是相當新鮮的驚訝。

（只是射擊的準度果然還是比不上同志渣布……）

發射出去的閃電瞄準路上的哥布林與波基，而且幾乎全部命中。當雷杖的蓄光彈倉射光後，他甚至能完成將其取下來跟其他雷杖的彈倉交換這樣的技藝。

這下子只能夠做出達也他──知道該如何使用雷杖的結論了。

不過，到底是在哪裡又是怎麼學到的呢？這就連萊諾也不清楚。
「同志達也真是深藏不露。連最新型都難不倒他哦。」
「……那傢伙到底是何方神聖？」
「我也不知道。不過，唯一有一件事是可以確定的。」
萊諾低頭看著發出異樣吼叫的達也，呢喃了一句：
「應該要知道，他是人類的伙伴真是太好了。必須心懷感謝才行。」
對於萊諾來說，這是肺腑之言——雖然很少有人會相信就是了。

◆

我們就像是從倉庫射出去的箭一樣，朝著聳立的紅色圖伊·吉阿前進。
抱著泰奧莉塔，一直線跳躍著。把背後的事情趕出腦袋。
達也跟萊諾會想辦法保護倉庫那些人吧。萊諾也就算了，達也是我所知道的最理想且最優秀的步兵。不知恐懼為何物，也從不多說廢話，然後還不會死亡。連雷杖都會使用確實令人驚訝。
所以不需要擔心他們。現在吵死人的是頭上發生的事情。
「賽羅，快點想辦法解決那個。」
傑斯發出像是很不高興的聲音。

膀。

可以看見他跟妮莉在上空盤旋。有幾顆光彈從他們身邊掠過。動向看起來是追蹤著妮莉的翅

「那個臭砲兵有誘導彈。這樣下去沒辦法靠近那座塔。」

可以聽見妮莉像是要表示同意般發出叫聲。

「——嗯。沒問題啦，妮莉。不用擔心我。妮莉比那種砲彈要快多了，怎麼可能被打中。」

用詞遣字跟面對我們時可以說完全不一樣。偶爾會覺得傑斯是不是真的聽得懂龍的話。

「也就是說——傑斯，連你們都沒辦法解決他嗎？」

「哼。從遠距離發射的吐息會被障壁擋住。再來就只剩下緊急降落的近身戰，不過別想讓我們進行那種粗糙的戰鬥方式。」

我懂他想說的話。緊急降落的攻擊，對於砲兵來說是絕佳的目標。會變成賭博式的進攻。而且是贏面不大的賭博。

龍騎兵原本就是防禦力比較弱的兵科。可以說承襲了騎兵的弱點。龍的鱗片確實具有一定程度的硬度，是可以彈開投石之類的攻擊，但仍不足以抵抗雷杖等藉由聖印發動的攻擊。

「快點想辦法就對了，賽羅。陸地是你負責的吧。」

「……我知道啦，可惡。」

我這麼咒罵。

「渣布還沒來嗎，貝涅提姆！傑斯因為敵人的砲兵而囉嗦得要命。」

「已經在趕路了，但還要一點時間。街上的道路相當混亂。因為接到連中央街區那邊都出現異形的報告。」

「那邊也有嗎？」

「嗯。諾魯卡由陛下相當生氣。關於市民的安全——」

「警備兵跟聖騎士團到底在做什麼！」

諾魯卡由氣急敗壞的怒吼打斷了我們。

「朕發出招集令了哦！市民才是朕治世的關鍵，明明應該要立刻保護避難民眾——賽羅總帥，這都是你這傢伙的怠慢！」

「喂喂，為什麼是我挨罵。」

「那是當然了。就是你這傢伙沒有從平常就掌握軍隊的狀況，才會造成這樣的事態。你猙獰的態度、欠缺協調性與威嚴都是重大問題。任務結束後要重新鍛鍊禮儀！」

「對不起，賽羅。陛下從剛才就一直工作到現在，因為太過疲勞而心情不佳……」

「我知道。因為你跟鐸達在工作上完全派不上用場。」

我想起市牆的陣地。為了保護聚集過去的難民，忙碌的程度絕對超乎想像。如果沒有諾魯卡由那種奇妙的魅力，情況可能會更加混亂。

「夠了，塔跟砲兵都由我來想辦法。傑斯跟妮莉稍等一下！」

怒吼完後我就把諾魯卡由跟貝涅提姆的聲音從腦袋裡趕出去，然後看向懷裡的泰奧莉塔。

「泰奧莉塔，我接下來要靠近那座塔。大概會受到狙擊，也會被異形們包圍。做好覺悟了嗎？」

「賽羅，你倒是很貼心嘛。」

不知道為什麼，她像是很開心──或者是很安心般笑了起來。

「要是想丟下我自己一個人前往，我會非常生氣哦。」

「難說哦。我說不定會為了某個陌生人而殺了妳，也可能會遭遇悲慘的下場。另外也可能兩個人同時喪命。」

「事到如今，誰還會在意這些。」

泰奧莉塔果然笑著點了點頭。

「只要有我的保佑，變成這樣的機率就會降低吧？因此你才會像這樣帶我過來。承認我是一起戰鬥的『女神』了吧！」

「妳真的瘋了。跟我不一樣，妳只有一條命哦。」

「你的記憶要是喪失了也不會再回來啊。」

泰奧莉塔抓住，或者應該說纏上我的手臂。

「那個自稱是你未婚妻的傢伙應該就是害怕這一點吧。」

「少騙人了。我從未看過那傢伙害怕的模樣。」

「對你來說是這樣吧。」

「什麼意思？」

「我才不告訴你呢——不過，你的記憶就由我來守護。然後你保護我的生命就可以了。」

泰奧莉塔以燃燒著火焰的眼睛看著我。真是尷尬。我心裡想著「到底在搞什麼」。

說起來這傢伙就像是剛出生的孩子一樣，要她賭上性命根本是不合理。藉由想被承認是伙伴、想被稱讚這種經過美化的藉口，準備做出極為魯莽的舉動。

但我竟然稍微能理解她的這種心境。

這種愚蠢的行徑，偶爾會有看起來極為光輝的時候。

（看我的吧。）

我如此下定決心。

「在天亮之前把事情結束來贏得早餐吧。我想要傑夫奶油跟剛烤好的麵包。」

「還有洋蔥湯，再加上煎得剛剛好的培根！」

「好感人的台詞，不愧是『女神』。我開始覺得肚子餓了。」

說到這裡，我就抱著泰奧莉塔跳了起來。

踢向路面。足以讓人感到麻痺的冷空氣——周圍景色高速流動，塔逐漸靠近。四周圍全被牆壁包圍的圖伊·吉阿。

（別開玩笑了。）

我抬起頭來。可以看到敵方盤踞在堡壘的砲兵，其甲冑的聖印正發出光芒。

那是漆黑的甲冑。外表比萊諾的大了一圈，而且看起來更堅固，右手的砲身正對準這邊。從該處飛來發光的石頭。總共有七八顆。

「賽羅，那就是誘導彈。」

傑斯充滿挑釁意味的聲音。

「妮莉輕鬆就能躲開，你又如何呢？」

原來如此。不是受過訓練的飛龍就很難躲開——但是，我方有泰奧莉塔。所以可以防禦。

「泰奧莉塔，把那個……」

我不改變前進方向，從正面衝過去。不想浪費時間了。

「打下來吧。」

「太簡單了。」

泰奧莉塔很驕傲地這麼說。我幾乎掌握了泰奧莉塔召喚能力的詳細內容。

她能驚人、準確地認識空間的座標。甚至能在被我抱著進行空中機動的狀態下，命中移動中的異形。

雖然欠缺能夠呼喚暴風與閃電的第四「女神」，以及召喚力量本身的第六「女神」那樣對廣範圍的影響力。相對地具有壓倒性的精密度。應該說——掌握空間的能力相當卓越。

也就是說，迎擊飛來的光石不過是舉手之勞。

「我來保護你吧。」

過。

泰奧莉塔呼喚出來的劍跟誘導彈撞上，將它們全部引爆。我筆直地從在空中破裂的閃光中穿過。

「賽羅，你的工作是獲勝。」

「那是當然了。」

我想自己應該是笑了。笑著用力抱緊泰奧莉塔。

迅速縮短與高塔的距離。漆黑的砲兵緩緩舉起右手的砲，讓聖印發出光芒。靠近到這樣的距離，就不再是石頭般的誘導彈。而是確實經過瞄準的砲擊。

不過，我同時也注意到某件事。

塔的正面——鐵製正門像要引誘我們進入般敞開，內側配置了許多的凱爾派。然後那些傢伙的中心出現一個女人以及駝背男人的身影。

「來了嗎？」

女人像是這麼說道般動著嘴巴。或者是在笑嗎？那是一個瘦削的女人——之前曾經見過。不帶任何感情的眼睛以及覆蓋雙手的黑色護手。另一方面，駝背的男人只是懶洋洋地凝視著我。

已經從諾魯卡由抓住，或者可以說收為手下的冒險者們那裡聽到關於那兩個傢伙的事情。女性名為西基．巴烏，駝背男叫做普佳姆，頭上的砲兵則是「鐵鯨」。他們全是強大的冒險者以及高強的傭兵，有時候也是殺手。

這看來會是相當費勁的工作。應該會成為名符其實的「累死人」的戰鬥吧。

（就算是這樣……）

我要做的還是只有一件事。

伴隨「女神」的聖騎士應該完成的工作。也就是贏得勝利。

◆

另一方面，這時候諾魯卡由．聖利茲負責防衛的陣地也遭受猛烈的攻擊。

這場戰鬥變成一直持續到早晨的防衛戰。

「是魔獸。要來了。還不要發射！」

可以說是諾魯卡由的指揮讓這場戰鬥能支撐下去。

他讓自己處身於最前線來指揮冒險者與難民。採用的戰術也是湊足人數，從刻畫聖印的柵欄後面射擊。這是唯一能辦得到的戰鬥方式。

能使用雷杖的人就配給雷杖，無法使用的人就令其舉起弓箭。雖然是相當原始的戰鬥方式，但是從陣地防衛的觀點來看，這種做法能發揮出相應的效果。總之就是盡可能進行有效的攻擊——在這種狀況下，就只能堅持這種戰法了。

而諾魯卡由在不輕易動搖、像個指導者一樣行動方面發揮出異樣的能力。這樣的態度對於疲憊不堪而尋求依託的難民們產生相當有效果的作用。

「可以了。」

諾魯卡由把手揮落，做出攻擊的指示。

「發射！」

雷光一閃，箭矢飛翔。

全都刺中軀體像大象般巨大的魔獸，刨開牠的肉，也讓牠的腳受傷了。一旦橫向翻倒就很難爬起來——將變成絕佳的靶。再來就只要集中火力就可以了。

「陛下，下一波要來了。這次換成一群胡亞。從河川爬上來了！」

鐸達從頭上的樓塔這麼大叫。聲音聽起來像快哭了。

「我看是快撐不住了！還是逃走比較好吧……」

「不准。你敢從那裡往下走一步試試看，朕會親自執行你的死刑。」

「嗚咿咿……」

「鐸達，想辦法活用你那極佳的視力如何？還有雷杖。從那裡進行狙擊吧。」

「沒辦法啦，這實在太大……」

鐸達所待的樓塔上面，配置了諾魯卡由調律過的聖印兵器。那是狙擊用的雷杖，上面安裝了瞄準鏡，擁有超過鐸達身高的杖身。

「我試著發射了，但完全無法擊中目標……！」

「都經過朕那樣的改良了。你這傢伙沒有操縱聖印的才能嗎？」

「隨便你怎麼說。反正辦不到的事情就是辦不到！」

「那麼至少死守自己的崗位。渣布馬上要過來了。那根雷杖就由那個男人來使用。」

「哎呀……真的會來嗎？我的話就會裝出過來的樣子然後逃之夭夭。」

「會來。」

諾魯卡由如此斷言。

「那傢伙確實是個壞蛋，但不是會在這種時候逃走的壞蛋。」

「你這是在繞圈子罵我是屬於沒用種類的壞蛋嗎？」

「也不是這樣。朕過去也曾經這麼認為，跟貝涅提姆和賽羅討論過是不是應該執行你的死刑，但是——」

「別趁我不在的時候討論這種話題好嗎？」

「但我軍的總帥表示，你這傢伙愚蠢的部分有時候會引發奇蹟。」

賽羅．佛魯巴茲現在應該抵達圖伊．吉阿塔了吧。

只要把這裡守下來就一定能獲勝。諾魯卡由對於「自軍」總帥擁有絕對的自信。跟空軍傑斯．帕奇拉庫特的合作絕對會達成目的。因為他們是諾魯卡由親自任命的國家守護者。

現在只能等待勝利。既然交出指揮權，那麼國王應盡的義務就是相信臣子並且等待結果出現，諾魯卡由如此確信。

◆

幽湖市的行政廳舍是位於接近「鹽與鋼之路」中央的地方。

那裡有一座巨大的廣場，是舉行祭典或者集會時會開放的區塊。芭特謝・基維亞快馬加鞭趕到這裡時，士兵們已經在這裡整好隊。

都市的警備兵。而且連神殿的武裝神官都加入了。他們是神殿的私人部隊，是由經過選拔的信徒所組成的戰力。雖然算不上精兵，但士氣很高。

而指揮他們的更是芭特謝相當熟稔的人物。

她的伯父馬連・基維亞大司祭。他為了顯示大司祭的地位而加入黑線的貫頭衣底下似乎還穿著鎖子甲。他目前應該是幽湖市防衛部的顧問。既然他親自在陣前指揮，就表示——

「伯父大人！」

芭特謝為了表達敬意與禮節而從馬背上跳下並且行了拜禮。

「來得好。芭特謝，妳來得相當迅速。」

馬連大氣地點了點頭，然後要芭特謝趕緊抬起頭來。

「雖然有點突然，但我們需要聖騎士團的力量。市民已經受到攻擊了。」

「遵命。」

芭特謝看向伯父的臉。他宛若尖銳岩石般嚴肅且銳利的雙眸，瞪著的不是眼前的她而是街道的遠方。

「伯父大人，商業地區也出現異形是事實嗎？」

「警備兵的報告送過來了。似乎是從外牆下方——突破地下遺跡後入侵。數量相當多，應該這邊才是本隊吧。」

幽湖市是從聯合王國成立之前就存在的城市。具有舊王國時代的地下設備，現在則單純被當成觀光名勝。想不到竟然從那裡入侵。

這下子果然沒辦法派遣增援部隊到港灣區去了。

「——哎呀，團長的伯父大人擁有優秀的戰術眼光哦。」

帶著些許調侃口氣的聲音從旁邊靠了過來。

騎兵長——佐福雷庫。他已經把部隊交出去，並且派遣去防衛市內了。

「察覺敵人襲擊，漂亮地集合起士兵。我們都不知道臉該往哪裡放了。」

「純粹是運氣好。我相信這也是信仰的保佑。」

芭特謝聽著馬連與佐福雷庫的對話，同時思考了起來。

事態變得更加急迫了。但既然發現敵人的本隊，就可能讓這種狀況平息下來才對。要說有什麼問題的話——

「伯父大人，我想掌握更加正確的情報。發現那些敵人的人在哪裡？」

「是幽湖市防衛部7110部隊。雖然有好不容易存活下來的成員，但遭遇敵人時受了重傷，目前沒辦法說話。我讓副官來報告吧。」

「了解了。」

芭特謝再次行了拜禮。

「芭特謝，這次全靠你們了。」

伯父依然保持嚴肅的表情，嘴角卻微微上揚。

「尤其是有妳在真的讓人很安心。軍部跟神殿沒有空起內鬨了。應該算是不幸中的大幸吧

——希望能克服這個難關，讓我們更加團結。」

接著馬連・基維亞就比劃著聖印。

「希望聖瑪哈伊謝爾能保佑我們。」

沒有任何奇怪的地方。聖瑪哈伊謝爾是傳說中的人物，第一次魔王討伐時神殿的指導者。神殿相關人員在祈求武運昌隆時幾乎都會使用他的名號。聽說伯父也很崇敬祂。

但芭特謝卻因為這個名字而反思。

瑪哈伊謝爾的姓氏是傑爾科夫——那是出身北方者之間使用的稱呼方式。中央以及除此之外的地域都發音為傑爾庫夫。

產生懷疑的契機就是從這裡開始。

圖伊・吉阿就在眼前了——所以我就抱著泰奧莉塔迅速跳了起來。

不從誘人進入而敞開的大門入內。

我掌握了西基・巴烏手中雷杖的射程。為了讓他們認為我要從正面突破而靠到極近的距離，最後才往右邊跳來錯開瞄準。包圍圖伊・吉阿的牆壁成為我的盾牌。

「樓梯，拜託了。」

「好的。」

往地面踢去，直接爬上牆壁。這是很簡單的事情。泰奧莉塔在空中一摸後，劍就像從牆上長出來一樣出現，能夠把它們當成立足點。藉此整個錯開對方預想的入侵地點。

但這種程度的移動仍在對方的預測範圍之內吧——實際上越過牆壁跳進去後，門內側也確實地配置了戰力。對方連這種小地方也沒有絲毫鬆懈。

一眼望去盡是異形的群體。看準我們降落的地方湧了過來。

「想不到竟然只有兩個人就衝進由魔王現象支配的要塞。」

我刻意開了個小玩笑。因為不這麼做的話就撐不下去了。

「太好笑了。沒有『女神』的保佑絕對不可能獲勝。」
「那麼，你一定會贏吧。」
泰奧莉塔回應了我的玩笑，然後硬是發出笑聲。
「因為你早就得到我的保佑了。」
「說得也是。」
我們趴到地面，看著湧過來的敵人。
首先是被稱為凱爾派的異形，牠們是一群包裹著海藻的野獸般怪物。軀體大概有人類的大小，四肢都長著鉤爪。會撲到其他生物身上以鉤爪來攻擊，或者分泌能融化肉體的黏液來殺死敵人。跟牠們打近身戰會很麻煩。由於不清楚能給予致命傷的內臟在哪裡，所以真打起來的話會很棘手。
也就是說，這些傢伙是被派來拖住我們的腳步。
堡壘上不只有「鐵鯨」，還有拿著雷杖的哥布林。雷電雨隨著刺耳叫聲一起發射過來——只要停下腳步就會成為犧牲者。我迅速丟出小刀，讓其中一隻凱爾派爆炸並且直接穿越。
目標是堡壘。距離還有一百多步。我從正面捕捉到「鐵鯨」。雖然看不見西基．巴烏與普佳姆的身影，不過他們也會混在這個群體裡面攻過來吧。
（說真的，這不是一個人能應付的數量。）
只不過，我身邊還有泰奧莉塔在。他們不可能知道她精密的召喚能力。

「泰奧莉塔。按照預定，首先是第一次。」

「嗯。」

聽見我的呼喚後，她像是很開心般做出回應。

我們事先已經討論過了。把應該做的事情告訴泰奧莉塔。總共三次召喚。再來就只能祈禱事情能按照預定發展，然後把所有事情完成。

「對手是那些異形的話……我就可以盡全力！」

金色頭髮隨風飄盪並且爆出火花。

好幾把劍從虛空中出現，然後像是要刺穿凱爾派一樣正確地從天而降。沒有異形能夠躲開。劍貫穿所有凱爾派，把牠們釘在地上。就算不是致命傷也沒關係。能夠停下牠們的行動，不要來阻撓我們就可以了。我就可以自由地穿越牠們。

「鐵鯨」發射的砲擊因此完全失去準頭。在寬廣範圍肆虐的火焰暴風只是輕撫過我的背部。

「嘖。」

西基．巴烏發出咂舌聲。

我一直線朝著「鐵鯨」所在的堡壘前進。如此一來，西基．巴烏也只能繞過來阻止我的移動。因為被拉近距離的砲兵根本無用武之地。周圍的凱爾派全部被釘在地上無法動彈。我就像在屍橫遍野的無人荒野中奔跑般跳躍著。

眾哥布林從堡壘發射的雷杖光芒從天而降。但牠們的瞄準太蹩腳了。只要持續移動讓牠們無法專心瞄準就無法擊中目標。閃光掠過臉頰，就算讓腳尖前方燒焦，也無法直接擊中我。

「泰奧莉塔！第二次，可以抵達吧！」

「不用懷疑。相信我的奇蹟吧。」

虛空中爆出火花，泰奧莉塔全身發燙。

無數的劍現身——出現在堡壘上方以及眾哥布林頭上。因為有點距離，所以瞄得不是太精準，但這樣就夠了。召喚出來的劍刃群讓眾哥布林陷入恐慌狀態。要讓敵人集團無力化，並不一定需要必殺的威力。

（怎麼樣。只是找來一大堆怪物根本沒意義吧？）

這就是「女神」與聖騎士的力量。

只有兩個人就能抵過幾千名敵人。只要戰鬥就必定能獲勝。那些傢伙無法理解這一點。

「太完美了，對吧？真不愧是我！」

泰奧莉塔很驕傲般說道。

狀況就這樣一口氣變得緊張。「鐵鯨」把右手的砲對準我，其砲口再次發出亮光。我把一隻凱爾派的屍體當成盾牌，然後把身體壓得更低，試圖從那傢伙的視線中消失。但那具屍體唐突地碎裂並且被轟飛。漆黑體液爆散開來。

可以看到鋼鐵編成的繩子從屍體後面伸過來。試圖把我連同凱爾派的屍體一起撕裂嗎？

（來了。）

心裡這麼想著。是西基．巴烏。彷彿在阻擋我跟「鐵鯨」之間一樣插身進入。

距離一口氣縮短。一對一。我等很久了。

西基．巴烏擺出把右手往前伸這種獨特的戰鬥姿勢。其護手的形狀崩壞，變成一整條黑色鋼繩。然後繩子就像要包圍我跟泰奧莉塔一樣張開。

（凶暴的傢伙。）

我露出苦笑，跟女性暗殺者正面對峙。

「別開砲啊，『鐵鯨』！」

西基．巴烏這麼說。

「這樣的距離就由我來解決他。」

右手的護手。上面的鋼繩開始編出利牙的形狀——所以就只能看準這個瞬間。我告訴泰奧莉塔要開始下一個作戰。

「泰奧莉塔，最後了！」

「好的。第三次！」

她這麼表示。黃金色頭髮發出光芒。從空中召喚出幾把劍來。

但那不是用來攻擊。是用來纏住西基．巴烏正在成形的鋼繩，藉此妨礙其動作而出現的劍。

「嘖……！」

可以感覺到西基．巴烏綳起臉來。傳出了啪嘰啪嘰的聲音。右手上的鋼繩在空中陷入機能故障的狀態。不死心的她試著用剩下來的左手展開迎擊。

只不過，已經是至近距離。周圍沒有可以動的敵人。凱爾派們都被釘住，還要一段時間新的敵人才會抵達。如果對手是異形，泰奧莉塔也能保護自己。

因此靠到這麼近已經足夠了。我拍了一下泰奧莉塔的肩膀。

「這樣就可以了。背後就交給妳。」

「嗯。」

泰奧莉塔放開我的手，跳著與我拉開距離。

「交給偉大的『女神』吧！」

同時往空中一撫，召喚長劍，貫穿一隻自暴自棄而衝過來的哥布林。

再來就是我了。需要的是膽量與鬥志。我乘著突進的速度，用身體朝西基・巴烏撞了過去。衝過去後抓住對方胸口。往前傾來讓對方失去平衡。

「你們幾個真讓人羨慕。」

我為了接下來要發生的事情做準備。

可以知道西基・巴烏瞪大了眼睛。應該是忍不住看向天空了吧。

「有只要說住手就會確實住手的伙伴對吧？」

但我們就不一樣了。

從空中降下火焰——咆哮、藍色翅膀。妮莉的眼睛與傑斯。一切都在一瞬間發生。

西基‧巴烏也展開左手的護手，試著從火焰底下保護自己，但根本辦不到。

她發出悲鳴並且往後仰。

「咿——」

（哪能讓妳得逞。）

我縮起身體，更加用力抓住西基‧巴烏的胸口。把她當成抵擋火焰的盾牌。悲鳴變成尖叫。我雖然也想大叫，但好不容易忍了下來。然後我就在跟她一起被火烤的情況下聽見了。

「怎麼樣啊，賽羅？」

傑斯發出這樣的聲音。

「得救了吧。要感謝我跟妮莉啊。」

決定之後再抱怨這種行為。我用盡全力，起動飛翔印把西基‧巴烏的身體往旁邊踢開。可以看見「鐵鯨」的漆黑鎧甲了。

現在要對付砲兵還太遠了。目測大約有八十步的距離吧。推開凱爾派群，躲過哥布林們用雷杖進行的射擊，撐過「鐵鯨」的砲擊，然後才抵達該處——一般來說，就算擁有飛翔印，這也是極為困難的事情。

（要縮短這樣的距離實在不可能——你也覺得實在太遠了對吧？）

這時「鐵鯨」已經把右手的砲身對準這邊。聖印的光芒閃爍。砲擊要來了。但已經太遲了。

「萊諾！」

脖子上的聖印應該傳達了我的發言。

「可以了吧。充分瞄準了對吧？」

「那是當然了。」

頭上發出亮光。壓倒性炫目的光芒炸裂。我想著彈的一瞬間，「鐵鯨」應該看向天空了。

「計算結束了，對方的注意力也被錯開。這樣就沒問題了。」

萊諾以讓人覺得厭煩的爽朗口氣這麼表示。

「要摧毀嘍。」

連續的爆炸形成巨響。兩發、三發、四發——還有更多。超過十發砲彈飛了過來。「鐵鯨」試著用自己的砲擊來擊落最初的一發，而且還成功了。這傢伙可能是技術強大到令人難以置信的砲兵。

但也僅只於此。

「搞什麼——」

「鐵鯨」這麼說道。

「這個砲兵是怎麼回事？竟然——能夠進行如此正確的砲擊。這傢伙是……！」

這就成為他離世前的最後一句話。

萊諾發射的其他砲彈，全都直接擊中了圖伊・吉阿。

連續的巨響。高塔搖晃。其底部粉碎，可以看出塔開始傾斜並且倒塌。「鐵鯨」所在的堡壘被刨除並且崩塌，揚起了一大片土塵。在被土塵淹沒之前，可以看見「鐵鯨」漆黑色的甲冑已經被壓扁並且粉碎。

異形們逐漸被倒塌的瓦礫吞沒。站在這麼遠的距離的話就可以做壁上觀。不必擔心被崩塌的底部波及，也能輕鬆躲開掉下來的瓦礫。

「命中了吧。」

萊諾以沉穩的口氣如此發言。明明完成如此困難的工作，他卻還是泰然自若。

那是超越常識的長距離砲擊。憑萊諾的技術可以辦得到。我確信他能從那座倉庫的屋頂以砲擊命中目標。

萊諾說過砲擊是數學。只要能掌握適切的變數，就能藉由計算來得知該次砲擊是否能夠成功。而那個傢伙就斷言這次的砲擊可以成功。

因此就讓他加以實行。

「你──你在做什麼啊，賽羅！」

巨大的雜音當中，可以聽見貝涅提姆的聲音混在裡面。

「塔好像崩塌了耶！」

「嗯。是弄塌了，因為萊諾的砲擊。」

「為什麼要做這種事呢！這下子我該找什麼藉口才好！」

「全部都是魔王現象不好。隨便找個藉口就可以了。」

「什麼隨便──賽羅！拜託跟我一起思考一些感覺不錯的藉口──」

「我這邊現在很忙，之後再說。」

貝涅提姆似乎叫喚著什麼，但現在沒空理他。我把他的聲音從意識裡趕走。

我所思考的圖伊．吉阿攻略手法，其實簡單到讓人無法相信。也就是以無法忽視的地面佯攻，以及利用空中的支援來綁住敵人所有戰力。決定勝負的關鍵則是來自長距離的準確砲擊。說起來，不論是再怎麼有用的建築物，只要有異形化的危險，那直接拆掉就對了。

但是並非一切都結束了。還剩下一個最重要的敵人。我看見土塵後面有東西在搖晃、蠢動。

接著一閃。

「泰奧莉塔！」

真的是千鈞一髮。像是紅色鐮刀，或者鉤爪的某種東西撕裂土塵往這邊攻來──我阻止了它。兩手抽出小刀，以左手的刀刃進行防禦。

「嘰」一聲，鋼鐵傳出沉悶的撞擊聲。連續響起兩三次。我用小刀擋下了那個東西。

……不對，有點太誇大了。那一擊實在太快也太強。我好不容易才能擋下來。但是撐不住，手臂與肩膀遭到撕裂──不對，傷口還很淺。疼痛感也不嚴重。

「可惡！」

為了反擊而反手握住砍出去的小刀沒有任何感觸。馬上就知道為什麼會這樣。

「……好厲害的反應速度。」

曾經聽過的慵懶聲音。是普佳姆。

「沒想到能夠擋下剛才的攻擊。確實值得尊敬。」

從土塵後面看見巨大的紅色影子。那是穿著不祥紅色鎧甲的巨人。一開始還以為是高塔崩塌後的殘骸——但並非如此。萊諾不會幹出這種半吊子的事。

那是一件比我高出數倍，必須抬頭仰望的巨大甲冑。也比傑斯騎乘的妮莉大出一倍。彷彿要塞一般的重裝步兵。可以看到那套裝甲的表面冒出紅黑色泡泡並且膨脹著。

原因是出自腳底。看起來像是從異形的屍骸吸取流出的血液——原來如此，是血液嗎？這傢伙的巨軀是用血液形成的嗎？

那件鎧甲，也就是普佳姆發出了沉悶的聲響。

「賽羅．佛魯巴茲，可以的話不想跟你戰鬥。我知道你是非常難以對付的敵人。可不可以只留下『女神』就這樣撤退呢？」

「真是劃時代的條件耶。」

可以知道背後的泰奧莉塔身體整個繃緊。從她的頭髮斷斷續續地爆出火花。她的體力應該逼近極限了。

「你們就這麼想殺掉泰奧莉塔嗎？」

「是啊，不惜任何代價。」

普佳姆這麼表示。

「那個『女神』是絕對要處理掉。只有對於她，我不會覺得可憐。」

「這樣啊。」

對方甚至表示不惜任何代價。如此固執的念頭究竟從何而來？

現在想起來，在這個幽湖市，泰奧莉塔就是事件的中心。總之就是存在拚命想要殺了她的傢伙。也就是魔王現象。所有的魔王以及其相關勢力，都覺得泰奧莉塔相當礙眼。

（泰奧莉塔絕對有什麼讓他們必須這麼做的原因——如此一來……）

是聖劍嗎？只有劍之「女神」擁有的，特別中的特別。

（只能上了。）

我回頭看向背後。

泰奧莉塔正看著我。臉上帶著確信的表情。燃燒著火焰的眼睛以及爆散火花的金黃色頭髮。

那個傢伙只有一個願望。在如此近的距離下，我能感覺得到。

「我毫不懷疑。」

泰奧莉塔出聲這麼表示。

「所以一定會獲勝——絕對會平安無事。在天亮之前要讓一切結束對吧？」

「我知道。幹掉魔王，這就是勇者的工作。也就是說……」

我將小刀在手裡轉了半圈。重新握好，把前端對準普佳姆。

「現在立刻給我滾，臭傢伙。」

「太遺憾了。看來必須殺了你才行。雖然會是一場艱難的戰鬥——」

巨大手臂隨著沉重的嘆息聲抬起。

「但只要稍微有一點能殺掉『女神』的可能性，就值得一試。」

雖然看起來像是隨手一舉，但是從手的指尖射出血液。畫出圓弧形，像是鐮刀般飛了過來。

這只能閃躲了。我起動飛翔印，抱著泰奧莉塔跳了起來。接連不斷地跳著來躲開毫無間斷地飛至的刀刃。

沒辦法一直受到如此強力的攻擊。剛才光是擋了兩三下就已經是極限了。幸好這個叫做普佳姆的傢伙，是會先勸對方投降的超級外行人，我才能喘口氣。

但是——光是專心迴避，是沒有多餘的心思能縮短距離。

（那傢伙知道泰奧莉塔的「聖劍」。）

能消滅任何事物的特別之劍。

只要能開始近身戰，就絕對能幹掉對方。就連那個不死之身的魔王「伊布力斯」都能消滅，所以這樣的宣傳詞絕對沒有錯。對方當然會想辦法不讓我們靠過去戰鬥。

「傑斯！」

我觸碰脖子的聖印，發出怒吼。

「快點援護我，你從空中可以攻擊他吧！」

「笨蛋，別開玩笑了！攻擊也往這邊飛過來了，加上因為土塵而看不太清楚。難道說，可以連你們一起烤焦嗎？」

「當然不可以！雖然不可以，但是……」

狀況陷入膠著。飛來的血刃看來是以傑斯作為目標。對方可能是擁有驚人能力的魔王現象。

「萊諾！你在發什麼呆啊！快點全力射擊！」

「很遺憾的是我也看不清楚。已經重新計算過了，但是沒有能準確擊中目標的自信。」

「別管那麼多，射就對了。可能會偶然有一發命中目標也說不定！」

「那樣的可能性大概趨近於零──」

「趕快發射就對了啦！快點！」

或許是我的怒吼發揮效用了吧，砲擊聲開始響起。不過，我當然也不是真的認為能夠擊中普佳姆。目的之一是為了擾亂。只要稍微讓對手分心就可以了。

我集中精神，看著普佳姆在土塵後面朦朧的巨軀。

大約五十步的距離，卻讓人覺得遠到相當無奈。就算是這樣……

（誰怕誰啊，看我的吧。）

下一波迫近的三四發血刃。

我瞪著它們並且投擲出小刀。爆炸產生閃光。薩提・芬德起動，破壞、轟飛了血刃。我全力趁著用這個方式產生的空檔往前衝──原本是打算這樣，但是在最後一刻被泰奧莉塔阻止了。

「賽羅！當心背後！」

她的手指撫過虛空。

火花。劍被召喚出來插在地面。

途中傳出「啪鏘」的硬質聲響。某種東西被彈開了。靠著跟泰奧莉塔共有的感覺，我知道了那個東西的真面目。是用血做的箭。從地面被發射出來。

（這個臭傢伙。）

我在這個時候注意到了。地面被快要盈滿的血液弄濕了。

普佳姆發射血刃，每當我閃過它們，就會增加飛濺到地面的血液。這些血液發出咕嘟咕嘟的聲音起泡蠢動著，像是擁有意志般聚集起來，變成普佳姆那個傢伙的武器來對我發動攻擊。

它們有的像箭，有的像長槍一樣——然後又有的變成擁有利牙的大蛇襲擊過來。速度相當快。由於蛇會追蹤，所以無法完全躲開。被咬中了。小腿傳來鈍重的疼痛感。

「嘖，該死……！」

血蛇立刻被泰奧莉塔呼喚出來的劍砍斷。相當迅速的對應。差點跌倒的我終於穩住身形，但腳底卻覺得特別黏。

（跳不起來。真的假的？）

這一帶已經變成像是由流動的血液所形成的沼澤。而這些血液更是束縛了我的腳。

「動作停止了……」

普佳姆說出其實不用說的事情。

「現在，在這裡殺了泰奧莉塔——」

周圍的血沼開始蠢動。冒泡、晃動。紅黑色槍尖緩緩開始伸長。普佳姆本人也舉起雙手。似乎準備施放必殺的一擊。

「不惜任何代價都得殺掉妳。」

「嗚。」

那是極度純粹的殺意。泰奧莉塔發出聲音後屏住呼吸來看著我。

「賽羅。我——」

「笨蛋，別露出那種表情。」

我忍不住笑了起來。像是不自量力地想給女神加油打氣。

「妳是『女神』啊，只要相信妳的騎士擺出傲慢的態度就可以了。要相信我是無敵的。普佳姆那個傢伙，作為一個暗殺者也完全是個外行人。」

我已經注意到了。

剛才著地時之所以差點失去平衡，不只是因為血漥所造成。是因為腳底的地面傾斜。我希望造成的狀況終於完成了。

「時間到了，普佳姆。」

傳出嘩啦的水流聲。

是海水流進來了——這本來就是理所當然的事。

像圖伊．吉阿這種規模的建築物傾倒，再加上萊諾胡亂轟出的砲擊。突出在海面的這塊土地，其支撐的柱子傾斜、崩壞的話，海水當然免不了會入侵。目前已經整個淹到我們腳邊。血液就這樣被海水沖走。束縛我雙腳的血窪也無法抵抗逐漸盈滿的海水。

「原來如此。」

普佳姆絲毫沒有動搖地這麼呢喃著。

「時間到了嗎？但是——還沒完……！」

普佳姆雙手往下揮落。特別巨大的血刃飛了過來，而且是好幾道。我濺起水花跳了起來，鑽過要是被打中應該會被切成兩半的巨大鮮紅鐮刀。最後投擲浸透爆破印的小刀，把實在無法躲開的其中一把血刃轟飛。

穿越光芒與巨響，以畫出圓弧般的軌道靠近普佳姆。

「穿血。」

普佳姆用手指著我。從牠手指前端發射出一道紅色閃電。不過那只是看起來像而已。實際上應該是射出血箭吧。速度相當之快。

只不過，不可能擊中進入集中狀態的我。

雖然掠過身體某處，但是不加理會直接前進。只要能做到就絕對能獲勝，因為我身邊有泰奧莉塔。

「賽羅！剛才的攻擊讓你受傷——」

「別在意。」

現在的我能看得見。一部分跟泰奧莉塔重疊在一起的感覺確認到了。混雜著海水的血液——對方想盡辦法把它們聚集起來，試圖製造出某種武器。下一個著地地點。

投擲小刀，在它完成前將其轟飛。

（狀況不錯。）

過去曾經進行過這樣的戰鬥。內心感覺到有某種東西回來了。

像我過去是偉大的英雄那樣挑戰魔王現象，絕對不允許落敗。所以要再試一次。這次一定會順利成功。

「賽羅・佛魯巴茲，你真是太了不起了。」

普佳姆像是要歡迎我一樣張開雙臂。

「你的事蹟一定會成為一首偉大的英雄詩。可以的話我很想看看——」

紅色手臂大動作往上揮。血液呈漩渦般捲動，連盈滿地面的海水一起捲上來。

「旋血。」

隨著普佳姆的低聲呢喃出現了血的旋風。發出低吼到處肆虐。不用試也知道光是被碰到就會成為致命傷。

（跟牠正面硬碰硬的話，是相當難纏的對手。）

但牠已經不構成威脅。因為我身邊有劍之「女神」泰奧莉塔。

「上吧。」

泰奧莉塔一這麼呢喃，就有強烈的火花在虛空中爆散。

「就這樣讓一切結束。」

「最後一擊。撐得下去吧？」

「嗯。就算逞強，也必須要你繼續努力下去！」

「真敢說耶。」

笑了一下後，我也再次向前躍起。就像是要衝進普佳姆產生的旋風裡一樣。

「我的聖劍能夠摧毀萬物。」

從虛空中呼喚出劍來。聖劍。像是會自己發出銀色光輝般的雙刃單手劍。劍身之外的部分沒有任何裝飾。模樣平凡到看起來會讓人覺得只是由無名小卒打造出來的劍。

我一抓住它就從正面往下砍。一劍把血旋風砍成兩半。

甚至覺得光芒在眼前炸開。

總之就是時機掌握得恰到好處。原本這就是唯一的問題——泰奧莉塔大概只能在一次呼吸的時間裡維持這把劍。不過這樣就夠了。聖劍往下揮落的劍刃斬斷普佳姆產生的血旋風並且將其消滅。

據說沒有這把劍無法消滅的東西。

就連沒有外形的東西都沒問題。劍不允許有無法消滅的存在。

「這就是……！」

急遽縮短與普佳姆之間的距離。

「這世上的終結聖劍嗎？」

那傢伙讓左手變化成巨大的劍。我只要從正面加以迎擊就可以了。

只有一閃。將聖劍往上砍，讓銀色尖端觸碰到普佳姆轟落的鮮紅巨劍。

——光是這樣就夠了。

強烈的光芒刺激著我的眼睛。光芒強烈到甚至讓我覺得有點頭痛。它燒焦了夜晚的大氣，眨眼間就把敵人消滅。

普佳姆沒有發出悲鳴。大氣發出「呼哦」一聲低吼，閃電在空間中炸裂，只有被它們戲耍的土塵旋風殘留下來。我眨了好幾次眼睛。像是喝醉酒一樣，腳底傳來虛浮的感觸。手中的劍只留下藍白色火花就失蹤了。

巨大的血鎧甲消失得無影無蹤。只聽見海水不停流入的轟轟聲。

「泰奧莉塔。」

我差點就要跪下去，好不容易才支撐住。現在是分享勝利的喜悅，稱讚偉大「女神」的時刻。

「成功了。」

「……嗯。這是必然的結果。」

泰奧莉塔傲慢地這麼說完，蒼白的臉上就露出微笑。

就這樣，總算在天亮之前把事情解決掉了。

刑罰：幽湖・切古港灣避難救助 7

普佳姆消滅之後，占據高塔的異形們就開始撤退。
令人擔心的是泰奧莉塔的身體狀態。
召喚出那把聖劍之後，她似乎就再也無法行動了。
我讓她靠著我的肩膀，好不容易才走出逐漸被水淹沒的圖伊・吉阿的大門。泰奧莉塔的臉色蒼白，全身不斷爆出大量的火花。因為這樣的放電，讓她的頭髮像是在發光一樣。
「……幹得漂亮，賽羅。」
即使在這種狀態之下，泰奧莉塔還是傲慢地這麼說道。
臉上甚至還試著要露出笑容。
「但我也很厲害對吧？」
不用說也知道她想要的是什麼。她就是為此而戰。
「……我允許你摸我的頭並且稱讚我。盡量崇拜我吧。就說不愧是『女神』、不愧是泰奧莉塔……」
或許是邊說邊感到不安吧，她以窺看的模樣注視著我。

「對吧？」

「是啦。」

我開始撫摸泰奧莉塔的頭。或許有點粗暴。火花讓我的手掌感到疼痛。

「不愧是泰奧莉塔。真的很有骨氣哦。」

「我值得倚靠吧？」

「非常值得倚靠。妳真的是很了不起的『女神』。」

我突然想著「泰奧莉塔雖然有點極端，不過或許每個人都是這樣」。我們順利完成某個工作時，每個人都會想得到稱讚。希望能聽到伙伴說「你真是可靠」。應該有人會覺得這就值得賭上性命了吧。

「……啊。」

泰奧莉塔突然發出聲音。越過我的肩膀指向背後。

「賽羅，你看那個……」

我也看向該處。

因為圖伊‧吉阿倒塌而讓附近全是揚起的土塵，就在土塵的後方——巷弄深處。有某個人站在那裡。

是一道嬌小的人影。是小孩子嗎？一定是少女吧。年紀看起來比泰奧莉塔還要小。好像拖著什麼巨大的東西，踩著踉蹌的腳步往這邊靠近。

「……救命！」

那個少女這麼說道。

她帶著快哭出來的表情，而且剛才應該哭過了。衣服被大量的血弄濕了。是受傷了嗎？等等——不是受傷。

我看出少女拖著什麼東西了。

那是一個人。成年男性。胸口附近破洞，不斷有血流出。少女的衣服上可能就是這個男人所流的血。女孩搖搖晃晃地從巷弄深處走過來。男人則是一動也不動——少女像是用盡全身的力氣，好不容易才把他搬到這裡來。

我心裡想著「這下麻煩了」。包含已經來到極限的泰奧莉塔在內，需要護衛的對象又增加了。

我數著殘餘的小刀數量。三把。必須謹慎地使用了。

「請救救我們！爸爸他……」

少女發出嗚咽聲。

「爸爸他沒辦法動……怪物……怪物把爸爸給……」

「放心吧。」

這麼回答的是泰奧莉塔，她硬是在沒有我支撐的情況下站立著。

「已經沒事了。」

泰奧莉塔這麼表示。原本虛弱的聲音變得非常堅強。

「在這裡的是『女神』泰奧莉塔以及吾之騎士賽羅・佛魯巴茲。我們會保證妳的安全。」

泰奧莉塔就這樣朝渾身是血的女孩靠近一步。

「必須趕快治療那位傷患。妳跟其他人走散了嗎？妳叫什麼名字？」

「我……」

少女的身體一個不穩。

剎那間，似乎要跌倒的瞬間，我看見了。所有感情都從少女臉上消失。

（糟糕！）

這麼想時已經來不及了。

她靠泰奧莉塔太近了。才在想少女的腳步不穩，她就開始加速。我真是個笨蛋。太粗心了。

是因為太累的關係嗎？這樣的藉口能得到原諒嗎？

（別開玩笑了，賽羅・佛魯巴茲。）

我祈禱能夠來得及。究竟是向誰祈禱呢——我事後才注意到這一點。賽涅露娃。現在已經在遙遠記憶當中的女神。

即使如此，現實還是相當無情。慢了一步的我不可能來得及。

少女的手往上揮舞。是小刀嗎？厚實又銳利。泰奧莉塔這時沒有發出悲鳴，只是瞪大了眼睛。然後，下一個瞬間。

「砰」一聲空氣碎裂般的聲音。

「——啊。」

接著是渣布有點尷尬的聲音。

「糟糕。射中小孩子了？……咦……？」

「為什麼突然幹出這種事啊，渣布！」

接著是貝涅提姆的悲鳴。

「你是射擊了平民嗎？你是笨蛋嗎！」

白色閃電射穿了全身是血的少女。

少女浮現驚愕的表情——也難怪她會這樣。從難以置信的距離飛來的閃電，粉碎了少女一半的上半身。左半身從肩膀到胸口的肉體整個炸裂了。

事後才聽說，那好像是渣布就定位後所發射的第一擊。

渣布本人表示：

「因為看到泰奧莉塔小妞跟老大受到襲擊。」

他就是這麼說的。

雖然不清楚是什麼原理，不過他的判斷相當正確。

「怎麼可能……」

少女發出呻吟。

「有這種事……」

那傢伙即使快要倒地，都不放棄要攻擊泰奧莉塔。

在上半身被刨開的狀態下竟然還能如此行動，這絕對不是人類能辦到的事。少女踩著虛浮的腳步前進，發出了呻吟聲，將平安無事的另一半身體伸長到極限來刺出小刀——幾乎就快碰到泰奧莉塔。這時響起硬質的聲音。

這個瞬間，我全力把少女的身體踢飛出去。

上半身斷裂後往外飛去。這樣就結束了。

泰奧莉塔當場癱倒。我在她倒地之前接住她的身體。

「喂——泰奧莉塔！看著我。妳剛才沒受傷吧？」

「賽羅……」

臉色蒼白的她，露出雖然在抽搐但是很清晰的笑容。

她的手上握著一把似曾相識的小小匕首。是在攤販買的那把嗎？它的刀刃看起來只能拿來切水果。

「看來……有必要好好地學習運用這把武器的方法。」

「妳用這個擋下攻擊的嗎？」

用這種像是玩具般的物品。

我深深吸了一口氣，然後看向那把小刀。

「得買一把更好的才行……我來訓練妳吧。」

對方獨自前來攻擊泰奧莉塔。還用這種奮不顧身的襲擊方法。讓我產生了完全豁出去的印象。果然對於魔王現象來說，泰奧莉塔是相當特別的威脅。到底是為什麼？是因為她能召喚聖劍嗎？還是有其他的理由？

總而言之，有種我——我們懲罰勇者部隊被強行推上重要位置的感覺。

（保護泰奧莉塔。）

開始有種這件事帶著異常重要性的強烈感覺。

（賽涅露娃，「女神」大人的要求總是這麼嚴格呢。）

我對著不在這裡的某個人抱怨著。然後彎下身子幫助泰奧莉塔站起來。

「走吧，回去了。回到那群不三不四的狗屁傢伙身邊。」

「嗯，因為那裡是我們的容身之處。」

雖然仍在發抖，泰奧莉塔還是把頭伸過來。

「在那之前，你應該知道吧？」

「……我知道。」

「那就全力而且徹底地稱讚並且崇拜我吧！」

——就這樣，我們完成了圖伊．吉阿攻略戰。接下來就是後方要開始工作了。

◆

萊諾在倉庫進行砲擊之後，跟達也一起把避難民眾送到據點。

但萊諾之後就留下砲甲冑並且消失了一段時間。而這也被視為違反命令，於是再次接到關入懲罰房的命令。

而抵達據點的避難民眾大約有一百三十名。

沒有任何死者。

雖然被陷入混亂、恐慌狀態的異形襲擊，但負傷者也很少。依照體格健壯者、有些過胖者的順序排列總共有九人。全都是男性。

全都是受到異形的攻擊，四肢或者身體的一部分出現缺損，不過無人死亡。

雖然有人主張他們是刻意被當成誘餌，但是沒有明確的證據。

只不過，身體缺損的負傷者，其體積幾乎就跟同年代的女性或者瘦削男性差不多。

◆

這一天，第十三聖騎士團正在商業地區奮戰當中。

而且幽湖市的警備兵與武裝神官們也是一樣。

芭特謝率領的部隊迅速地對應、排除眾異形。狙擊兵阻止異形行動，騎兵加以衝散，再由步兵進行壓制。雖然只有這一種基本戰法，但以這種形式分散部隊還能如此有條不紊應該就是芭特謝身為軍人的實力。

另外幽湖市警備兵與武裝神官們也確實地保護了市民。如果說聖騎士團是攻擊部隊，那他們就是防衛部隊的主力。

指揮這些部隊的——好像是馬連．基維亞大司祭。據說他親自站在陣頭指揮的模樣，徹底顛覆了一般人對於神官的印象。

至今為止，神殿在與魔王現象的戰鬥方面都顯得有些消極。雖然有從軍神官，但與其說他們是參謀，倒不如說比較像是調律聖印的技術人員。

即使身為大司祭卻還是站在最前線的馬連．基維亞，可以說獲得了廣大市民的支持。

實際上從戰術上的觀點來看，馬連．基維亞的指揮也是相當優秀。

戰力配置十分合理，總是能夠事先破壞異形們的戰術。

受害範圍因此沒有繼續擴大，就結果來看，可以說是他們的努力守住了港灣都市幽湖市。

然後——

◆

幽湖市的下水道像是迷宮一樣錯綜複雜。

因為是更改了舊王國時代的遺跡，一邊整備一邊加以使用的緣故。

雖然通往都市外部的要衝是由人類的軍隊所管理，但是繼續前往深處的話，就幾乎沒有任何監視的機制了。

尤其是對於魔王斯普利坎來說更是如此。

牠的身體受到了嚴重的傷害。全是那個狙擊害的。為了殺害「女神」所採取的方法應該很有機會成功。已經十分靠近目標的「女神」，還差一點就能破壞她的肉體了。

那個閃電般的狙擊打亂了一切的計畫。

寄生之後拿來使用的肉體實在太過脆弱了嗎？作為利迪歐・索多力克親信，名為伊莉的少女——直接把她的肉體拿來使用。

魔王斯普利坎是擁有寄生於其他生物能力的魔王現象。其本體甚至比一隻老鼠還要小。擁有寄生在其他生物、占據肉體以及擬態等能力的魔王現象其實並不稀奇。

但斯普利坎的生命力特別強韌。

即使宿主遭到破壞而停止生命活動，也能從該處分離並且存活下來。再生能力也相當優秀。

只不過卻是對本體的低戰鬥能力全無辦法。那個時候不應該逞強，不去跟聖騎士戰鬥而是裝死逃走才是正確的選擇。

（現在只能專心修復損傷了。）

斯普利坎做出這樣的結論。

閃電的狙擊以及聖騎士的踢擊確實讓斯普利坎的本體也受到了傷害。

目前就一面修復肉體，一面從這裡集結異形的殘存勢力吧。即使人類比想像中更加善戰，市內的異形全都遭到殲滅也還是有反擊的方法。魔王現象能夠侵蝕周圍的生物與無機物。即使要多花些時間，只要像這樣創造出新的群體就可以了。

這是目前辦得到的最佳方法——

「啊啊……」

突然間聽見的聲音中斷了斯普利坎的思考。

那是人類的聲音。有人靠近了。

「你在那裡嗎，斯普利坎？受傷了呢，好可憐啊。」

斯普利坎看見該名人物。

那是一個體格相當好的男人。外表看起來完全像個人類，但表情很是奇妙。看起來——似乎正在微笑。但不清楚發笑的理由。

（怎麼可能。）

魔王現象心裡這麼想。如果是人類的話，是如何察覺自己的存在？

「覺得很不可思議吧。你不知道嗎？其實魔王現象在侵蝕周圍時，會有獨自的……怎麼說呢，總之就是一種『電波』。」

像是察覺到斯普利坎的疑問般，那個男人點了點頭。

「同族的話就能捕捉到那種電波，我就是藉此追蹤到這裡的。還離開自己負責的崗位。」

男人緩緩靠近。

斯普利坎無法動彈。受到的傷害實在太嚴重——最多只能稍微地上爬行。

「……我所犯的罪，在勇者部隊裡面好像是最輕最單純且最容易懂的。罪過這個概念雖然很困難，不過一定是這樣吧。」

雖然無法理解男人所說的話，但是能感覺到一股莫名的強烈不安感。對方一步一步縮短距離。

「殺害同族。我具有因此而感覺到快樂的性格……人類真的很厲害。這樣的個性『十分常見』，甚至還說這樣的動機『根本是無聊』……竟然說無聊哦，真的太厲害了。」

可以知道他正響著喉嚨發出笑聲。

「於是我便全面投降了。就是完全聽命行事的感覺。看著其他懲罰勇者的同伴，每天都讓我知道自己有多麼膚淺。」

「別過來。」

斯普利坎原本是想這麼說。

但是因為沒有人類的聲帶，所以不清楚究竟是不是正確地發出聲音。不過也可以知道男人完全不可能停下腳步的事實。

「……所以我才會拚了命地討好人類。只要是他們會高興的事情，我什麼都願意做。為了讓他們接受我也相當努力。因為只有這一邊有我的容身之處。」

「別過來。」

斯普利坎重複這麼說道。也沒有其他能做的事了。

「我正在學習他們的倫理觀念。開始了解對你們魔王現象來說，我就只是個殺人鬼。為了自己的快樂而殺害同族，屬於陳腐且無趣類型的罪人……」

「別過來。」

「但是對人類來說，我可能會成為英雄。也不會被問罪。這是為什麼呢？關於這個部分的道理我也正在學習當中，沒辦法跟你說明清楚。」

「別過來！」

「我拒絕。從剛才開始，你的聲音……」

那個男人很開心般笑了起來。環繞著脖子浮現出的聖印看起來很不吉祥。

「聽起來就很悅耳。能夠再發出更痛苦一點的叫聲我會更高興，真的非常興奮。現在很想花時間好好地殺掉你。」

接著他便伸出手，緊握住斯普利坎的腳踝。

「都忘了報上名字了。我是魔王現象『帕克．普卡』。使用這個肉體原本主人的名字，人類都稱呼我萊諾。」

◆

計畫失敗了。

沒辦法殺掉劍之「女神」，也沒辦法壓制整個城市吧。以結論來說，牠只能選擇徹底逃亡。也沒有多餘的心思去照顧斯普利坎。那傢伙應該平安無事才對——

（……懲罰勇者部隊……劍之「女神」還有「弒殺女神」的聖騎士嗎……）

一邊踩著虛浮腳步踉踉蹌蹌地走著一邊思考。血液不夠了。實在消耗太多。

（無法繼續執行命令。）

牠——也就是普佳姆正朝著城市外面走去。

（要脫離的話，就只能趁混亂的現在。）

幸好最後的賭博順利成功。才沒有被消滅，像現在這樣還活在世界上。

泰奧莉塔呼喚出來的聖劍，確實光是觸碰就能禁止任何事物存在。因此決定打從一開始就製造出巨大的血巨人，並且用它來戰鬥。聖劍消去的不過是普佳姆操縱的人偶。

但是，也因此而陷入消耗過多血液的下場。

（又讓吾王失望了。這是最難過的事情。）

想再次展開活動，應該需要補充大量的血液吧。在那之前自己根本派不上用場。

（那兩個人是威脅，確實值得尊敬。得有人想辦法解決他們才行。）

劍之「女神」加上閃電般的聖騎士。對魔王現象而言，那很有可能會成為致命的組合。

（要殺掉他們還需要更多的血。）

距離萬全狀態仍相當遙遠。補給的血液雖然充裕，但是品質就有問題了。如果是本來的普佳姆，操縱血液的速度、硬度、柔軟性等基本身體能力絕對強大到現在根本無法比擬。

但是，要恢復到這種狀態，就必須進行不是很願意的行為。

（果然不能用異形的血。）

普佳姆在黑暗的巷弄裡踩著瀕死病人般的腳步往前走。

（必須是人類的血——）

普佳姆短暫地閉上眼睛並且輕吐出一口氣。

事到如今也只能做了吧。結果自己還是不可能背叛「國王」。

◆

幽湖市的攻防就這麼結束了。

但最糟糕的事情是之後才來臨。

這一天絕對是某種轉捩點——這場戰鬥雖然獲勝了，卻反而加快人類被逼入絕境的速度。

刑罰：幽湖・切古港灣避難救助 原委

撤退到諾魯卡由建構起來的據點時，事態已經快要結束了。

這表示在市街區布下防線的聖騎士團與警備兵確實地完成了他們的工作。保護了所有能救助的避難民眾，並且開始掃蕩異形的戰鬥。甚至連逃到水路的異形都加以殲滅。

因此我們勇者的任務就暫時告一段落，達也才會當場蹲了下來。

達也接到待機指示的時候並不會完全停止動作。大多是在附近走動，或者用手指在空中比劃著，只是不清楚究竟是什麼意思就是了。像現在這樣完全停止，是因為聽見作戰結束的緣故吧。

「什麼嘛，賽羅。萊諾那個傢伙沒跟你一起嗎？」

傑斯這麼對我問道。

那個傢伙已經解開妮莉的裝備，開始清潔牠的表體了。完全是一副就算接到命令也不打算飛行的態度。

「那傢伙不會先回去了吧？」

我看了看妮莉旁邊的砲甲冑，看來主人不在裡面。泰奧莉塔也興致勃勃地窺探著那套甲冑。

「我們沒看到他哦。對吧，泰奧莉塔？」
「是啊……也就是說那個傢伙以肉身在某處徘徊嗎？這樣不是很危險嗎……？」
「呵！也就是說，再次無視命令單獨行動嗎？」
傑斯露出諷刺的笑容，然後回頭看向貝涅提姆。
「貝涅提姆，差不多該在那傢伙的脖子上加上項圈與鐵鍊了。可以任由那麼任性的傢伙在外面亂逛嗎？」
「傑斯你有資格說這種話嗎……」
如此回應的貝涅提姆看起來身體不是很舒服。
一看他的臉色就知道他相當疲憊。這種狀態似乎給他的精神很大的負擔。
「哎呀，放著萊諾先生不管應該沒關係吧？」
剛好從樓塔上面走下來的渣布露出輕薄的笑容這麼說道。
左手雖然仍綁著繃帶，不過只有這傢伙倒是元氣十足。但這也是理所當然。因為只有他一個人工作的時間最短。
「應該是在附近趁火打劫吧？或者是抓住異形虐待之類的。我曾經看過那個人把還活著的異形帶回去哦——對吧，鐸達先生！」
「好像說是要做成標本之類的……」
鐸達像是覺得很噁心般如此表示。

這傢伙老早就擅自結束工作，拿著酒瓶並且啃著起司與厚厚的培根。到底是從哪裡弄來如此奢侈的宵夜？到底哪來的這種時間？

鐸達的這種能力或許應該歸類為超常現象了。

「所以我也覺得擔心萊諾一點用都沒有哦。倒是我想回去睡覺了。」

「我也贊成。泰奧莉塔小妞跟老大都太善良了。應該說，你們不是有什麼弱點掌握在那個傢伙的手裡？」

「沒有啦，那個，與其說是純粹的擔心……倒不如說……」

泰奧莉塔稍微猶豫了一下。但最後還是說出口了。

「會在意他到底在做什麼。總覺得他很詭異。」

「正是如此。我們才不會擔心那種傢伙。」

我從鐸達的手裡搶走酒瓶跟一塊起司。這是南部的葡萄酒——而且應該不便宜。照這樣子來看，鐸達應該大賺了一票才對。

「啊！」

渣布也迅速繞到我身後，露出了「我也要排隊」的表情。

「老大，接下來換我！好久沒喝到南部的葡萄酒啦。」

「蠢貨。工作量最少的傢伙胡說八道些什麼。」

可以看到諾魯卡由扛著巨大木材走了過來。

那是刻畫著聖印的木樁。大概是會引爆的傢伙。如果不是諾魯卡由拿在手上，就是使用時必須特別注意的危險物品。

「渣布，你來得太慢了。接受獎勵的順序呢，鐸達之後是賽羅。然後是達也、傑斯、貝涅提姆。你這傢伙是最後一個。」

「咦咦？我還排在貝涅提姆先生後面嗎！」

「那是當然。你跟萊諾都有問題。尤其是萊諾，等他回來之後必須狠狠地責備他一頓才行。因為可能會對國防造成重大的阻礙。」

諾魯卡由像是無處可以發洩憤慨的心情般，以凶狠的眼神瞪著變成空殼的砲甲冑。他似乎打算一邊喋喋不休地抱怨，一邊開始進行整備工作。

「……可惡的萊諾，好不容易我們這支精銳部隊能夠全員到齊！竟然又開始單獨行動。饒不了他，虧我準備了激勵大家的發言……」

「啊！真是好險。我現在可能第一次感謝起萊諾先生了。」

「不必淪為受到激勵的下場真是太好了……我覺得那大概可以稱做拷問了。」

「因為陛下的演講會連國家的構想都要你聽完。有比那個更沒意義的時間嗎？」

「……喂。不想管你們的事情，我應該可以走了吧？」

完全無視諾魯卡由的發言，傑斯大大地伸了一個懶腰。

「妮莉洗過澡後說她睏了。要聽諾魯卡由的超無聊發言的話我要回去了。」

就在傑斯說完話拍著妮莉脖子的時候。

「──賽羅！」

一道熟悉的聲音響起。

坐在馬上的女人往這邊跑了過來。鐵色頭髮以及褐色肌膚──芙雷希。大約帶了五十名手下。

但她的表情卻相當奇妙。這場戰役明明快要結束了，她卻一臉像是接下來正要開始撤退戰的悲愴模樣。看見我之後才像是稍微放下心來般放鬆了眼角。

「雖然是極為狼狽的模樣，不過看起來是平安無事。這樣很好──那麼，你為什麼還這麼悠閒地待在這裡？」

「抱歉，今天已經關門休息了。」

我揮了揮一隻手，然後喝著酒咬起了起司。

「商業地區的工作，聖騎士團應該會幫忙收拾吧。」

我以「不打算工作了」的口氣這麼說道。

傑斯像是要表示接下來換我了一樣，從我手上一把將酒搶走。這個臭傢伙。起司則是渣布迅速搶過去交給達也。達也以緩慢的動作啃了起來。

瞬間變得兩手空空的我，只能像是投降般舉起雙手。

「我累了。今天要再聽妳的痛罵真的會有點辛苦。」

「你在說什麼喪氣話。這樣也算是瑪斯提波魯特家的女婿嗎？比冬眠中的狐猴還要糟糕哦。」

「什麼是狐猴啦？夠了，我們這邊已經解決了，讓我休息吧。」

「沒錯。這個城市是解決了。目前暫時安全了。但是呢……」

芙雷希以帶著焦躁感的聲音表示：

「──第二王都淪陷了。我剛才接到這樣的報告。」

「等等……妳剛才說什麼？再說一遍。」

「第二王都淪陷了。對這個城市的攻擊本身就是佯攻。」

這時不只是我，所有人都沉默了下來。

包含鐸達、貝涅提姆、渣布、傑斯在內的所有人。達也則是原本就很安靜。

在這樣的沉默中，最先開口的是諾魯卡由。

「……妳說朕的城市受到異形們的攻擊？」

「魔王現象『亞巴頓』擊破了第九聖騎士團，穿越防衛線，急速襲擊了第二王都。」

應該是刻意無視了「朕的城市」這個部分，芙雷希直接點了點頭。

「喀魯吐伊魯要塞這下子就像被利刃抵住喉嚨一樣。連那裡都被突破的話，就只剩下第一王都了。」

接著芙雷希就看向我。

「至少這個幽湖市已經被孤立了。」

◆

芭特謝·基維亞回到司令室時，馬連大司祭已經換好衣服了。

脫下鎖子甲，解開禮儀用配劍後坐在椅子上。馬連看見芭特謝以及跟在她身後的步兵長後就露出微笑。

「來得正好。」

發言裡帶著罕見的滿足之意。

「我聽說你們的奮鬥了。」

「謝謝您。」

芭特謝行了拜禮，步兵長也模仿芭特謝這麼做。他已經先被告知在這裡要保持靜默。

「我也聽聞伯父大人的指揮是無懈可擊。」

「只是運氣好罷了。應該是跟魔王現象戰鬥過的古代聖人們給予祝福吧。不過有不少市民犧牲了。必須立刻為接下來的戰鬥做準備才行。」

馬連的微笑立刻消失，回到平常那種嚴肅的模樣。芭特謝以冰冷的眼神看著他用一隻手比劃著大聖印的動作。

「……是啊。伯父大人因為這次的功績，即使在大司祭中也能站上領頭的位置了吧？」

「作為一個組織，神殿的結構已經太過僵化了。面對著未曾有過的試煉，我們必須更加團結才行。」

馬連用力點了點頭。

「如果這樣的榮譽能夠交到我身上，那麼我會先刷新人事。到時候，芭特謝，就必須改善妳目前所處的狀況了。」

他接著就重重呼出一口像是嘆息般的氣。

「刷新人事嗎……那麼……」

芭特謝朝伯父靠近一步。

「您打算在那時候把神殿的幹部全都替換成共生派成員嗎？」

馬連沒有回答這個問題。

嚴肅的表情也沒有任何動搖。芭特謝感覺這樣的沉默持續了好幾分鐘，實際上應該只有幾秒鐘而已吧。

「……審問了利迪歐・索多力克嗎？」

「契機是那個男人沒錯。跟那傢伙見面的『共生派』使者的名字。瑪哈伊謝爾・傑爾科夫是北方腔調。也是過去伯父曾經使用的假名。」

芭特謝有著這樣的回憶。

由嚴格的雙親養育長大，年幼時根本不清楚外面世界的她，是伯父一有機會就會帶她到外面去，在街上看了各式各樣的事物——其中芭特謝感到最有興趣的就是馬術、劍術以及聖印。

每當表示喜歡這些東西，雙親就會繃起臉來嚴厲地斥責芭特謝。有時候甚至會使用過度的暴力，那個時候只有伯父站在自己這邊。馬連理解芭特謝的希望，說服了她的雙親，請家庭教師並且帶她去進行劍術與馬術的訓練，還帶她到街上買了訓練用的劍。也跟她一起逛了市場的攤販。

跟伯父的記憶是芭特謝幼年時期少數充滿光輝的寶藏。因此她才會記得，不可能會忘記。

帶芭特謝到街上時，伯父固定使用的假名就是「傑爾科夫」。

「妳還記得啊。」

馬連露出苦笑。

「真是了不起的記憶力。」

「我怎麼可能忘記……因此就只有您了。」

具備足以買通冒險者公會的財力、北方出身、從以前就駐紮在這個城市的神殿相關人員。條件縮小到這樣的範圍後，就能過濾掉許多可疑人物與相關人員。

「然後利迪歐・索多力克跟使者接觸的日期與時間跟伯父大人的行動紀錄。我方的警備配置完全外洩，以及剛才的戰鬥——」

芭特謝已經把手放到腰部的劍上。旁邊的拉吉特也一樣。

「我調查了最先發現異形的部隊以及該部隊受傷的士兵。根據伯父大人的紀錄是隸屬幽湖市防衛部的７１１０隊，但是根本不存在這支部隊。」

「動作相當迅速嘛。是怎麼辦到的？我不認為妳有這樣的空檔。」

「恕我無法回答。」

行動的是芙雷希。

南方夜鬼。只有關於他們的情報，芭特謝是連伯父都徹底地瞞住了。他們也希望芭特謝這麼做。雖然不知道理由，但那個女人跟她的手下令芭特謝感到相當不愉快。不過他們的行動可以說相當迅速。

就是這樣才能有現在這種局面。

「伯父大人，為什麼要協助『共生派』呢？人類敗北的話，一切就結束了不是嗎？」

「……沒這回事。」

馬連緩緩站了起來。芭特謝放在劍上的手開始用力，拉吉特也緊張地繞到他的側面。

「請不要動，伯父大人。」

「都是為了重要的人們，芭特謝。我、整個家族還有對聖殿忠實、虔誠的信眾們。」

馬連不聽芭特謝的制止。

他踩著緩慢的步伐站到芭特謝面前。

「我想拯救他們。人類大概會敗北，但我希望心存正道者以及我愛的家族能夠平安無事。因此才會加入『共生派』。」

「那麼……心存正道跟心愛的家人之外的人呢？」

「他們會怎麼樣就不關我的事了。在這種狀況下……除了自己、家族以及自己認為重要的人，就沒有多餘的心思去理會了。」

馬連臉上的表情依然相當嚴肅，看起來就像在敘述實情。

「每個人都是這樣吧。這也沒辦法。還是說芭特謝，跟家人比起來，妳選擇拯救陌生人，難道是想成為英雄嗎？」

「伯父大人，我……」

「妳仍有太過天真，沒有長大成人的地方。快點長大吧。要懂得愛家人還有身邊的人。」

馬連大方地點了點頭。

「可以的話，希望妳也能以『共生派』的身分，參加這個世界今後的營運。」

「我——」

「人類將敗給魔王現象，不過應該會保證留下一定數量的人類吧——我們必須在這些人裡面站上管理者的位置，領導剩下的人類走正確的路。」

「請不要再說了。」

芭特謝已經把劍拔出來。接著把劍尖抵住馬連的脖子。

「太遺憾了，伯父大人。我本來真的……真的很尊敬您。」

「芭特謝，妳在哭嗎？」

「我……認為像這樣捨棄跟自己無關的陌生人是錯誤的決定。只要家人以及喜愛的人能夠獲得幸福就好——我無法贊同這種想法。」

「那是異常的想法，芭特謝。或許應該說是因為肥大化的自我所產生的英雄主義吧。現在想起來，可能是我把妳養育成這樣的……真是可憐。」

「閉嘴。」

芭特謝簡短且銳利地丟出這句話，接著對身邊的步兵長下達指示。

「拉吉特，把伯父大人抓起來。」

「遵命！」

拉吉特迅速做出回應。這個瞬間，馬連也有了動作。

雷杖。到底是把它藏在哪個地方？舉起的雷杖前端瞄準了芭特謝的胸口中心。聖印發出光芒——火花爆散。

「團長——」

那肯定是反射動作不會錯了。

拉吉特推了芭特謝一下。應該說把她整個人推飛出去吧。實在不認為是考慮到後果才做出這樣的動作。雷杖發射出去的閃電貫穿了他的胸口。

肉體與骨頭爆開。血沫往外飛濺。

芭特謝・基維亞此時同時看見了。拉吉特茫然的臉龐以及伯父看起來相當憂鬱般的模樣。

（拉吉特判斷錯誤了。不應該保護我，直接攻擊就好了。）

如此一來，他自己的命就能得救。

（……這樣的話，我可不能再犯錯。）

芭特謝咬緊嘴唇把劍揮出。撕裂了馬連握住雷杖的手。即使如此還是沒能阻止他。

「太遺憾了，芭特謝。」

伯父這麼說道。

這也不知道究竟是藏在什麼地方，他的手上握著小刀。可以看出刻畫著某種聖印。是用來攻擊——而且是相當強力的武器。絕對不能讓他起動。

「我原本把妳當成自己的女兒。」

回過神來後，芭特謝已經發出叫聲。

原來是打算叫他閉嘴，但是卻根本無法成為一句話。或許比較像是悲鳴吧。即使如此身體還是迅速產生反應。正如不知道重複過多少遍的劍術訓練，芭特謝揮舞著手中的劍。

一閃而過的劍尖就在下一刻貫穿了馬連．基維亞的脖子。

◆

冬節第一月，七日。

第二王都被魔王現象「亞巴頓」攻陷。

同日，第十三聖騎士團芭特謝．基維亞因為犯下殺害身為伯父的馬連．基維亞大司祭以及部下拉吉特．西斯羅的罪行而被關入監獄。

王國審判紀錄　芭特謝・基維亞

被關進監獄後已經過了幾天。

不清楚正確的天數。時間的感覺馬上就變得模糊——這裡是不見天日的地下牢房。

也不知道自己的部下們怎麼樣了。根本沒有知道的方法。為了至少不讓氣力衰退而試著要思考包含外面究竟怎麼樣了的各種情形。

只不過，想像並不正面。

沒有人來救自己，就表示被老家拋棄了吧。這是理所當然的事。那是自己像是出走般離開的家。除了伯父之外，就沒有人了解自己了。而那個伯父已經被自己殺掉。

聖騎士團的部下們一定也沒有任何辦法。想不到除此之外還有什麼具希望的要素，再來就是懲罰勇者們浮現在腦海裡又立刻消失。

（在這種時候，想起那些傢伙又有什麼用。）

內心雖然這麼想，但另一方面又思考著懲罰勇者裡面那個像是帶頭者的男人——賽羅現在在做什麼呢？「弒殺女神」的男人。人類史上少見的重罪犯人。

（那個男人會怎麼看待我犯的罪呢？）

殺害了身為大司祭，同時也是自己伯父的人物。

是對我的行動感到驚訝。還是覺得我瘋了呢？其實這樣都還好。但如果他輕蔑我這樣的行為……

（那是我最討厭的情況。）

芭特謝心裡這麼想。

既然引起了這種事件，他反而可能認為自己是背叛人類的「共生派」成員之一。雖然無法表達清楚，但只有這件事是自己無論如何都無法忍受的。

希望至少能跟他談一次話。如果受到誤解的話，希望能說出實情。

對眾部下——朋友——懲罰勇者們，還有賽羅．佛魯巴茲。

（會想這種事情……）

芭特謝這麼對自己說道。

（是因為被逼入絕境了吧。）

只能這麼認為了。

一開始還把希望寄託在審判上。但是查察官來監牢幾次後，芭特謝就知道那是沒有意義的事了。到訪的查察官似乎都是同一個人。

詢問的內容是……

「殺害馬連．基維亞的動機是什麼？」

就只有這樣而已。

芭特謝成功把發生的事情正確地說出來了。但是每次查察官都做出「錯誤」的斷定，總是要求她訂正每次都一樣的內容。

「妳害怕試圖統合神殿勢力的馬連·基維亞大司祭的聲望與能力。」

查察官反覆這麼表示。

「背叛了人類，殺害了伯父與部下。」

那是一個雖然看來還很年輕，但從眼睛深處發出光芒的查察官。

「能夠正確地說出這個事實，我就放妳出去。」

他們想要捏造出另一個事實。正在等待芭特謝親口說出他們想要聽的事實。就這樣耗損她的精神，重複好幾次這樣的問答之後，對方的答案很可能就在腦袋裡變成事實。

（簡直就跟學校的老師一樣。）

曾經回想起幼年學校發生過的事情。

就算只是暫時的敷衍，還是會等待學生親口說出謝罪與反省等「事實」。自己能撐到什麼時候呢？無法得到充分的睡眠，意識逐漸變得模糊。

對方究竟想花多少時間呢？芭特謝對於自己被當成「共生派」的一員，在受到輕蔑的情況下而死這件事感到恐懼。

對於這樣的恐懼感到麻痹的自己也讓她感到害怕。

——那兩個人就是在這種日子的某一天晚上來到牢裡。代替不知道來過幾次，甚至是幾十次的查察官，他們就站在芭特謝的牢房前面。

雖然開朗，但臉上笑容帶著殘虐氣息的男人。

還有一名身穿白色神官服，看起來很睏的高挑女性。

就是這樣的雙人組合。

「稍微花了一點時間，抱歉。芭特謝・基維亞，前第十三聖騎士團團長。」

男方帶著淡淡的笑容這麼說道。一開始還以為他是在諷刺自己。新的查察官可能是從別的方向在責備自己。

芭特謝瞪著那個男人並且提高警覺。

「妳的調查很快就結束了，但是在檢討的階段需要一些討論。」

男人像是絲毫不在意芭特謝的視線。

「因為能夠成為勇者的最多只剩下一個名額。猶豫了好一陣子……我覺得是很困難的判斷。老實說，我是持反對的態度。」

芭特謝對「勇者」這個字眼有了些許反應。或許應該說不得不有反應。男人的笑容變得深邃了一些。芭特謝覺得這個男人的笑容真是討人厭。

「沒錯。妳似乎跟勇者交情很不錯……我們主要是從兩個面向來考慮成為勇者的資質……」

笑臉男依序彎曲手指。

「首先是能力，再來是精神性。就能力來說，妳是相當優秀的指揮官與軍人。現在有點想要指揮軍隊的能力。但反過來說，也不過只有這樣而已——」

對方說了很沒禮貌的發言。

果然讓人很不愉快。那種發笑的方式很是礙眼。

「精神方面讓我有點驚訝。竟然對有恩於自己的對象動手。這很明顯是超乎個人得失範圍的行動。為了陌生人——或者信念這種自己的妄想而加以實行。」

笑臉男——翻閱手邊的冊子並且點了點頭。

「有人注意到妳這種異常的心理反應。究竟有多少人能夠做到這種事呢？——這個問題的答案，將會成為給妳的選項。」

「……為什麼？」

這時芭特謝終於發出聲音。感覺已經很久沒有出聲了。沙啞的聲音聽起來簡直不像發自自己的喉嚨。

「為什你會知道這件事？」

不可能有人能知道那個現場的狀況以及自己的心理反應。

「噢，會在意嗎？基本上是禁止做出關於這個部分的發言，不過它就是這樣的祝福。」

笑臉男合起冊子，然後把它交給身後的女性。

「我的『女神』會召喚書本。或者也可以說是召喚情報。」

神官服的女性接過冊子後就默默地當場坐了下來。以看起來很睏，已經閉上一半的眼睛看著笑臉男。

「嗯……我知道哦，謝謝妳，嫣菲耶。總是幫我這麼多忙。」

嫣菲耶。

被這麼稱呼的女性默默抓起笑臉男的手放到自己頭上。半強迫地讓他撫摸自己。

「……竟然是『女神』。你這傢伙是聖騎士？」

「沒錯。第十二號的聖騎士。因此原本跟妳是同僚。名字……假名的話是可以告訴妳，不過聽了也沒有意義吧。」

笑臉男一邊撫摸「女神」嫣菲耶的頭一邊窺看著芭特謝的臉龐。

「那麼，差不多該對妳提出選項了。妳有兩條路可走。」

他再次依序彎曲手指，同時朗聲表示：

「第一條路，就這樣以共生派聖騎士的身分接受死刑……這時候妳只要立刻承認那個查察官所說的『事實』就可以了。如此一來，雖然不是很清楚死後的世界，不過至少痛苦的日子就結束了。」

芭特謝保持著沉默，同時努力讓表情從自己的臉上消失。雖然不知道理由，但就是不想對這個令人不愉快的聖騎士顯露感情。

「第二條路，成為懲罰勇者，繼續跟魔王現象戰鬥。」

他以溫柔到近乎殘酷的口氣說出這些話。

「即使死了也會復活，人格跟記憶也會隨著每次復生而逐漸損耗。行動沒有自由，也沒有名譽。為了不知道姓名與長相的某個人而奉獻一切……」

笑臉男的臉龐開始蒙上一層陰影。

「我的話大概會拒絕，而且絕對不建議妳這麼做。我個人實在不認為妳適合選擇這條路。」

「……那麼，勇者刑……」

芭特謝試著在沙啞的聲音裡灌注力道。

「究竟是什麼？能夠成為勇者的人數有限又是什麼意思？還有每次死亡都會復活……這我也不是很懂。我聽說蘇生的時候可能會喪失記憶。」

「問題真多耶。其實不要知道太多比較好，這個部分按照規定我還是不能透露太多。就在許可的範圍內回答妳吧。」

笑臉男點了點頭。

「妳大概……跟我們一樣有接近平常人的感性。我知道妳會在意。在那個狀況下也無法下決定吧。」

或許正受到嘲笑。總之男人發笑的模樣與說話方式都很讓人不愉快。

「妳應該聽過傳聞吧。第一『女神』擁有召喚英雄的能力。很久以前的大戰初期，就從異世界召喚了英雄……不過效率實在不佳。」

感覺好像聽見了什麼重大的祕密。而且是直逼核心的祕密。關於「女神」的情報，即使在軍部也屬於最機密的內容。

「有時候語言不通，更何況也不保證能維持理解我們這個世界的精神型態。最糟糕的情況，甚至可能會跟人類敵對。」

關於第一「女神」，芭特謝也只聽說過關於她的力量。能夠召喚「英雄」的能力——如果那是真的，確實應該毫無限制地進行召喚才對。

對於為什麼不組成全是英雄的軍隊感到不可思議。

「於是過去的人們改變方針。把確定能夠溝通意思的這個世界的人類當成英雄召喚出來……然後那位『女神』的能力，就連死者也適用。」

「那就是……」

都透露到這種程度，就連芭特謝也能夠理解了。

「那就是勇者嗎？」

「沒錯，那就是勇者。從死亡復甦然後戰鬥的英雄。一開始時是這樣……現在之所以變成懲罰勇者這種形式，嗯……總之是因為許多原因啦。」

過去的勇者是相當榮譽的地位嗎？

芭特謝．基維亞想像著——即使想起那些傢伙的臉，能夠跟英雄這個名詞扯得上關係的人物……

（……不對，那不可能。一個都想不出來。）

芭特謝把閃過腦海裡的影像捏碎，不再想下去。

「只不過，藉由『女神』的復活召喚也並非完美。人類好像有應該稱為靈魂的『某種東西』，每次復活那個都會有所損耗。會逐漸變得難以再現……所以……」

他指了一下自己的頭。

「第一『女神』就用勇者們的記憶，還有正確地把記憶回想……不對。該怎麼說呢，就是『回想起來的力量』將其補足……原始到驚人對吧？不過，也只能這樣。」

男人露出某種憐憫的表情。

簡直就像看著傷重不治的負傷者一樣。感覺他的臉上果然還是帶著某種嘲諷的表情。還是說，他原本的長相就是這樣？

「當然這位嫣菲耶也能準備紀錄文件來提供補助，但是最重要的召喚時，還是只能倚靠第一『女神』的記憶力與想像力。」

男人身旁有點像睡著一樣已經把眼睛閉上的「女神」稍微抬起頭來。或許是因為提到自己的緣故。真是一名反應遲鈍的「女神」。跟泰奧莉塔完全不一樣。

「記憶力的末用空間——噢，不對，記憶的剩餘容量呢，最多就只剩下一人份。第一『女神』在平常的生活就幾乎把它們全部用來不斷重複回想起關於勇者們的情報了……妳覺得是為什麼呢？」

「那是因為……」

芭特謝發出呻吟。

「勇者能夠成為王牌的緣故嗎？」

「算是啦。我也希望能夠這樣哦。因為精神正常的人，可能有相當的比率被吸收到共生派那邊去了。」

男人這時候像是要說出什麼祕密一樣壓低聲音。

「能夠為了不認識的陌生人——毫不容情地制裁家人、好友或者尊敬的恩人。必須要是這種人才行。」

芭特謝無法做出任何反駁。

因為這是事實——亦即自己幹下的事情。可以說是無庸置疑的實情。

「能夠透露的祕密就到此為止。枷鎖聖印跟『修理』的事情之後再說……再問一次，妳有什麼打算，芭特謝．基維亞？」

「說要成為勇者的話，你就會從這裡把我救出去嗎？」

「我是很想，但沒辦法逃獄。還是必須讓妳先死一次。」

男人平靜地這麼說道。芭特謝本身也早有漠然的預感大概會是這樣了。

「殺了妳加以分解，然後從這裡運出去……這是唯一的辦法。」

男人再次撫摸身旁「女神」的頭部。

「嫣菲耶能夠用『書本』的形式召喚妳的全部情報。然後人格與記憶的重現就只能相信第一『女神』了。」

芭特謝從男人的聲音裡聽出諷刺的感情。

相信「女神」。誕生於神官之家，逃家後結果成為聖騎士的自己，最後需要的是這種事情嗎？

（是要相信而死，還是不信而死？）

說起來，原本就只剩下這兩個選項。笑臉男結束話題，像要表示已經無話可說般對芭特謝攤開雙手。

「那麼，妳的選擇是？我果然還是——」

「我願意。」

心裡想著至少要讓這個令人不愉快的男人嚇一跳。

芭特謝立刻做出決定。一字一句清楚地說著：

「我要成為勇者。如果允許我再一次……再一次戰鬥的話，我發誓要為了完全不認識的人們而戰。」

「我知道了。」

男人臉上的笑容消失，結果就變成相當陰鬱的長相。

「這可沒辦法後悔，而且我也不建議這麼做。我到現在都還反對讓妳勇者化——不過，還是對妳的誓言表示敬意。」

男人拔出武器。

是一把劍。擁有接近柴刀般厚實的劍身——這樣的劍身發光並且一閃。芭特謝則自行用脖子來迎接對方的劍刃。

「芭特謝・基維亞，妳被判處勇者刑。」

後記

受大家照顧了。我是ロケット商會。

我非常喜歡當主角的砲灰，三秒鐘左右就被幹掉的敵方角色。我把這樣的角色取名為「嘻呀角」。今天也要在這樣的角色當中，對於速度型以及力量型兩種嘻呀角進行考察。

速度型的嘻呀角大都對自己的敏捷度擁有絕對的自信。

像是為了展示自傲的速度而喜歡繞到對手身後，或者是以眼睛看不見的速度來移動。武器也是喜歡使用銳利的刀劍或者鞭子。以鈍器或者超巨大斧頭來進行攻擊的速度型可以說相當罕見。因為要是揮舞那樣的東西，就表示他同時兼具力量，有可能會讓自傲的速度遜色不少。

我最喜歡的速度型是在對手周圍以非常快速度繞圈圈的那種角色。那個時候要是再加上帶有「你跟得上我的速度嗎」意思的台詞，我就會忍不住產生敬畏之意，甚至可能會拍起手來。

因為對他們來說，這是速度＝強度的代表性動作。就算在這之後會跌個狗吃屎，那個瞬間也依然算是他們最光輝的時刻吧。

而力量型嘻呀角大都對自己的肌力有絕對的自信。

為了展示他自傲的肌力，通常會有破壞附近的物體，或者輕視作戰而做出粗暴發言的傾向。他們大多以巨大榔頭或者狼牙棒作為武器，很少見到以銳利小刀或者鋼絲作為武器的力量型。因為能夠靈活地運用這些武器的話，就無法炫耀他們引以為傲的力量了。

這是我個人的意見，通常在說出帶有「那麼弱小的肌肉能夠贏得過本大爺嗎」意思的台詞時，我就會立刻成為粉絲。完全以對手的外表來侮辱對方的行動才是力量型的巔峰時刻吧？之後如果還能以粗糙的攻擊把附近所有物體破壞殆盡的話就更棒了。

只要能擊中的話，他們的攻擊應該能粉碎乍看之下相當瘦弱的主角吧。沒錯，能夠打中的話……然後，如果主角真的那麼瘦弱的話……

以上跟大家介紹了我喜歡的速度型與力量型的嘻呀角。如果大家有需要演出三流壞蛋的時候，希望能給大家一些參考。

能夠像這樣再次介紹我喜歡的嘻呀角，全是靠諸位讀者的加油與鼓勵。各位的感想等等真的給了我很大的力量，讓我內心充滿了感謝的念頭。在此要再次感謝一路閱讀到這裡的各位，並且為這篇後記畫下句點。

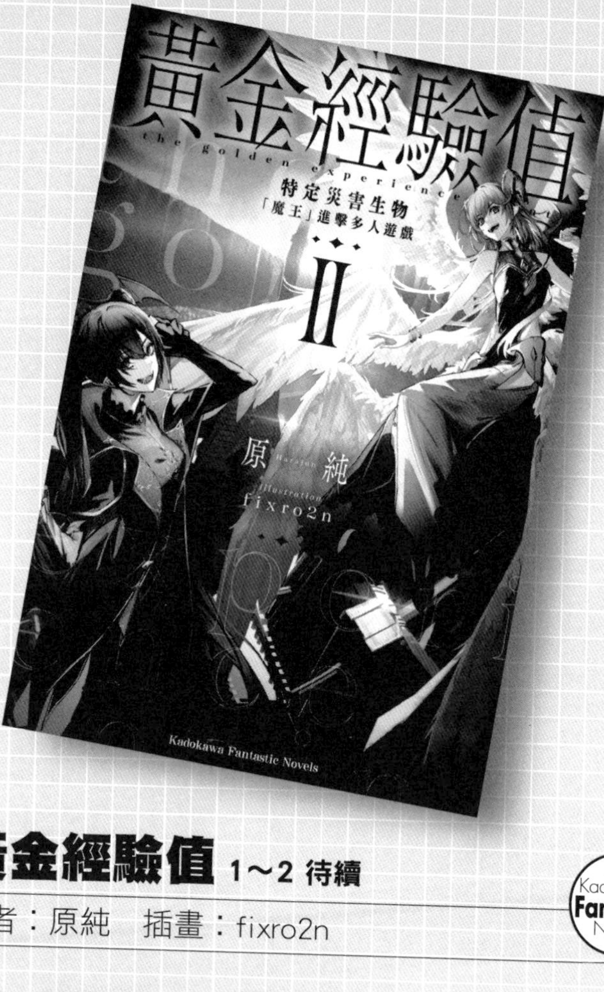

黃金經驗值 1～2 待續

Kadokawa Fantastic Novels

作者：原純　插畫：fixro2n

多了一起享受魔王遊戲的妹妹，開心程度增加兩倍！

蕾亞使用隱藏技能「使役」瞬間打造出最強軍團之後，興致勃勃地以「魔王」身分開始侵略希爾斯王國！她利用蹂躪人類取得的經驗值，讓眷屬們也陸續進化成為災害生物，自己也因為獲得「魔眼」和「結界」等新技能，逐漸變成令人束手無策的災厄——

各 **NT$280/HK$93**

被師傅強押債務的我，和美女千金們在魔術學園大開無雙。 1 待續

Kadokawa Fantastic Novels

作者：雨音惠　插畫：夕薙

債主竟是魔術名門的美女千金！
從師傅欠錢開始的學園奇幻故事開幕！

盧克斯的師傅失蹤，變得孑然一身。沒想到魔術名門的千金緹亞莉絲向他伸出援手。於是他展開新生活。兩人一起就讀國內頂尖的學園，除了緹亞，校內還有世界最強的校長及千金們——不知為何圍繞著他的騷動頻頻發生！孤獨少年開始熱鬧非凡的學園生活！

NTNT270/HK$90

國家圖書館出版品預行編目(CIP)資料

判處勇者刑：懲罰勇者9004隊刑務紀錄/ロケット商會作；周庭旭譯. -- 初版. -- 臺北市：臺灣角川股份有限公司, 2024.03

冊；　公分. -- (Kadokawa fantastic novels)

譯自：勇者刑に処す：懲罰勇者9004隊刑務記録

ISBN 978-626-378-658-5(第2冊：平裝)

861.57　　113000376

Kadokawa
Fantastic
Novels

判處勇者刑 懲罰勇者9004隊刑務紀錄 2

（原著名：勇者刑に処す 懲罰勇者9004隊刑務記録 II）

2024年3月18日　初版第1刷發行

作　者：ロケット商會
插　畫：めふぃすと
譯　者：周庭旭

發行人：台灣角川有限公司
總編輯：蔡佩芬
副總編輯：朱哲成
主　編：林秀儒
美術指導：陳晞叡
美術設計：郭虹吟
印　務：李明修（主任）、張加恩（主任）、張凱棋

發行所：台灣角川股份有限公司
地　址：104台北市中山區松江路223號3樓
電　話：（02）2515-3000
傳　真：（02）2515-0033
網　址：www.kadokawa.com.tw
劃撥帳戶：台灣角川股份有限公司
劃撥帳號：19487412
法律顧問：有澤法律事務所
製　版：尚騰印刷事業有限公司
ISBN：978-626-378-658-5